珞珈语言文学丛书

新生代作家与中国传统文化

樊 星○著

中国社会科学出版社

图书在版编目（CIP）数据

新生代作家与中国传统文化/樊星著. —北京：中国社会科学出版社，2015.3

ISBN 978 – 7 – 5161 – 5629 – 2

Ⅰ.①新… Ⅱ.①樊… Ⅲ.①小说研究—中国—当代 Ⅳ.①I207.42

中国版本图书馆 CIP 数据核字（2015）第 041780 号

出 版 人	赵剑英	
责任编辑	李炳青	
责任校对	闫　萃	
责任印制	李寡寡	

出　　版	中国社会科学出版社	
社　　址	北京鼓楼西大街甲 158 号（邮编 100720）	
网　　址	http://www.csspw.cn	
	中文域名：中国社科网　010 – 64070619	
发 行 部	010 – 84083685	
门 市 部	010 – 84029450	
经　　销	新华书店及其他书店	

印刷装订	北京金瀑印刷有限责任公司	
版　　次	2015 年 3 月第 1 版	
印　　次	2015 年 3 月第 1 次印刷	

开　　本	710×1000　1/16	
印　　张	15.25	
插　　页	2	
字　　数	257 千字	
定　　价	52.00 元	

凡购买中国社会科学出版社图书，如有质量问题请与本社联系调换
电话：010 – 84083683
版权所有　侵权必究

目　录

引论　新生代的崛起 …………………………………………… (1)
 一　什么是"新生代"? ……………………………………… (1)
 二　新生代崛起的历程 ……………………………………… (3)
 三　新生代:多重面孔 ……………………………………… (8)
 四　"新生代"的叛逆情绪:革命浪漫主义的另一种形态? ……… (15)

第一章　新生代文学与传统文化 ……………………………… (19)
 一　在"反传统"的另一面 ………………………………… (19)
 二　重新发现的传统 ………………………………………… (21)
 三　对历史与经典的改写 …………………………………… (27)
 四　对民族性与历史感的新发现 …………………………… (30)

第二章　新生代作家与古典诗词 ……………………………… (35)
 一　新生代作家与李商隐 …………………………………… (35)
 二　新生代作家与李白 ……………………………………… (37)
 三　唐诗宋词的影响:其他的例证 ………………………… (40)
 四　于坚与唐诗宋词 ………………………………………… (42)
 五　另一种声音:质疑与批判 ……………………………… (44)

第三章　新生代小说与古典小说 ……………………………… (47)
 一　新生代小说与《红楼梦》 ……………………………… (47)
 二　新生代小说与《水浒传》 ……………………………… (50)
 三　新生代小说与《西游记》 ……………………………… (54)

第四章　新生代作家的"诗化"小说 …………………………… (58)
　　一　继承传统,奋力超越 ………………………………………… (59)
　　二　迟子建:神秘的"诗化"境界 ………………………………… (61)
　　三　吕新:纷乱的"诗化"风格 …………………………………… (62)
　　四　红柯:壮丽的"诗化"意境 …………………………………… (65)
　　五　对传统的个性化理解 ………………………………………… (67)
　　六　又一个浪漫的时代? ………………………………………… (69)

第五章　新生代女作家的另类"诗化"小说 ………………… (77)
　　一　诡异的"诗化"风格 …………………………………………… (77)
　　二　另类的"诗化"小说 …………………………………………… (80)
　　三　浪漫情绪的证明 ……………………………………………… (83)
　　四　"飞"的感觉与"性"的诗意 …………………………………… (87)

第六章　"新生代"文学与传统神秘文化 …………………… (90)
　　一　叩问命运 ……………………………………………………… (91)
　　二　轮回之思 ……………………………………………………… (95)
　　三　梦境体验 ……………………………………………………… (97)
　　四　传奇故事 ……………………………………………………… (102)

第七章　新生代作家的"家园"情结 ………………………… (105)
　　一　家:中国传统文化的一个关键词 …………………………… (105)
　　二　破败的"家园" ………………………………………………… (107)
　　三　美好的"家园"记忆 …………………………………………… (114)
　　四　别具韵味的"家园"之思 ……………………………………… (119)

第八章　新生代作家的狂放心态 …………………………… (122)
　　一　中国文人的"狂狷"传统 ……………………………………… (122)
　　二　20世纪80年代的狂放 ……………………………………… (123)
　　三　20世纪90年代的狂欢与自虐 ……………………………… (128)

第九章　改写经典的不同境界 (137)
　　一　改写经典：一个文学的传统 (137)
　　二　颠覆经典：也算"推陈出新"？ (138)
　　三　超越颠覆的另一种改写：演义 (140)
　　四　穿行在经典与当代生活之间 (141)

第十章　"新生代"作家的方言小说 (144)
　　一　慕容雪村的"川味小说"：麻辣风味 (146)
　　二　林白的"楚风小说"：口述实录的奇观 (147)
　　三　盛可以的"湘方言小说"："凌厉狠辣"的文风 (150)

第十一章　新生代作家与武侠小说 (153)
　　一　余华的《鲜血梅花》：开发武侠小说的哲理内涵 (153)
　　二　李冯的《英雄》《十面埋伏》：重新审视历史 (154)
　　三　"新武侠小说"与逃避心态？ (156)

余论　未完成的研究 (158)

附录1　"新生代"作家与古典文学 (172)

附录2　在当代文学与古典文学之间探索 (184)

附录3　当代小说中的"鞋"
　　　　——当代文学的意象研究之一 (196)

附录4　新生代文学与酒
　　　　——当代文学的意象研究之二 (204)

附录5　新生代文学中的"血"
　　　　——当代文学的意象研究之三 (212)

附录6　新生代文学与中国传统
　　　　(2007年7月18日在德国特利尔大学汉学系演讲) (225)

参考书目 (234)

后记 (236)

引 论

新生代的崛起

> 这些青年虽然血气方刚，却承袭了一个日益日暮途穷的世纪。这个世纪除了堕落什么都尝试过了。……在他们的想象中，这个时代正在分崩离析，他们对此只能听天由命，并且应该抱着这种态度去追求一种能够获得片刻欢娱的文字、气氛和韵味。他们认为只有这样才能求得解脱。
>
> ——齐夫：《1890 年代的美国》

研究新生代的文化品格，是研究 20 世纪末思想史、文化史的重要组成部分。新生代是如何崛起于世纪末的？他们的崛起又展示了怎样的时代主题并且预示了怎样的未来大趋势？

一　什么是"新生代"？

新生代，一般泛指"知青族"一代人之后的新一代。依照张承杰、程远忠在《第四代人》一书中的划分，他们大致出生于 20 世纪 50 年代末到整个 60 年代，成长于 1976 年以后的"经济时代"。他们是"信仰危机"的产儿。因此，他们"就是一部'无主题变奏'……差异性和变易性正是这一代人的基本特征"。[①] 他们是"精神上的流浪儿"，[②] "自我"是他们人生观的基石，其核心就是"自我设计、自我实现、自我负责"

[①] 张承杰、程远忠：《第四代人》，东方出版社 1988 年版，第 188 页。
[②] 同上书，第 214 页。

的价值观。[①] 这一切，使他们与知青一代区别开来。知青一代深受政治文化的熏陶，负有强烈的使命感和鲜明的理想主义色彩。"文化大革命"的政治危机与信仰危机迫使他们走上了启蒙之路，一遇思想解放的洪流，他们仍然以理想主义的激情投身于为民族新生而奋斗的事业中。

然而，知青一代又不可一概而论。"知青文学"不乏苦闷、绝望、玩世之作（例如卢勇祥的《黑玫瑰》、徐乃建的《杨柏的"污染"》、赵振开的《波动》、乔瑜的《孽障们的歌》、芒克的《野事》等）。邓贤的长篇纪实《中国知青梦》中也记载了知青中的走私潮、性解放。"世纪末情绪"早就滥觞于"文化大革命"的极左暴政与信仰危机之中。从这个意义上说，新生代作为"世纪末情结"的典型代表，与"文化大革命"的信仰危机也存在着显而易见的精神联系。新生代没有继承"知青族"中以张承志、梁晓声、史铁生为代表的理想主义思潮和以"寻根派"韩少功、李杭育、郑义、阿城为代表的民粹主义思潮，而偏偏认同于"世纪末情绪"，耐人寻思。

而知青一代人张辛欣、刘索拉、刘晓波、王朔（尽管他并没下过乡）在20世纪80年代也成为"新生代文化"的典型象征，也足以表明新生代与"知青族"的某种精神血缘关系。由此看去，"代沟"与其说是一个准确的社会学概念，不如说是一个大略的文化心态范畴。

新生代从"知青族"那儿继承了以苦闷、迷惘又善于苦中作乐、开放自我为基本特征的"世纪末情绪"，又在新的时代背景中使之更具成熟的文化品格，并创造出了全新的"新生代文化"——这种形态的文化以自我为中心，以"跟着感觉走"为旗帜，以西方现代主义、后现代主义为理论武器。这种文化对于清除极左思潮的影响，对于"改造国民性"，意义不可低估。同时，在世纪末的悲凉之雾中，它作为浮躁、迷惘心态的集中体现又迅速销蚀了时运不济的人文精神。

在文学界，人们也常常用"60后"、"70后"称呼他们。他们成长在世俗化浪潮高涨的年代，知道成名的重要。他们受到思想解放的阳光雨露滋润，知道标新立异的重要。他们急于与前辈"决裂"，却又常常很难做到那么彻底。

[①] 张承杰、程远忠：《第四代人》，东方出版社1988年版，第265页。

二 新生代崛起的历程

　　回首20世纪80年代的时代风云,1985年似乎是一个分水岭:1985年以前,"五七族"文化精英与"知青族"精英同舟共济,为启蒙主义呼风唤雨,为思想解放运动推波助澜。思想界的"李泽厚现象",青年界的"人生意义大讨论",文学界的"伤痕文学"、"反思文学",学术界的"文化热"……风起云涌,蔚为壮观,至今令人追怀。那是一个重返"五四"的时代,清算"文化大革命"、批判国民劣根性,为中国文化向现代化转型上下求索,是那个时代的主旋律。虽然"朦胧诗"及"新的美学原则"在散发着现代主义的悲凉之雾,虽然"伤痕文学"中的低调之作和《在同一地平线上》那样无奈面对现代人生无情挑战的名作足以使人彻悟人生的悲剧底蕴,但时代的主潮是意气风发,充满了胡适在"五四"时期鼓吹的"少年中国精神"——理性的批评精神、冒险进取的精神、社会协进的观念。① 然而,谁会想到:思想解放的花朵会结出人欲横流的果实?而改革的艰难又促成了时代心态的迷乱与浮躁。1985年以后,巨变天翻地覆。

　　本来,"五四"精神除去众所周知的"民主与科学"之外,还有"个人自由"。当代学者钱理群、甘阳在反思"五四"时就不约而同地确认:"毫无疑问,五四的时代最强音是:'我是我自己的,谁也没有干涉我的权利'。"② "不首先确立'个人自由'这第一原则,谈什么科学,谈什么民主?"③ 然而,如果"自由"异化为"纵欲"、"为所欲为"呢?

　　但新生代又似乎有过一个美好的开头——他们毕竟不像知青那样在社会的底层饱尝苦头。"纵欲"和"为所欲为"的主题只是在1985年以后才瘟疫般地扩散开来的。

　　如果把"知青文学"比作一次冲击波,那么,"新生代文学"一开始却像一阵阵春风在校园里吹皱了春水。由老愚、马朝阳编选的大陆校园诗

---

① 《少年中国之精神》,载《胡适讲演》,中国广播电视出版社1992年版,第407—408页。
② 《试论五四时期"人的觉醒"》,《文学评论》1989年第3期。
③ 《自由的理念:五·四传统之阙失面》,《读书》1989年第5期。

选集《再见，20世纪》是一份绝好的证明。韩东的《女孩子》、薛为民的《兽牙项链》、张真的《橡胶林是缄默的》、孙晓刚的《中国夏装》等篇充满了唯美主义的欣悦，王健的《微笑》、卓松盛的《象一支小铅笔头》、许德民的《紫色的海星星》、邵璞的《距离在他和他们中间》等篇记下了新生代特有的忧郁——淡淡的、莫名伤感的烦恼，而孙武军的《诞生》、张小波的《多梦时节》又洋溢着多么自信、浪漫的气息。这些写于20世纪80年代初的诗篇与北岛的《回答》、舒婷的《献给我的同代人》、顾城的《白昼的月亮》尽管同属"现代诗"，境界却有温馨与悲怆之别。"淡淡的是我们没有潮汐涨落的血/停泊在港湾里的乖顺的欲望/以及淡淡的性格/信念/……在淡淡的时间里，我们/一代一代/走过去/走进淡淡的遗忘。"（姚村：《淡淡的美》）一切都是淡淡的，而这淡淡的心境又与一个民族在经历过浩劫、耗尽了能量以后的疲惫与宁静心态多么吻合！

另一个耐人寻味的现象是：知青出身的女作家铁凝于1983年发表了中篇小说《没有纽扣的红衬衫》，小说以作家的妹妹为模特儿，塑造了一个新生代少女安然的形象——她"无所顾忌……不懂得什么叫掩饰"，"靠自己的眼睛，自己的分析能力"去看世界，去我行我素地生活。小说的字里行间流露出谨慎、世故的姐姐对奔放、自信的妹妹的钦羡之情，使这篇小说具有了深长的象征意味：知青一代人也尝试着向幸运的新生代汲取人生的信念与活力了……

淡淡的心境，或者是活泼的风采——这一切直到20世纪80年代末也未曾消亡。刘西鸿的小说《你不可改变我》、曹明华的随笔集《一个女大学生的手记》、《一个现代女性的灵魂独白》、于坚的诗《尚义街六号》、韩东的诗集《白色的石头》中的绝大部分作品……都可以做证。然而，1985年以后，浮躁、焦虑、绝望、疯狂的主题奏响了最强音。在当年的"新潮小说热"中，现代主义的荒谬感和绝望情绪陡然高涨。到了1986年，荒谬感和绝望情绪进一步强化为惊世骇俗的、金斯堡式的号叫：

——当年，"全国2000多家诗社和十倍百倍于此数字的自谓诗人，以成千上万的诗集、诗报、诗刊与传统实行着断裂"，[①] 他们的口号是："为

---

① 徐敬亚、孟浪、曹长青、吕贵品编：《中国现代主义诗群大观（1986—1988）》，同济大学出版社1988年版，第560页。

了真诚，我们可以不择手段";①"捣乱、破坏以至炸毁封闭式或假开放的文化心理结构！""一定要给人的情感造成强烈的冲击";②"新传统主义诗人与探险者、偏执狂、醉酒汉、臆想病人、现代寓言制造家共命运";③"与天斗，斗不过。与地斗，斗不过。与人斗，更斗不过。"于是就"撒娇"④……《深圳青年报》和安徽《诗歌报》为此隆重推出"中国诗坛1986现代诗群体大展"。在这次大展中，有的新生代诗人为惊世骇俗而口出狂言："真理就是一堆屎/我们还会拼命去拣"（男爵：《和京不特谈真理狗屁》）；"我们把屁股撅向世界"（默默：《共醉共醒》）；"魔鬼之子在投胎/那就是我们！"（海上：《野失》）；"我们病了我们病了我们病了"（胡强：《在医学院附属医院就诊》）；"在女人的乳房上烙下烧焦的指纹/在女人的洞穴里浇铸钟乳石"（唐亚平：《黑色洞穴》）……粗野、狂暴，在亵渎诗神中尽情品尝堕落的快感，又于宣泄苦闷中张扬赤裸的欲望。当"什么都可能是'诗'"⑤时，当真诚、自由意味着狂乱、为所欲为时，诗也坠入了堕落的深渊。许多青年因此而逃离"现代诗"，逃向三毛、席慕蓉、曹明华。

——也是在当年，崔健以一曲《一无所有》、一副沙哑粗放的嗓子吼出了中国摇滚乐的第一声，并使它唱红了整个浮躁的大陆。"一无所有"，不仅仅是一首歌的题目，也是"生存危机"的象征。一位学者就认为：从北岛的"我不相信"到崔健的"一无所有"，正好点明了当代青年从1978—1988年十年精神历程的主题演变。⑥"我不相信"象征着"信仰危机"，而"一无所有"则象征着"生存危机"。

——还是在当年，"狂人"刘晓波在"新时期十年文学讨论会"上发出了"新时期文学面临危机"的呼叫，以偏激的姿态否定新时期文学。他的偏激之论在会上没有得到响应，却经由《深圳青年报》的宣传而在广大大学生和文学青年中激起了强烈的反响。"中国人的悲剧就在于——

---

① 徐敬亚、孟浪、曹长青、吕贵品编：《中国现代主义诗群大观（1986—1988）》，同济大学出版社1988年版，第74页。
② 同上书，第95页。
③ 同上书，第145页。
④ 同上书，第175页。
⑤ 同上书，第264页。
⑥ 刘擎：《颤动的象牙塔》，《当代青年研究》1988年第11—12期合刊。

缺乏'危机感'和'幻灭感'","中国传统文化中反感性反悟性，造成了中国人精神上的阳痿"。而为了反传统，"就是得把这样一些东西强调到极点：感性、非理性、本能、肉。肉有两种含义，一是性，一是金钱"。① 这些话与新生代的浮躁情绪一拍即合。关于"危机感"和"幻灭感"的忧患与20世纪80年代末《山坳上的中国》、《球籍》等畅销书的主题一脉相通，也与20世纪80年代中期"社会问题报告文学"的兴盛彼此呼应，而对"感性、非理性、本能、肉"的张扬也迎合了"跟着感觉走"的新思潮，并与"王朔现象"、"新写实"小说中性与暴力、世俗化等主题心心相印。

——还是在当年，"新潮美术"也发出了焦灼的宣言："我现在只是想把久被压抑的情感倾泄出来……我现在酷爱画翻滚的云、转动的地，来表达我这一段的情绪。"②"上帝死了。各种新旧偶像被划上血红的'×'。如何来拯救自己骚动不安的魂灵呢？……我们被一些不可理解的欲望驱使着，硬着头皮向前走去，以期找到一个新的上帝，抚摸他美丽的脸，然后开枪打死他。"③"我们拒绝那些所谓'文化'，我们喜欢土地、悍气，我们歌颂生命。我们不会创造，只会随着自己的性子。"④

——而思想界的"弗洛伊德热"、"尼采热"不也在1986年达到高潮吗？在那一年，各家出版社不约而同地推出了一大批这两位思想家的著作和传记……

这就是1986年。这一年里，一下涌现出了这么多宣泄苦闷与焦灼情绪的理论主张、艺术宣言和文艺作品，由它们烘托出了非理性主义的时代精神。

甚至不少"五七族"作家和"知青族"作家也在这一年倒向了宣泄苦闷之路：写出过《爱，是不能忘记的》和《沉重的翅膀》的张洁在这一年发表了审丑之作《他有什么病？》；王安忆的《小城之恋》《荒山之恋》、铁凝的《麦秸垛》在这一年问世，将"性文学"推向了高潮；张贤亮写中学生早恋的《早安！朋友》也完稿于这一年；以《透明的红萝卜》

---

① 《深圳青年报》1986年10月3日。
② 高名潞等：《中国当代美术史（1985—1986）》，上海人民出版社1991年版，第275页。
③ 同上书，第286页。
④ 《新潮资料简编》（二），《中国美术》1986年第39期。

饮誉文坛的莫言在这一年发表了燃烧着酒神精神的《红高粱》，小说对"野合"的诗化与对酷刑的刻画都曾惊世骇俗；蒋子龙终止了"改革题材文学"的创作，在这一年发表了解剖病态人生的《蛇神》和《收审记》；1985 年还以优美的《天狗》打动人心的贾平凹也在这一年完成了他的名作《浮躁》，以此表达对社会心态的理解与忧患："这么些年来我们的国家浮躁着，我们的社会浮躁着，由国家、社会的浮躁引得我们每一个人……都不安，都浮躁。浮躁虽不是成熟的表现，但浮躁是萌动，是成长，是生命的力量。……当然，这还是浅层次的浮躁……是人的素质还低，是民族素质还低，仅仅是一个但求温饱的素质。这真是我们先天不足。"① 这位"静虚村主"对时代的病态有着清醒的认识，可这也拦不住他后来抱病写出《废都》那样惊世骇俗之作——这便是时代的力量。这便是宿命的力量！

所以，尽管思想家李泽厚面对刘晓波的挑战，提倡"中国现在更需要理性"，因为"西方的'非理性'……是对过分发达的理性（例如科技）的反抗。而我们现在所面临的，还是如何从中世纪的非科学的盲从迷信等行为方式、思维方式中挣脱出来，用科学和理性代替它们的问题"。而且，"在西方占主导地位的还是理性主义"。更重要的是，"情绪发泄完了又能怎样？它对改变现状并无帮助"。② 尽管思想界、学术界中理性主义的阵容依在可观，但是，非理性主义的"世纪末情绪"还是势不可当地成为世纪末的一股大潮。

新生代就这样崛起了。

新生代就这样登上了历史舞台。

历史，再次显示出"理性的狡黠"（黑格尔语）：当理性主义者们乘思想解放的春风播撒启蒙的种子，期待着再次收获"五四"精神的硕果时，他们不会想到，商品经济大潮和非理性主义大潮会在两三年时间里就席卷了他们的梦想！

---

① 金平：《由"浮躁"延展的话题》，《当代文坛》1987 年第 2 期。
② 《中国现在更需要理性》，《文艺报》1987 年 1 月 3 日。

三　新生代：多重面孔

每一个人都有多重面孔。同样，每一代人也都有多重的文化品格。而这些文化品格，又常常集中体现于一代人的文学作品中。正如"朦胧诗"、"知青文学"、"社会问题报告文学"是知青一代的文化象征一样，"新生代诗"、"新写实小说"、"校园随笔"是新生代的创造。

1. "新生代诗"作为自我意识的象征

读徐敬亚、孟浪、曹长青、吕贵品编的《中国现代主义诗群大观》一书，一个突出的印象是那些五花八门的"诗派"，"为标新立异而标新立异"的姿态。那些"艺术自释"，大多是对西方现代诗歌理论的模仿之作，可诗人们却似乎天真地相信：他们真的找到了"自我"。平心而论，"他们文学社"的形式主义主张、"莽汉主义"对"亲切感、平常感"的世俗主义追求、"城市诗派"对"日常心态"的表现，都不同于"朦胧诗"对思想性、崇高美、悲剧意识的追求，因而具有相对独特的审美意义，可"撒娇派"、"极端主义"、"新传统主义"以及更多空有怪诞名称的"诗派"，他们的"艺术自释"或者不过是信口开河的胡言乱语，或者是故弄玄虚的矫情之论。其中的多数诗派都不过是昙花一现，过眼云烟。这种"为标新立异而标新立异"的心态显然缺乏对艺术的虔诚，与"为艺术而艺术"的唯美主义不可同日而语，但又绝好地显示了新生代自我意识极度膨胀的文化思潮。只是，自我意识发展到登峰造极的地步之后，难免走下坡路。显而易见的是：当诗成为宣泄莫名苦闷的用具时，很快就失去了艺术的魅力。1986年是诗派林立、阵容空前的一年，也是诗歌由盛而衰的转折点。

形式主义（所谓"纯诗"）、世俗主义（所谓"平民化"）是"新生代诗"的两大思潮，也是"新生代诗"最显特色的两股思潮。而两股思潮又正体现了"新生代"心态的深刻矛盾：形式主义意味着"贵族化"，体现了"精英意识"，又是对浮躁时世的逃避。形式主义，是"新生代"诗人自救的"象牙之塔"，也昭示了"新生代"诗人"冷眼看世界"的淡漠情怀（在这一点上，他们与"新写实"的冷漠文风颇为神似）。而世俗主义又意味着"平民化"，显示了"反崇高"、"反精英意识"的倾向，表现了对世俗人生的认同。走向世俗，走向粗鄙，走向自我调侃，意味着某种放松，某种阿Q式的精神胜利，某种忘却苦闷、消解狂躁的无奈心境。"他们文学社"是形式主义的坚固阵地，可其中的于坚又以《尚义街六号》、《作品第52号》那样的世俗化色彩极浓之作与"莽汉主义"者李亚伟的《硬汉们》、《中文系》共同渲染了平民的无奈与淡漠。这一现象堪称奇观——"新生代"多副面孔的奇观。

1986年的骚动期过后，"新生代诗"以形式主义和世俗主义作为自己的两个基本立足点，耐人寻味。这一现象意味着"新生代"的成熟？抑或是早衰？无论如何，赵野的《诗人》产生于1987年也就不是偶然的了，诗中写道："请忘却你的梦想/你的焦虑/……你当懂得平安、公正/一定是奢望/你生时卑微/死也必将屈辱"……还有唐欣的《我在兰州三年》："我念古文，刚好及格/做生意，几乎赔本/……偶翻佛经，但少有所悟/……我终于明白，我不想承认/我们注定要失败"……是的，并非偶然。"文化低谷"的惊呼正是在1987年开始出现的，而此时相距1985年文艺界的辉煌，才不过仅仅两年！

新生代似乎太脆弱了。而这种脆弱是否又是自我意识太强的孪生兄弟呢？相比之下，"知青族"有过在民间奋斗的经历，"寻根派"以及张炜、张承志、麦天枢这些作家能够历经风雨而不被"世纪末情绪"所征服，体现了理想主义、民粹主义思潮的顽强伟力。这一现象值得注意。

2. "新写实小说"作为绝望情绪的证明

一般都认为，"新写实小说"标志着世俗化大潮的高涨。事实上，"新写实"在1986年以后的崛起（刘恒的《狗日的粮食》在1986年的发表也许是"新写实小说"诞生的标志），也是"世纪末情绪"风云际会的象征。"新写实小说"写"原生态"，撕破了人生的诗意，却又与鲁迅"直面人生"的人生观和文学观难以同日而语。鲁迅忧愤深广，在"绝望中抗战"；"新写实小说"却冷漠无情，止于"绝望中静观"。由此可见，"新写实小说"的天地更加悲凉。

"新写实小说"的主要作家中，刘恒、刘震云、方方、叶兆言、池莉是"知青族"的同龄人，而余华、苏童、格非则是"新生代"。两个年龄层次的人携手开创"新写实"大业，引人注目。偏偏又是余华以冷酷的笔触写下了20世纪80年代文学中最令人毛骨悚然的一页（《现实一种》《一九八六年》《难逃劫数》），苏童以淡漠的口吻讲述了"家族衰亡"

(《1934年的逃亡》《罂粟之家》《妻妾成群》),"少年夭亡"(《少年血》集、《城北地带》)的人生悲剧,格非以出奇的才华经营了20世纪80年代文学中最神秘的一页(《迷舟》《大年》《敌人》《雨季的感觉》)……这些青年作家的力作浸透了对人性的绝望,对历史的绝望、对命运的绝望。这种绝望迥异于那些躁动不安的"新生代诗"——那些诗中的烦躁与绝望尚有青春的特征,而这些小说家却似乎已看破了人生,因为饱览了人间惨剧早已心硬如铁!这究竟是他们的悲剧,还是时代的悲哀?余华在1984年年初登文坛时,尚且有过《星星》那样的优美之作,而苏童和格非则从一开始就与优美无缘。在他们的笔下,人性恶和世事莫测的宿命主题似乎总也写不够。相比之下,"知青族"反倒因为理想主义的激情而给人以"少年中国"的活力感觉。这样的比较不能不使人产生欲说还休的浩叹!

余华崇拜川端康成,却没能进入唯美的境界;苏童崇拜福克纳,也缺乏福克纳"拒绝人类的末日"的豪情;格非的小说颇得博尔赫斯的影响,却比博尔赫斯更多一层彻骨的寒意……如果说这便意味着世纪末的"中国文学特色",那这只能是一种难以正视的巨大悲哀。

我无意于过多地责备这些青年作家。也许毛病出在这个时代——苏童在中篇小说《平静如水》中写道:"一九八七年我又无聊又烦躁……""一九八七年我心态失常。""一九八七年是倒卖中国年。"他还在中篇小说《井中男孩》中写道:"全要怪这个倒霉的季节。碰上这个季节你不发发疯行吗?""灵虹就是给这个倒霉的季节杀死的,谁也救不了她。"这些点缀于故事中的警句绝非信笔所至,它们显然具有批判现实的意味。只是,这种"批判"更多是立足于"逃避"("逃避"、"逃亡"是苏童小说中最常见的主题),而且,"最要命的是我不知道要去什么地方"(《井中男孩》)!

难怪他们的叙事口吻那么冷漠。难怪他们心硬如铁!

但我还要追问:绝望真是别无选择的宿命吗?

我注意到余华1992年发表的《活着》浮现出了新的主题:活着就是希望。尽管这儿的"活着"只是"好死不如赖活着"的意思,但余华似乎正在走出冷酷绝望的巨大阴影?但愿是这样。

3. "校园散文"作为希望的寄托

读过几本新生代的散文、随笔的口述实录体作品,终于发现了希望的主题。为什么在散文体作品中,亮色要多一些?是因为散文作者们具有较为健康的心理素质?是因为他们更多地接受了三毛散文的积极影响?抑或是因为散文注定要以希望的主题与小说中绝望的主题对峙?

由高晓岩、张力奋合写的《世纪末的流浪——中国大学生自白》,是当代口述实录体中具有独特风采的一部作品。这本书真实记录了十多位大学生"精神流浪"的体验。其中,除了"对世上的一切不愿轻信"(《我的世界不能寂寞》)、"努力不受惑"(《不会倾斜的理性》)的主题继承了北岛"我不相信"的批判精神以外,便以"渴望行动"的主题最具特色。请看:"我想去实践"(《西藏,西藏,净地的选择》);"上大学不是读很多的书,而是做很多的事,从中体会到自己的价值"(《我的欲望号街车》);"一个想干事业的人,总得走出去,总得到社会上去触摸中国的脉搏吧"(《男孩子,女孩子》);"我崇尚行动,我觉得我只有在行动中才有力量"。"我就是高加林……不屈服于命运,抓住一切机会实现自己的价值,永远向着最高处自己爬上去","我什么都想尝试一下"(《为什么为什么流浪》);"我的生活方式就是流动","一定要按照自己的想法去做,很少受外界约束"(《我是红鼻子小丑》);"好多同龄人在感慨徘徊中丧失了自我,我却在实干中赢得了自我"(《沙漠与梦想:一个校园乌托邦的实现》);……行动,冒险,流浪,实践:新生代不像知青一代那么苦苦思索人生的价值,他们是"行动的一代"、"尝试的一代"、"跟着感觉走的一代"。其中产生出一些时代英才——《我是红鼻子小丑》的主人公牟森奋斗几年,已是北京小有名气的民间导演(吴文光的纪实之作《流浪北京》中便记述了他的奋斗),《沙漠与梦想》中的主人公潘皓波白手起家,办起大学生经济实体(报告文学《中国大学生》赞美了他们的业绩)。是的,行动足以使人充实,使人超越苦闷。直至1993年中国"21世纪新空间"文化研讨会上,"有效行动"依然是一种生命哲学的旗帜。[①]

而老愚选编的20世纪90年代"最新中国校园散文选萃"——《亲爱的狐狸》则别具风采。其中有感伤,有苦闷,但61篇散文中却有8篇不约而同地表达了追求唯美境界或与唯美境界不期而遇的人生体验,使"美丽瞬间"的主题得到了鲜明的凸显。请看:"人生里的真实都在瞬间,

---

[①] 袁幼鸣:《诗人何为》,《钟山》1994年第2期。

都在身边呵"（杜玲玲：《茶里洞天》）；"如果我们用另一种艺术的态度去投入生活，带着永远新鲜和无邪的心，一再地欣赏和领略生命中美好的细微事物，那我们就会发现，生活中间很多人的接触会带来一种朦朦胧胧、解释不清、妙不可言的体验，它给我们片刻的温暖，给我们几缕回味无穷的甜蜜，给我们一种超逾有限超逾时间的永恒之美。而也许正是这些细小的美的瞬间，升高了我们人生的境界"（陈霆：《冬夜的梦》）；"平平淡淡地发生了这瞬间的迷迹。抑或平淡中藏有无比的深沉，瞬间也体现了永远"（刘原：《夜游偶得》）。诚然，以悲凉的目光看人世，你会觉得人生是一出悲剧。叔本华不就在《作为意志与表象的世界》一书中将人生比作一条由炽红的煤渣铺成的环形跑道吗？可换个角度看人生，你也许会同意唯美主义者的人生观："人生不过是永恒中的一瞬，但在这短暂的瞬间也有某种永恒不变的东西……人类有意义的生活，就在于玩味、利用这每一刻稍纵即逝的知觉，在于捕捉它最强烈、最纯粹的燃烧点。"① 有些"美丽瞬间"的辉煌，可以照亮无数个漫长的平庸的日子！因此，善于发现美，欣赏美，创造美，也成为抗御"世纪末情绪"的题中应有之义。张承志的《美丽瞬间》、史铁生的《随笔十三》中也燃烧着唯美主义的激情，似乎足以表明理想主义与唯美主义之间的某种精神之缘。而"新生代散文"中唯美主义主题的出现既是对"行动主义"的重要补充，又是对"行动主义"的某种超越。当行动碰壁的时候，善于从人生中捕捉"美丽瞬间"是平复创伤的良策；另一方面，当行动与艺术创造融为一体时，行动本身也就成为"美丽瞬间"的同义词了。不论"世纪末情绪"的魔力有多广多深，人并不是命定要被邪恶与丑陋击败的。人可以去寻找"美丽瞬间"——这也是一条自救之路。

而曹明华的随笔集《一个现代女性的灵魂独白》则是青春生命活力的证明和健康心理调节机制的证明。这位"校园散文家"，除了相信"我不相信"的怀疑主义外，"只信奉人类真实自然的生命的力量"（《大陆不至于再出个"琼瑶"》）。因此，她活得开朗，活得洒脱："真实么，真实很好。但当这种真实露给我们一些生活底蕴本质的东西——平庸琐碎之时，我宁可爱虚幻，当然是美的虚幻，是虚幻的美。而一俟这种'美'

---

① ［日］上田敏：《漩涡》，赵澧、徐京安编：《唯美主义》，中国人民大学出版社 1988 年版，第 510 页。

显出它的苍白它的肤浅之际，我便重又追寻真实……生命，便是这一个个回旋又升腾的轮回哪！""我信奉心灵的'得失平衡'。""我的判断向来凭体验而来，我不想多信书上写的。"(《与我同行么》)不管书上那些绝望的"真言"，也无意于只执守某个不变的人生原则，一心只求愉快的感觉、开朗的心境。"跟着感觉走"，却绝不走入绝望、沉沦的泥淖，这种人生哲学，其实也与唯美主义心有灵犀一点通。同时，这种人生哲学又与柏格森有关"唯一实在的东西是那活生生的、在发展中的自我"①的论述十分相似。曹明华的随笔在1986年风靡一时(《一个女大学生的手记》5个月内印了4次，总数达55万册之多)，充分表明在浮躁的大潮之外，还有一块温馨的绿洲。无论曹明华是否受过三毛或者唯美主义的影响，她的作品广为人传诵足以表明：越是在狂躁和绝望之潮高涨时，越是有"三毛热"、"席慕蓉热"、"曹明华热"守护着时代精神的平衡，也守护着广大文学青年的心灵平衡。对1990年的"汪国真热"以及这些年来的"林语堂热"、"梁实秋热"、"丰子恺热"、"周作人热"的复兴，都可作如是观。在浮躁的时世，还有如此可观的爱生命、爱美的健康心潮，可见"境由心造"的古训不虚。而人类这种不甘沉沦、拒绝绝望的生命本能、这种在世风日下的岁月仍执着于美的追求的刚健心态，不也正是人类度尽劫波的希望之所在吗？因此，谁又能说唯美主义只有颓废的意义呢？

新生代渴望行动、追求"美丽瞬间"的独特风采在当代文化史上具有重要的意义。他们没有沿着启蒙的艰难道路前行，却以"跟着感觉走"的歌声显示了"改造国民性"的新希望。想想也不无道理：如果精英的启蒙思想与大众的生命哲学存在一道难以逾越的鸿沟，那么，新生代自在、洒脱的活法也许不失为一条新的通途。20世纪80年代末以后，不少启蒙精英都重新定位，选择了更实际、更自在的活法（"为学术而学术"或"建立知识分子的价值体系"等主张），冥冥中表示了对新生代"行动主义"人生观的认同。这也是"理性的狡黠"，是时代的宿命使然。

但新生代似乎也不该止于"跟着感觉走"。感觉飘忽不定，难作人生的基石。感觉诱人上当，教训层出不穷。如何既保持美好的感觉，又能于风云变幻之际立于不败之地，有赖于"新感觉"与"新理性"的结合。曹明华在1986年以后急流勇退，开始钻研哲学，具有某种象征意味。尽

---

① ［法］柏格森：《时间与自由意志》，商务印书馆1958年版，第120页。

管这是一个浮躁的时代、行动的时代，但以长远的眼光看它，理性终究是人类最稳固的安身立命之处。新生代已经长大。新生代也会变老。如果他们想在当代史上留下独特的建树，仅凭行动主义和唯美主义也许是远远不够的。世纪末的流浪不会没有尽头。当流放者归来的时候，他们不应该两手空空。

……就这样，我们匆匆观察了新生代文化的几个标本。由这样的观察也引发了如下的思考：

在旧的偶像破碎以后，当代人重新发现了自我。新生代以自我作为行动的出发点，跟着感觉走，创造了色彩斑斓、风格多变的新文化，充分显示了青春的活力，同时也体现出青春的浮躁与矫情。跟着感觉走，有的走入了泥淖，在绝望中沉沦；有的走入了"象牙之塔"，在洒脱中新生；有的狂躁不安，过后又疲惫不堪；有的雄心勃勃，奋斗中春风得意……新生代的新风貌是思想解放、人性解放的硕果。新生代的行动主义和唯美主义甚至对知青一代也发生了不可低估的影响，因而注定要成为一支重塑民族魂的强大力量。

另一方面，新生代飘忽不定的"新感觉"又恰好成为世纪末风云变幻的绝妙表征。"跟着感觉走"的口号与活法潇洒而自信，同时又隐伏着被感觉所误的巨大危机。中国有太多的十字路口和陷阱，新生代"跟着感觉走"已屡屡受挫。由"新写实小说"体现出来的绝望感与"王朔现象"体现出来的玩世姿态，看似相去甚远，却都是新生代受挫的后遗症。在一个有太多不可承受之重的国度，新生代"跟着感觉走"的步子也不可能一路顺风。新生代反传统的努力与强大传统势力之间的较量，胜负远未见分晓。在这样的社会背景下，玩世不恭的消极情绪的蔓延，足以令人担忧。对此，知青一代具有清醒的警觉。他们在20世纪90年代初几度掀起"重建人文精神"的潮汐（先是史铁生的《我与地坛》、张承志的《心灵史》震撼文坛，继而是王晓明、陈思和等人张扬人文精神的对话引起广泛反响，最近又有梁晓声批判现实力作《翟子卿》《1993——一个作家的杂感》、麦天枢弘扬民粹主义精神的纪实力作《仰望大地》汇成的新风潮），再次显示了理想主义、理性主义的顽强生命力。问题是：新生代浮躁又疲惫的心绪能因为这新的文化潮而获得新的生命吗？

一切，只有时间才能回答。

四 "新生代"的叛逆情绪:革命浪漫主义的另一种形态?

"新生代"的崛起是 20 世纪末中国文化格局中格外引人注目的现象。他们是在"文化大革命"后成长起来的。对于他们,"文化大革命"是十分陌生的往事。然而,青春期的骚动情绪、西方现代派思潮的影响和中国社会问题的严峻还是汇成了一股强大的文化旋流,使他们的思想常常与革命浪漫主义的批判意识、叛逆激情不期而遇。"革命",在"新生代"的文化词典中,并不是一个"关键词"。在多元文化思潮此起彼伏的冲击与诱惑下,"新生代"的情绪呈现出多变、紊乱的特点。他们在经济上务实,在情感上浪漫,在思想上不拘一格,在文化上兼收并蓄。而革命浪漫主义,也就常常在他们起伏不定的心潮中时而强烈、时而若隐若现、时而怪异地浮现出来。

谁说他们对政治漠不关心?1985 年由北京大学生掀起的"新九一八"运动就在表现了"新生代"关注国际政治风云胸怀的同时,也"表现出了相当程度的狭隘的民族主义情绪,并包含着对我国对内对外政策的不满"。[①] 1996 年同样的情绪也集中体现在几位"新生代"作者共同写作、风靡一时的那部政论体著作《中国可以说不》[②]中。在那部甚至在国际上也引起了严重关切的书中,"要支持一些中小国家为反抗美国的强权而进行的各种形式的斗争!""我们要准备打仗!""我们还记得早年间的那句话:小打不如大打,晚打不如早打。""有道是——'为有牺牲多壮志,敢教日月换新天!'"……诸如此类的民族主义激情的挥洒和"文化大革命"话语的复活,十分引人注目。在这方面,他们显然继承了毛泽东和"红卫兵"的大无畏革命浪漫主义精神。除了由于国际政治问题触发的民族主义情绪以外,他们也以自己的政治行动在国内政坛上产生了影响:"1987 年初的那场骚动……直接由第四代人所掀起……它直接冲击了社会的上层建筑,触动了社会的中枢神经,引发了政治改组,并在文化意识形

[①] 船夫:《十年学潮纪实》,北京出版社 1990 年版,第 123 页。
[②] 宋强、张藏藏、乔边等,中华工商联合出版社 1996 年版。

态内造成了另一场空前凝重的紧张气氛","往往是出于良好愿望的行动,反导致了不良好的结果,欲速不达。1986年底的全国学潮就是一个典型的例子"。① 在良好的愿望与激进的行动以及难以预料的社会效应之间发生的一切,都显示了中国历久形成的强大"政治文化"对于"新生代"的深远影响和无情制约。从这个角度看去,当代学潮与"五四运动"、"一二九运动"、"红卫兵运动"之间存在着相当明显的历史联系与精神的曲折相通。

而他们的文化宣言也常常打上了"造反"的色彩:在诗歌界颇有影响的"莽汉主义"以"捣乱、破坏以至炸毁封闭式或假开放的文化心理结构"作为自己的口号,② 这样的"宣言"很容易使人联想到"红卫兵""扫除一切牛鬼蛇神"的呐喊;在小说界也颇有影响的朱文在1998年发起的"断裂"(这个词多么容易使人想到"文化大革命"后期曾经风靡一时的"决裂"一词!)行动中也提出了这样的问题:"这一代作家的道路也到了这样一个关口,即,接受现有的文学秩序成为其中的一环,或是自断退路坚持不断革命和创新?"而他的答复当然是:"我们要不断革命。"③ 这样的答复多么容易使人联想到托洛茨基的"不断革命论"和毛泽东"在无产阶级专政下继续革命的理论"!尽管一个是"文学革命",另两个是"政治革命",但在"不断革命"的精神上,他们实在心心相通。而在音乐和戏剧界异军突起的张广天既尝试过参与政治(他参加过1985年年底的学潮),也组建过摇滚乐队,后来又决心"去做一个永远在人民心中歌唱的歌者",写下了歌曲《毛泽东》《人民万岁》,策划上演了现代史诗剧《切·格瓦拉》,在这部轰动一时的歌剧中,有这样的询问:"格瓦拉精神如今还要不要?"剧中还响起了《国际歌》的庄严乐声④……该剧在2000年的成功演出正好与思想界"新左派"呼唤"公平"的声音相呼应。在这呼应的深处,依稀可以使人感觉到革命浪漫主义的精灵已经跨越

---

① 张永杰、程远忠:《第四代人》,东方出版社1988年版,第282、352页。
② 徐敬亚、孟浪、曹长青、吕贵品编:《中国现代主义诗群大观(1986—1988)》,同济大学出版社1988年版,第95页。
③ 见《断裂:一份问卷和五十六份答卷》的"问卷说明";韩东:《备忘:有关"断裂"行为的问题回答》,《北京文学》1998年第10期。
④ 见《行走与歌唱》,《天涯》2000年第5期;《切·格瓦拉》,《作品与争鸣》2000年第6期。

了两代人之间的"代沟",使他们站在了一起。

当然,"新生代"的"革命"精神毕竟由于社会背景的剧变而不可能成为毛泽东时代的过来人所理解的"革命"的简单重复。在偏激的情绪上,二者一脉相传;但在"革命"话语的内涵上,却有着十分醒目的差异:在"红卫兵"—"知青"那里,"革命"既具有"造反"的意义,也与"禁欲"、"庄严"、"崇高"、"悲壮"、"牺牲"这些词血肉相连;而到了"新生代"这里,"革命"时而也与"庄严"、"崇高"的情感紧密相连,时而又与"狂欢"、"痞气"、"商业化炒作"的氛围息息相通。例如"莽汉主义"诗歌的"革命性"就表现为以世俗化的风格去颠覆传统的"诗意",在这方面,李亚伟的名诗《中文系》《硬汉们》就是证明;朱文的小说《我爱美元》《老年人的性欲问题》《人民到底需不需要桑拿》《幸亏这些年有了一点钱》也散发出浓郁的粗鄙气息;而张广天也在大学生活时有过"简单地学习嬉皮士,经常夜宿女生楼"的经历。[①] 毕竟,他们是在一个思想解放欲望也解放、人欲横流崇尚享乐的环境中成长起来的。他们的人生观、世界观、文学观和性观念都已不可避免地打上了西方现代个性意识、消费观念和享乐、狂欢情绪的烙印。因此,他们对"革命"的认识必然会迥异于他们的前人。认识到这一点对于研究"革命"一词在20世纪的演化具有重要的意义。革命浪漫主义的精灵也会在时代浪潮的滚滚前进中发生某些有趣的变化。当革命浪漫主义的激情与现代派标新立异的个性意识和"后现代"的狂欢风格、"炒作"手段融会在一起时,我们不难发现革命浪漫主义精神也发生了与时俱进的变化。革命浪漫主义与现代主义的奇特融合,是一个值得研究的有趣课题。

革命的时代已经过去。革命的精神还在盘桓,并且获得了新的文化形态:与现代主义、后现代主义奇特地融化成一体。

只要中国的政治改革还没有完成,只要中国现代化进程中的两极分化现象还没有得到根本性的扭转,革命的精灵就不会寿终正寝。

甚至,即使政治改革已经大功告成,即使两极分化现象已经成功得到了法制与舆论的遏止,革命恐怕仍然会在燃烧着叛逆与标新立异激情、永远不会对现状心满意足的一代又一代青年那里具有长久的感召力。就像在青年时经历过革命,晚年又质疑过"革命"的作家王蒙在长篇小说《踌

[①] 《行走与歌唱》,《天涯》2000年第5期。

踏的季节》中写道的那样："革命的冲动不正是与爱情的冲动一样,生发自青春的红血球吗?"他还在《狂欢的季节》中写道:"革命就是狂欢","中国是世界上最热闹的国家,在什么都缺的那些年代,中国从来不缺少热闹……还不知道谁敌谁友就已经革起命来啦——反对的是冷冷清清,追求的是轰轰烈烈!"也许,旺盛的生命热情是需要狂欢化的革命去发泄的。何况,青春的激情永远在燃烧。每一代青年都渴望树起自己的文化旗帜,在标新立异的呐喊中发出自己的声音。他们未必相信有美好的理想社会,但他们叛逆的冲动、狂欢的活法和创造新语词、新时尚、新生活方式的成果使他们天然倾向于浪漫主义、倾向于"革命"(尽管这"革命"已经不同于共产党人的"革命",不再与抛头颅、洒热血的悲壮、爬雪山、过草地的艰难联系在一起,而更多与现代派的叛逆情绪、标新立异相近)。很难想象,离开了这样的青春热情,光凭着务实的态度,人类的文化生活会丰富多彩。从这种意义上可以说,有青年就有革命。有梦想就会有革命。就连主张"告别革命"的思想家李泽厚也谈到过:"不要革命,并非不尊重过去革命所高扬、所提供、所表现的英雄气概、牺牲精神、道德品质、崇高人格。它们仍然是对人类的一大贡献……人们可以从过去的革命情怀中吸取力量,用在更有实效更少毁伤的生活的人生道路上。"何况,"任何革命也都可以带来一些好东西。例如,'平等'的观念、'集体'的观念、'社会主义'的观念,在'革过命'的地方就比没有发生过革命的地方要浓厚强烈得多,如此等等,这便是革命的真正'成果'"。[①]这样的论述足以表明:李泽厚一方面担忧革命可能带来的巨大破坏,另一方面对革命的精神意义也心向往之。

革命浪漫主义的精灵,还在现代化的进程中飞翔……

(原载《文艺评论》1995年第1期;原载《上海文化》2006年第2期。原题为:《革命浪漫主义的精灵》)

[①] 李泽厚:《再说"西体中用"》,《世纪新梦》,安徽文艺出版社1998年版,第196页。

第一章

新生代文学与传统文化

一 在"反传统"的另一面

"反传统",是20世纪中国文化思潮的一个重要主题。从"五四"时代陈独秀"文学革命论"的呐喊、鲁迅"不读中国书"的激进主张到毛泽东发动的"文化大革命","反传统"的思潮一浪高过一浪。到了"文化大革命"结束,政治激进主义的思潮寿终正寝,文化激进主义的思潮却薪尽火传。出生于20世纪60—80年代的新生代作家就是在新的历史条件下将"反传统"思潮推进到新的高度的一群人。从这个角度看去,"反传统"思潮无疑体现了20世纪的时代精神。中国在向现代化转型的进程中,需要"反传统"的激情去冲击僵化的文化心理结构,去改变传统的文化格局,去催生新的文化、新的制度、新的活力。

然而,"反传统"又是一个值得认真推敲的口号。严格地说,陈独秀、鲁迅、毛泽东的"反传统"主要针对的是僵化的正统文化传统。鲁迅对"魏晋风度"的继承,毛泽东对"三李"(李白、李贺、李商隐)和《红楼梦》的偏爱,都足以表明他们与"另类"(套用一个时髦的词)传统的割舍不了的精神联系。依照荣格的"集体无意识"理论,我们每个人都生活在一定的传统中。"无意识……的内容十分广泛,能够以最相互矛盾的方式,同时容纳最杂乱的因素……它除了容纳着不可胜数的阈下知觉外,还容纳着从我们祖先……的生活中积累起来的丰富财富。如果允许我们将无意识人格化,则可以将它设想为集体的人,既结合了两性的特征,又超越了青年和老年、诞生与死亡,并且掌握了人类一二百万年的经验，因此几乎是永恒的。"① 以这样的眼光去看"反传统"的思潮，我们不难发现：在中国的文化传统中，"反传统"的思潮其实也源远流长。从王充的"问孔"、"刺孟"到魏晋名士的"狂狷"风度，从禅宗的"我心即佛"、"呵佛骂祖"到王安石的"祖宗不足法，人言不足恤"，从李贽的痛斥"儒者之学全无头脑"、反对"孔子之是非为是非"到戴震直斥"后儒以理杀人"，从章太炎欣赏"佛教最恨君权"、"佛教最重平等"到梁启超鼓吹"新民说"……中国一直有怀疑正统、挑战正统的思想家，一直有异端思想激励着思想解放、文化更新的冲动。从这个角度看，当代青年的"反传统"思潮其实是中国思想文化史上异端思想传统的延伸。也就是说，是"另类"传统的延伸。

的确，我们不难在新生代"反传统"的激进口号中看出"异端"传统的影子，尽管鼓吹"反传统"的人们也许更认为自己的思想资源是在西方现代派文化思想的武器库中。

——当他们主张以尼采式的叛逆激情去冲击传统的理性与呼唤"个性意识的自由发展"时，那种狂放的姿态与魏晋名士的狂放风度其实相距不远。

——当他们发出"我们要不断革命"②，并且与"现有的文学秩序""断裂"的呐喊时，他们的激情也很容易使人想起马克思、恩格斯有关与传统实行最彻底的"决裂"的论述，想起托洛茨基的"不断革命论"和毛泽东的"继续革命论"。

——当他们以"艺术至上"、"为艺术而艺术"作为自己的文学宗旨时，也很容易使人联想到中国文学史上那些"文学的自觉时代"（鲁迅语），那些远离了"文以载道"的传统的时代。

——而当他们甚至以粗鄙的姿态宣告自己与艺术的决裂、决心"让诗意死得很难看"，而去尝试"充满野蛮力量的写作"③ 时，他们也就以"下半身"的写作实现了对传统春宫文学的认同。

传统的力量就这么强大。就像德国思想家雅斯贝斯（K. Jaspers）曾

---

① 《分析心理学的基本假设》，《心理学与文学》，生活·读书·新知三联书店1987年版，第42—43页。

② 朱文：《断裂：一份问卷和五十六份答卷》；韩东：《备忘：有关"断裂"行为的问题回答》，《北京文学》1998年第10期。

③ 转引自马策《诗歌之死》，《芙蓉》2001年第2期。

经指出的那样:"不同的道路全被试探过。"① 后来的人们绞尽脑汁的种种创新之论,常常只不过是传统在新的历史时期产生的回声。

由此可见,"反传统"也是一种"传统"。在当代,在经历过"文化大革命"那样的文化浩劫和信仰危机以后的新时期,"反传统"的激进声音在青年中的空前流行,只是思想解放、个性解放、人欲横流、野性回归的时代精神的必然结果罢了。

这,就是为什么我们常常觉得那些激进的标新立异的宣言常常似曾相识的原因所在吧。

这,就是为什么我们常常觉得那些激进的口号常常激烈有余、意义却显得相当模糊的原因所在吧。

的确,你很难在"新状态"小说与"新写实"小说之间找到一条清晰的分界线,也很难在"下半身"诗歌与"莽汉派"诗歌之间看出风格的明显差异来。

二 重新发现的传统

既然连"反传统"也是"传统"的一个组成部分,传统就必然会成为每一代人都难以完全摆脱的文化根基。不过,后来的人们并不是命定要被传统的巨大阴影遮蔽的。有才华、有个性的思想者、艺术家都善于在丰富的传统中找到能为己所用的遗产,在新的文化语境中创造性地去继承传统、延续传统,并为弘扬传统作出新意迭出的贡献。鲁迅一面"反传统",一面在重新阐释魏晋风度、中国小说史方面作出了重要的贡献;毛泽东一面"反传统",一面提倡读《红楼梦》、读《资治通鉴》,也为保护传统文化遗产作出了独特的努力。他们的文化思想的复杂性,耐人寻味。

正是这样,"反传统"的声音也是与"创造性地重新发现传统"的努力相反相成的。

让我们来简略地回顾一下新生代作家(尤其是那些从不轻言"反传

---

① 《人的历史》,田汝康、金重远:《现代西方史学流派文选》,上海人民出版社1982年版,第39页。

统"的人们）在重新发现民族文化传统方面走过的道路。

20世纪80年代，在西方文化思潮的激荡下，中国的文学界曾经高涨过声势浩大的"文化寻根热"。"寻根文学"的主要倡导者韩少功、李杭育、阿城、郑义、贾平凹、莫言都出生于20世纪50年代，而且大都出身农民或有过上山下乡的"知青"经历。他们虽然都因为"文化大革命"而不曾在课堂上接受过起码的传统文化典籍的教育，却都在社会底层的民间文化影响下，接受了传统文化的洗礼。这样，当他们因为拉美文学的"爆炸"而开始了自己的"寻根"之旅时，便自然将自己寻找的重心放在了对于民族文化精神的重新发现上。韩少功对于"楚辞中那种神秘、奇丽、狂放、孤愤的境界"的欣赏与追寻，① 李杭育对于"吴越的幽默、风骚、游戏鬼神和性意识的开放、坦荡"的呼唤，② 贾平凹、阿城对于道家"静虚"传统的认同（如阿城的《棋王》、贾平凹的《浮躁》），莫言对于民间"酒神精神"的讴歌（如他的《红高粱》），都着眼于正统儒家文化传统之外的道家文化，都不约而同地表达了对正统儒家文化传统的疏离，从而也就显示了"寻根派"的某种叛逆倾向。只有郑义有意保护"孔孟之道"，提出了"五四运动"对"作为民族文化之最丰厚积淀之一的孔孟之道"的摧毁、抛弃"有隔断民族文化之嫌"的问题，并直言"一代作家民族文化修养的缺欠，却使我们难以征服世界"，③ 在"寻根派"中显得与众不同。④ 而无论是对于道家精神的重新发现，还是对于儒家精神的重新认识，都不难使人感受到"寻根派"看重传统的精神价值的取向。不妨将这种立场看作"寻根派"在"文化大革命"后的"信仰危机"中试图重建民族文化自信心的努力（这一努力与思想界中"新儒家"的重新崛起可谓不谋而合）。同时，"寻根派"在重建民族文化自信心时对非

---

① 《文学的"根"》，《作家》1985年第4期。
② 《理一理我们的"根"》，《作家》1985年第9期。
③ 《跨越文化断裂带》，《文艺报》1985年7月13日。
④ 如果可以将汪曾祺也算作"寻根派"，则这位老作家也是儒家精神的认同者。他在1983年第2期的《北京文学》上发表了《回到现实主义，回到民族传统》一文，承认自己的作品在结构上受到庄子的影响；到了1989年，他又在《北京文学》当年第1期的《认识到的和没有认识的自己》一文中强调：对于庄子，"我感兴趣的是其文章，不是他的思想"，而在思想方面，"我大概受儒家思想影响比较大……'温柔教厚，诗之教育也。'我就是在这样的诗教里长大的"。汪曾祺这种在文体上学习庄子，在为人与文学思想上认同孔子的"兼收并蓄"的态度是颇有个性的。

正统文化（或读作：边缘文化、民间文化）的看重也充分显示了他们来自社会底层的平民本色。

而新生代作家对传统文化的重新发现之路则显得复杂得多。

他们在成长的道路上没有遭遇上山下乡。他们从中学到大学到工作单位的青春旅程更多与书本密切相连。因此，他们与传统文化的缘分更多来自传统典籍。例如苏童，在谈到自己的文学根基时既明言美国作家塞林格（J. D. Salinger）、海明威（E. Hemingway）、菲茨杰拉德（F. S. Fitzgerald）、福克纳（W. Faulkner）的深刻影响，也坦承中国古典小说《红楼梦》以及"三言两拍"对自己的启发："它们虽然有些模式化，但人物描写上那种语言的简洁细致，当你把它拿过来作一些转换的时候，你会体会到一种乐趣，你知道了如何用最少最简洁的语言挑出人物性格中深藏的东西。"①在当代文坛上，苏童是公认的"先锋小说"和"新写实小说"的代表作家之一。他的"枫杨树故乡"系列小说中弥漫着的怀旧情绪足以使人联想到福克纳的"约克纳帕塔法"系列小说；他的"香椿树街"系列小说对少年时代的凭吊之情也使人自然联想到《麦田里的守望者》和《了不起的盖茨比》《永别了，武器！》。但是，他特别善于营造旧时代的氛围、讲述旧家庭悲剧的才华仍然显示了他与《红楼梦》的精神联系。在《妻妾成群》那样的作品中，对于妻妾之间生死斗争的描写与对于紫藤、深井、秋雨的富于象征意味的描绘交织在一起，产生出具有古典意味的奇特诗意；在《红粉》中，对于妓女复杂心绪的刻画也如《妻妾成群》中对女性心理的刻画一样，都使人能够感受到《红楼梦》中某些女子的影子。

在新生代作家中，将自己的创作与《红楼梦》等古典名著的启迪紧密相连的，不止苏童一人。迟子建是新生代作家中最善于讲述乡土故事的代表人物。她擅长表现大兴安岭山区浪漫的童心、神奇的感觉、迷离的梦境。她的《北极村童话》《原始风景》《重温草莓》《逆行精灵》都因此而具有如梦如烟的文学魅力。而她也说过："我喜欢《红楼梦》中的'太虚幻境'，喜欢《三国演义》中诸葛亮临终时口中衔米致使七星不坠、敌方不敢贸然出兵的描写，喜欢《西游记》中那个能够上天入地的孙悟

---

① 林舟：《永远的寻找——苏童访谈录》，《花城》1996 年第 1 期。

空。"① 由此可见，她喜欢的是古典小说中具有浪漫气息和神秘意境的场景。她的这一审美旨趣与她的东北文化背景显然有着密切的关联。东北是一块神奇的土地。那里的林海雪原为萨满教的生长提供了丰厚的土壤，也为那里的作家的神奇感觉、浪漫想象提供了不竭的灵感。

还有魏微。在她的文学旅程中，《红楼梦》《水浒传》是与《围城》以及萧红、张爱玲的小说一样能使她"翻来覆去地读"的"文学的教科书"。② 她的长篇小说《流年》（又名《一个人的微湖闸》）是一部怀旧之作。她以淡淡的诗意生动描绘了"文化大革命"中一处远离了喧嚣的"世外桃源"，展现了那里的平凡日常生活，同时也就显示了她从《红楼梦》那里学来的于日常琐事的描写中看出人性的复杂与沧桑的功夫。

《红楼梦》，是一部给予了许多作家以灵感与智慧的文学经典。张爱玲、孙犁、刘绍棠、李准、贾平凹、王蒙、刘心武、顾城都曾经谈到过自己对《红楼梦》的喜爱。③ 到了苏童、迟子建、魏微这里，《红楼梦》的影响依然十分强大。《红楼梦》就这样成为一代又一代作家共同的经典。

《红楼梦》之外，唐诗的影响也值得关注。格非是新生代作家中擅长描写人生阴差阳错主题的作家。无论是《迷舟》《大年》那样的"新写实"小说，还是《褐色鸟群》那样具有博尔赫斯意味的"新潮小说"，都产生过相当的影响。他就说过"我非常崇拜的李商隐"的话。④ 的确，我们不难在格非对朦胧意境的经营方面看出李商隐的影子。神秘主义，是现代派文学和后现代主义文学的一个基本主题。当代世事的变幻无常，为神秘主义的流行提供了现实的基础。而这样一来，也就为那些具有神秘主义色彩的古典文学的复活创造了条件。格非写过一部中篇小说《锦瑟》。在那部时间混乱、人物身份模糊，颇有博尔赫斯风格的作品中，格非将李商隐的朦胧诗意与主人公的莫名恐惧和神秘厄运联系在一起，从而消解了李商隐诗歌的美感，而改写出恐怖的意义。在这样的改写中，我们可以感受到格非既受到李商隐的启迪同时又企图与李商隐的遗产保持一段距离，并

---

① 《小说的气味》，林建法、徐连源主编：《中国当代作家面面观·寻找文学的魂灵》，春风文艺出版社 2003 年版，第 160 页。

② 《写作十年》，林建法、徐连源主编：《中国当代作家面面观·寻找文学的魂灵》，春风文艺出版社 2003 年版，第 438—439 页。

③ 参见拙作《〈红楼梦〉与当代文学》，《文艺评论》2003 年第 2 期。

④ 林舟：《智慧与警觉——格非访谈录》，《花城》1996 年第 1 期。

且将李商隐的诗意与博尔赫斯的哲思熔于一炉的用心。

与格非十分相近的,是李修文。他称李商隐为"我最喜爱的中国诗人"。但与格非的迷恋神秘意境不同的,是李修文对李商隐诗歌的另一种欣赏:"他的诗是有色彩、气味和知觉的。"[1] 李修文的长篇小说《滴泪痣》故事通俗,但其中对色彩、气味的精细描绘还是具有一些新意的。在这方面,他的创作明显打上了李商隐和日本作家村上春树的烙印。

而红柯则十分推崇李白。这位以浓烈的粗犷、浪漫笔触描绘出了新疆的壮丽风光与神奇人生的作家在《李白:天才之境》一文中表达了自己对李白的无限仰慕之情:"上天给他的大任是让他给汉字以魔力;而诗人的激情犹如沙漠中心窜出的一股狂风,横扫中原,给诗坛注入一种西域胡人的剽悍与骄横。""胡羯之地的精悍之血滋养了诗人的任侠与狂傲。""中原文人很少有这种气质。"[2] 因为有李白作楷模,红柯在世俗化思潮高涨、浪漫精神沉沦的 20 世纪 90 年代显得格外引人注目。他的小说《库兰》《跃马天山》因此而充满了激情与豪放的诗意。

此外,李大卫自幼就通过背诵《唐诗三百首》《宋词选》《古文观止》而完成了文学启蒙的经历在新生代作家中也是具有相当代表性的,正是这种影响使他在后来的写作中"非常倾心于拟古修辞,尤其是骈体,可以像珠宝一样在结构当中随处点缀,就像音乐中华丽的装饰音型";[3] 王彪欣赏《金瓶梅》将"粗野和细密融为一体"的风格;[4] 罗望子从中国古代寓言(包括"春秋战国时期的百家争鸣所留下的文本")学习"用一个很生动的形象就把某些抽象的意味表达出来了"的手法,追求"寓言化小说"的成功尝试(如《旋转木马》);[5] 毕飞宇因为从小就生活在施耐庵的家乡而对《水浒传》情有独钟,同时,他也神往于《诗经》中

---

[1] 《楼上的官人们都醉了》,林建法、徐连源主编:《中国当代作家面面观·寻找文学的魂灵》,春风文艺出版社 2003 年版,第 501—502 页。

[2] 引自邱华栋、洪烛《一代人的文学偶像》,中国文联出版社 2002 年版,第 26—28 页。

[3] 《后现代主义文脉中的反后现代立场——李大卫访谈录》,张钧:《小说的立场——新生代作家访谈录》,广西师范大学出版社 2002 年版,第 202—203、215 页。

[4] 《生命在梦魇和战栗中逃亡——王彪访谈录》,张钧:《小说的立场——新生代作家访谈录》,广西师范大学出版社 2002 年版,第 544 页。

[5] 《寓言化叙事中的语词王国——罗望子访谈录》,张钧:《小说的立场——新生代作家访谈录》,广西师范大学出版社 2002 年版,第 94 页。

"夕我往矣，杨柳依依，今我来思，雨雪霏霏"那样的境界①……也都是新生代作家从古典文学中寻找灵感与智慧的证明。虽然，他们在这方面的探索远不如他们在接受西方现代派文学和后现代主义文学影响方面为人所熟悉，但上述例子足以说明：新生代中不乏热爱古典文学、积极从古典文学中汲取灵感与智慧的成功范例。这些热爱古典文学的作家很少发"反传统"的激烈议论。他们一面从古典文学中找寻着自己喜欢的思想、主题或色彩、氛围，一面努力将这些遗产与西方现代派文学、后现代主义文学融为一体，从而写出具有中国文化意味的新文学来。他们那些在"新潮"的文体中散发出的或浓或淡古典文学气息的作品，是中国古典文学智慧可以与现代派观念水乳交融的证明，也是中国的古典文学赋有永恒魅力（因此也当然具有现代感）的证明。

　　这里，需要特别强调的是，新生代作家在接受古典文学影响时对语言、色彩、气味的偏爱。他们中的多数不像"寻根派"那样，对传统文化精神特别看重（如贾平凹对道家"静虚"境界的迷恋，李杭育对吴越浪漫精神的凭吊，阿城对"以柔克刚"精神的赞美，郑义对"舍己为公"民魂的讴歌，莫言对"酒神精神"的缅怀，等等。在这方面，红柯无疑是新生代作家中的异数。他对西部雄风的呼唤与李杭育、莫言的创作主旨一脉相通）。也许，一般来说，新生代无意重复"寻根派"的思想；也许，他们对古典文学的独特理解体现了他们继承传统的价值取向（他们的文本意识显然要大于对人本问题的关注），而他们的这种独特理解显然与他们对书本的熟悉、对社会的隔膜有关。但无论如何，正是他们的这种独特理解和偏爱，使他们创作出了打上新生代文化烙印的文学作品，唯美而精致。当然，这样的价值取向必然会使他们的作品难以进入恢宏、大气的艺术与人生之境。如何突破唯美而精致的小天地，是新生代作家面临的挑战。

---

　　① 《历史缅怀与城市感伤——毕飞宇访谈录》，张钧：《小说的立场——新生代作家访谈录》，广西师范大学出版社2002年版，第126页；又见《毕飞宇访谈录》，《青衣》，长江文艺出版社2001年版，第395、408页。

三 对历史与经典的改写

在中国文学的殿堂中,历史题材的文学作品一直占有十分重要的位置。从古代的《三国演义》《水浒传》到现代的《铸剑》《伍子胥》《屈原》、当代的《广陵散》《李自成》《曾国藩》……在历史题材文学中,闪烁着中国作家根深蒂固的历史文化情结和意味深长的"春秋笔法"。一直到20世纪50年代出生的一代作家,还产生了像张承志的《锁儿罕·失剌》《心灵史》、熊召政的《张居正》、赵玫的《武则天》那样的历史小说。一般来说,这些历史文学都以在尽可能忠实于史实的基础上寄托作家的历史之思与现实之慨。像刘震云的《故乡相处流传》、王小波的《红拂夜奔》那样以"黑色幽默"的戏谑笔触去调侃历史、讥讽政治的作品,实在稀少。

但到了新生代这儿,改写历史,成了一个相当普遍的现象。通过改写历史以表达新生代怀疑历史、解构传统的冲动,同时也就在重新发现传统与解构传统("反传统")之间找到了一片可以自由驰骋的天地。不过,具体看来,他们对历史的改写又分两类。

一类是在史实有据的基础上,通过变换看人生的角度去质疑经典,进而开出重新审视传统的新思考来。这方面的作品,以格非的短篇小说《凉州词》、李冯的长篇小说《孔子》和李洱的中篇小说《遗忘》等为代表。小说《凉州词》以唐代诗人王之涣的诗流传甚少作为切入点,在"猜测和幻想的基础上"提出了作家对历史的另一种解释:《凉州词》的作者因为"相貌平平"、作品也不适合歌妓咏唱而备受冷落,他因此而在病重时焚烧了自己的许多诗作。而《凉州词》所以能流传下来,则与诗人的妻子曾经以假扮歌妓演唱那首诗有关。小说中穿插了一个文学博士对历史的猜测与想象,其实也是作家对历史的猜测与想象。有许多的史实已经湮没在了历史的浩劫与云烟中。后人对历史的解释也必然会或多或少带有一定的猜测与想象。格非由此打开了在"猜测历史"同时也"重写历史"的思维空间。显然,"猜测历史"、"重写历史"是与"还原历史"或"解构历史"相当不同的一种立场。李冯的《孔子》则因对日本作家井上靖的《孔子》讴歌孔子不满而努力要写出历史的复杂性与孔子的复杂性来。在李冯眼中，"孔子当然是伟大的，可他当时确实只是想当一名一流政客，他自感怀才不遇，但又因不能怨天尤人不好发作起来，哪里想到那些笔记虫后来给他弄出了一本《论语》。他改变我们的文化有点歪打正着……他的某些真正的气质被后来的人们忽略或者抹杀了"，他因此想写出孔子旅行中"非常荒唐，又非常执着"的一面，并努力将这种精神状态写出某种哲理的意味来："每一种对梦想的追逐，给人的感觉未尝不是这样？"①这样的立场一方面体现出新生代作家不再相信神话、努力拆解神话的叛逆激情；另一方面也的确开启了审视历史的复杂性、人生的混沌性的思路。小说写孔子的"疯"，"他声称他不想做官，可一年内却连升了三级"；"每到富有诱惑力的时刻，他常常就免不了昏了头"；写孔子在四处碰壁后的困惑："命里注定了我的理想将一无所成"；写孔子的弟子对孔子及其学说的怀疑："难道，仁爱之中就必须剔除掉任何私人的欲望吗？""我们都需要爱，但不是老师所谈的博大的仁爱，而是个人的、目的明确的狭小的爱。""越走，我越感到不理解我的老师。以他的才能，他本应该成为一位诗人、音乐大师或纯粹的学者，但他奔走多年的目的却不过是想从政。""我们想介入世俗，反而抛离了世俗，沦为了旅行家或流浪汉。""我们的老师……虽然具备了多种人生的美德，却仍然是一位不折不扣的失败之神……在他身上蕴藏着的巨大的反差与不幸使我的同伴们感到害怕，他们都情不自禁地想要逃离。"这样，作家就通过孔子及其弟子的内心活动揭示了孔子为人的世俗性与矛盾性。这样的揭示既有史实作依据，又浸透了新生代重新审视传统的批判意识和从真实的历史中发现荒唐悖论的现代感。李冯有意从孔子的弟子审视夫子的角度切入，这样也就十分自然地将新生代"审父"的主题引入了历史小说的创作。事实上，这样的审视与上自王充的"问孔"、下至毛泽东"批孔"的"反传统"、"反潮流"思潮也是一脉相通的。李洱的《遗忘》则通过对历史上有关嫦娥奔月的神话故事进行了改写。小说通过对历代史书上有关神话的混乱记述表达了作家对历史的悖谬与混乱性的感悟：嫦娥时而是帝俊的妻子，时而又成了夷羿的老婆；一说她是美女，一说她奔月后成了蟾蜍……历史上的混乱说法足以表明："历史本身是没有记忆的……它无法言说，它需要

---

① 《迷失中的追寻——李冯访谈录》，张钧：《小说的立场——新生代作家访谈录》，广西师范大学出版社2002年版，第226—227页。

借助别人的嘴巴确证自身。""在中国搞历史研究，历来是只有想不到的，没有做不到的……只要你想到了，通过考证你就能做到。"这样，作家就质疑了历史的真实性，揭示了历史的偶然性与随意性。在谈及这部小说的创作动机时，李洱写道："我关心的是对各种改写的改写。我关心日常生活中存在着的各种悖谬性的经验图景，各种复杂的对话关系，以及因对话所带来的质疑性表达。神话当然不是历史，但神话确实又是历史……历史又呈现着怎样的形态呢？用'真实'的材料来论证不存在的事情，通过辨伪的方式，来制造新的伪证，本来就是国人最擅长的伎俩。我们本来就是在悖谬性的境遇中生活的人。"[①] 在这样对于历史的质疑中，我们既可以感受到新生代怀疑历史的冲动，又很自然会联想到现代历史学界中的"疑古"思潮。这里，需要特别指出的是，格非的《凉州词》、李洱的《遗忘》都有意在历史小说中插入了当代学者在研究历史和写作论文的过程中猜测、想象历史（大胆设想），结果常常陷入迷宫中的情节。这种写法显然与那些力图严格地再现历史画面的传统历史小说很不一样。这样的写法明显具有将历史小说的写作"随意化"、"荒诞化"的倾向。它在开辟历史小说创作新空间的同时也动摇了人们关于"信史"与"真实"的传统观念。而这样的倾向又是与 20 世纪 80 年代中期以来以阿根廷作家博尔赫斯为代表的"重写"、"改写"已有文本的"后现代主义"创作的影响在当代作家中迅速增大密不可分的。

还有一类作品则是以游戏的笔墨调侃历史。有意将已有的历史文本彻底颠覆，在尽情调侃历史文本的过程中宣泄叛逆与游戏的"恶作剧"心态，是在一部分新生代作家中流行一时的创作思潮。在这样的写作风格中，我们不难感受到香港"搞笑"文化中"戏说历史"风气的一些影响。与格非的《凉州词》、李冯的《孔子》、李洱的《遗忘》那样虽然也立意于解构，但笔墨间还透出相当的书卷气、沉重感，不同的是另一部分作品的"狂欢化"倾向。例如李冯的《我作为英雄武松的生活片断》、李修文的《西门王朝》、胡坚的《RPG 杨家将》《乱世岳飞》等。前者写武松"根本就不是什么英雄"，只是一个"十足的醉鬼"，武松打虎的故事也在小说中被改写成一场稀里糊涂的胜利，武松拒绝潘金莲引诱的故事也被处理成嗜酒成性、对异性没有兴趣；《西门王朝》中，西门庆成了多情的国

---

① 《关于〈遗忘〉》，《大家》1999 年第 4 期。

君,潘金莲成了有情有义的妓女,武松成了白痴,武大郎成了作恶多端的皇子,一切都被彻底改写了;《RPG杨家将》将杨家将或写成"杀人不眨眼"的"野蛮的悍将",或写成"在保卫国家的同时也保卫了丑恶"的"忧郁的人";《乱世岳飞》中的岳飞也被写成了"黑帮老大",他从小就有俄底浦斯情结,岳母在岳飞背上刺"精忠报国"是为了有朝一日犯事时可以减轻罪责;岳飞的初恋情人是妓女;"岳家军"的纪律严明被写成"岳家军的基本功夫就是打借条";岳飞的殉难似乎意义不大,因为岳飞死后,"地球还是一样在转"……这样,历史上公认的英雄就被漫画成了凡夫俗子的形象。作者在小说中将自己生活中的驳杂见闻以及胡思乱想也糅进了小说中,从而更增强了历史与现实的相似意味。而当作者在作品中大发"历史是怎么说都行"、"历史充满了疑问"之类议论时,他实际上是认同了"后现代主义"的历史观;但当他甚至在作品中写下"在中国的历代君主中,我最喜欢的是明朝的正德皇帝。他不但私自出宫泡女孩子,还自己给自己封官出外打仗,打胜了还给自己升官,实在是一个少有的性情中人"这样的文字时,他又在重新发现历史的同时越过了基本的是非界限——因为正德是历史上有名的昏君,尽管胡作非为有时似乎也可以与"性情中人"联系在一起。

　　历史是值得怀疑的。历史是可以改写的。问题在于:在怀疑与改写中,在游戏的文学中,有没有不可逾越的是非底线?思想解放、创作自由的天地是不是无边无际?在新生代作家"恶作剧"式改写经典、改写历史的思潮中,我们看到了是非混淆的隐患。而这一倾向,又是与当代文化思潮中的"反传统"、"狂欢化"浪潮紧密相连的。从挑战权威、质疑正统到嘲弄一切、颠覆一切直至抹平最起码的是非观念,是一部分新生代作家令人忧虑的精神之旅。这样将"重写历史"推进到"乱写历史"地步的倾向,固然是"后现代主义"思潮影响的产物,也与当代史学界中的非历史主义思潮有着明显的联系。

四　对民族性与历史感的新发现

　　"改造国民性",曾经是从近代以来一百多年间中国文学的一个基本主题。一百多年来的革命、战争、经济建设、文化风云,都极大地改变了国人的生存状态与精神面貌。另一方面，当我们在世纪之交的分水岭上回首民族性（这个词比起"国民性"这个似乎已经明显具有了贬义的词也许更具有文化意味和丰富的表现力）巨变的曲折历程时，是否也注意到这种巨变距离章太炎、梁启超、鲁迅、毛泽东等思想家、政治家当年的理想主义设计又相去甚远？同时，我们还常常感到在某些方面，相当一部分国人的精神面貌比起当年胡适批评的"差不多先生"品格和鲁迅针砭的"阿Q精神"似乎又没有发生多大的变化。那么，新生代作家在表现民族性方面又作出了怎样的独到发现没有呢？显然，新生代眼中的民族性，是显示新生代文学与传统文化关系的一个重要方面。

一般看去，新生代作家的作品似乎大多描写自己的琐碎生活，更注意作品的"个人性"而不是"民族性"。从韩东、朱文等人的"个人化写作"到陈染、海男、卫慧、棉棉的"女性写作"，都体现出了这一点。就像一位评论家指出的那样："一个情绪化的、仅向自己个人负责的心理现实：焦虑、欲望、无所谓、时髦、更多的体验、跨国想象、情调和品味以及永远的观望，这一切向来被称之为'轻'的现实人性，正充斥在这一代人的写作中。"①

但仍然有余华和毕飞宇那样的作家，在自己的作品中表达了新生代对国民性问题的独到思考。

余华的早期作品《现实一种》《难逃劫数》《世事如烟》都以时而写实，时而"先锋"的笔触将国民的冷漠、残忍、愚昧、荒唐写到了极致，从而很容易使人联想到鲁迅的《狂人日记》《药》和《阿Q正传》（尽管余华本人常常表达的，是对于川端康成和卡夫卡的敬仰）。而余华与鲁迅最大的不同也许在于：鲁迅对国民性的冷峻暴露是出于"哀其不幸，怒其不争"的使命感，而余华似乎只是止于冷漠的审视（毕竟，时代变了。这一代人早已淡化了救世的冲动）。这种冷漠的眼光无疑与"文革"后的"信仰危机"有关。然而，余华没有到此为止。到了《活着》和《许三观卖血记》中，他在审视国民性的复杂意蕴方面迈出了坚实的一步。《活着》对主人公在接连不断的灾难打击下心如止水，有几分麻木又有几分坚韧的刻画，《许三观卖血记》对主人公在艰苦的生存条件下靠卖血自救，甚至为了养家而频繁卖血，连"命都不要了"，于可怜中显出可敬的

---

① 吴亮：《这一代的生活和写作》，《小说界》1997年第2期。

描写，都表达了作家对民族性的独到理解：麻木与坚韧可以水乳交融，目光短浅可以与良心、责任感鱼龙混杂。这样的发现既不同于鲁迅的愤世情绪，又不同于一些"新写实"作家欣赏世俗化的倾向。余华就这样显示了自己对底层民众生存状态的深刻理解。显然，在他的这两部作品中，没有"改造国民性"的意义。取而代之的，是对"国民性"的复杂意蕴的深刻理解。这样的理解与"新启蒙"思潮相去甚远，又不同于一般意义上的"弘扬民魂"的民族主义情感，还有别于持续高涨的欣赏世俗化浪潮。余华因此而为思考"国民性"问题提供了新的角度，也使这两部作品在延续了五四新文学运动以来"重新认识民族性"传统的同时也有所拓新。

相对于余华在朴素的故事中审视民族性（尤其是底层民众的艰难活法），毕飞宇则更擅长一面经营浓郁的传统文化氛围，一面在色彩华丽的故事中表达自己对民族性复杂内涵的感悟。在《叙事》《楚水》那样的"家族小说"中，他写出了中国传统文化对日本侵略者的强大吸引力，以及深受传统文化熏陶的前辈在日寇淫威下的窝囊与无奈，这样也就写出了中国传统文化的奇特魅力与软弱苍白。那些穿插在故事中的奇特议论也常常表达了作家对传统文化的复杂情感，如"我怀疑汉语可能是离世界本体最远的一种族语言。它充满了大蒜气味与恍惚气息。这种高度文学化、艺术化的语言使汉语子民陷入了自恋，几乎不能自已"。"婉怡的不幸印证了中国史里一种最本质的部分，中国史说：灾难的最后不幸总是由女人来承担"；（《叙事》）"酒是阳性的茶，茶是阴性的酒。有了酒和茶，中国就有了平衡。中国人如同酒一样孤独，茶一样寂寞。孤独与寂寞是人类的两大敌人，但中国人不怕。中国人有酒与茶。""中国字的每一笔都见得吐纳收藏。小处有修身养性，独善其身，大处见齐家治国，兼济天下。""愚即忠，忠即愚。"（《楚水》）在《哥俩好》那样的"都市小说"中，他还写出了国人在严于律人、宽于待己方面的两面品格，并穿插了这样一些关于传统文化的精彩之论："中国史就这么怪，一写进正史人就不像人了，一个个峨冠博带，长了一张阶级脸；可在野史里就不一样了，是人是鬼都活灵活现，洋溢出口腔与腋下的生物气味。""成语是中国人的文史哲和经政商，它浓缩了万卷书与万里路，有成语在肚子里垫底，什么样的人，什么样的事就全能对付。成语是中国人的魔圈，它既是中国人心智的起始，又是中国人心智的终结……它是汉语的精神、实质、根本、源头和指向。中国人的心智只不过是成语内涵的组合与融汇……中国人不论怎么活,永远也活不出那几道成语。"此外,在《青衣》那样的"戏剧小说"和《玉米》《玉秀》《玉秧》那样的"乡土小说"中,作家也都显示了表现女性的顽强心劲与叵测心机的出色才华,同时也显示了作家对传统戏剧文化和乡土文化的熟悉。毕飞宇的小说因此而在新生代作家中显得格外引人注目:其中既有一个"怀疑主义者"[1]对历史、语言、文化、国民性等问题的别致思考与发现,也有一个熟悉传统文化的新生代作家描绘传统文化的多变色调及由此折射出的复杂情感。的确,中国文化的复杂性不是几句或褒或贬的一般性概括所能表达于万一的。另一方面,"小说的精神是复杂的精神。每一部小说都对它的读者说:'事情并不像你想的那样简单。'这是小说的永恒真谛"[2]。新生代作家在描写民族性的丰富与复杂方面达到的哲理深度,正好印证了米兰·昆德拉的这句关于小说精神的睿智之论。

由此可见,余华和毕飞宇各以自己风格的作品显示了新生代作家对于传统文化、对于民族生存状态与文化心态丰富性与复杂性的新发现、新理解。他们已经放弃了"改造国民性"的使命感,但他们并不因此而对这个民族失望;他们对传统文化的悲剧命运常常采取静观或审视的复杂目光,同时也就显示了他们对于传统文化一言难尽的独特情感。在这样的目光与情感中,传统文化的魅力与缺憾是交织在一起的;在这样的目光中,新生代也对传统文化作出了与前人很不一样的新颖评说。

余华和毕飞宇之外,我们还可以从鬼子的《被雨淋湿的河》那样的"打工文学"中,在魏微的《大老郑的女人》和叶弥的《大笑上天堂》那样的"市井文学"中,看出新生代作家关注底层人生、发现生命的力量与困惑、软弱又深沉、无奈亦无忧的独到目光。这一类作品的影响似乎一时还不及"个人化写作"、"欲望化写作"那么强大,但也因此而显得难能可贵。新生代的文学事业正方兴未艾。我们有理由期待他们在发现民族性的丰富意蕴方面取得更大的成就。

---

[1] 《历史缅怀与城市感伤——毕飞宇访谈录》,张均:《小说的立场》,广西师范大学出版社 2002 年版,第 129 页。

[2] 米兰·昆德拉:《被忽视的塞万提斯的遗产》,《小说的艺术》,作家出版社 1992 年版,第 19 页。

中国的民族文化心态因为新生代的新探索而显示出更丰富、更奇特的品格。这便是传统文化的强大魔力的又一次证明吧：它使每一代人都难以忽略。它使每一代人都力图对它的博大精深作出新意迭出的评说。而它本身也在这不断的评说中不断显示出新的意义，并不断发展、壮大。五四运动以来几代作家在认识、反思、批判、弘扬、静观、怀疑、审视传统文化方面积累的思想与文学成果，真值得好好总结。

（原载《上海文化》2005年第1期）

第 二 章

新生代作家与古典诗词

  中国是诗歌的国度。就正如闻一多先生指出的那样："抒情诗，始终是我国文学的正统的类型。""诗似乎也没有在第二个国度里，像它在这里发挥过的那样大的社会功能。在我们这里，一出世，它就是宗教，是政治，是教育，是社交，它是全面的生活……诗支持了那整个封建时代的文化。"① 又岂止是封建时代的文化！一直到今天，在中国的启蒙教育中，那些家喻户晓的唐诗宋词仍然是最好的教材；在中国人的日常生活中，唐诗宋词的影响也深深体现在了审美观念甚至日常用语中（例如"推敲"的由来、"红豆"的典故、"更上一层楼"的勉励、"道是无情却有情"的点化、"野火烧不尽，春风吹又生"、"春蚕到死丝方尽"、"天涯何处无芳草"、"风乍起，吹皱一池春水"的比喻、"谁念盘中餐，粒粒皆辛苦"的提醒、"但愿人长久，千里共婵娟"的祝福，以及"红杏出墙"的转喻，等等）。由此看新时期以来新生代作家和诗人在创作中对诗词境界的追求，以及新生代诗人对古代诗人的追摹，也是可以发现新生代作家对传统文化继承的一个侧面的。

一　新生代作家与李商隐

  先来看看新生代作家对古代诗人的景仰。
  格非说过"我非常崇拜的李商隐"的话，② 还发表过一篇题为《锦

---

① 闻一多：《文学的历史动向》，《闻一多全集》（一），生活·读书·新知三联书店1982年版，第201页。
② 林舟：《智慧与警觉——格非访谈录》，《花城》1996年第1期。

瑟》的中篇小说。李商隐诗歌中的神秘氛围、唯美色彩在格非的小说中打下了明显的印记。格非的许多作品都显示了他对于神秘主义的迷恋。贯穿于《迷舟》《大年》《褐色鸟群》《青黄》《敌人》《锦瑟》这些作品中的，是偶然的阴错阳差、时间的颠倒混乱、记忆的纷乱无序、感觉的朦胧迷离，以及建立在这一切之上的世界如迷宫的理念。考虑到格非对阿根廷作家博尔赫斯的同样倾心，我们不难发现作家将二者的风格结合为一体的积极尝试。虽然总的看来，格非作品中常常笼罩的神秘氛围与博尔赫斯作品中的阴暗色调更加接近，但他善于以空灵的笔墨在那阴暗的底色中点缀一些清新的亮色，又显然与李商隐的唯美风格影响分不开。例如这样的句子："……一根牵牛花爬上了赭黄的箱壁。它仿佛是一个早已消逝的生命留下的依稀可辨的痕迹，又像是一句谚语——在民间的流传中保留下来的最精炼的部分。"（《青黄》）又如："在我的记忆中，十年前的一次触摸犹如发生在今天，正如一场年代久远的暴雨，打湿了现在的衣服。"（《时间的炼金术》）这样的意象切换，这样的飘逸文思，与李商隐的风格一脉相通。

李修文也将李商隐称为"我最喜爱的中国诗人"。李商隐的人生不如意使他的诗歌也充满了蹉跎感伤的气息。另一方面，"在他的诗歌里，我获得的东西起码在我自己看来就可以称得上奇迹——他的诗是有色彩、气味和知觉的"。[①] 对"色彩、气味和知觉"的强调道出了李修文喜欢李商隐与格非喜欢李商隐的不同：李修文显然更注意李商隐的唯美风韵。例如他的长篇小说《滴泪痣》中那些唯美、迷离的描写："每一棵树上的樱花凋落后还来不及分散，又组成了一面樱花瀑布，也可以说是一扇樱花屏风。它们漫卷着，似不忍分手的离人，但你又分明可以感受出它的快乐。的确如此，有时候，灰飞烟灭也是件快乐的事情。""雪山下的樱桃树，阳光里金针般倾泄的雨丝，还有虚幻至极后和天际融为了一体的海平面。我真切地觉得，自己一下子被掏空了。我，又没有了。"同时，《滴泪痣》中明显受日本作家村上春树的影响痕迹也显示了李修文在李商隐与村上春树那里找到了相通之处：感伤、唯美。

在古代诗人中，李商隐是最受当代作家喜爱的一位。王蒙喜欢李商隐

[①] 林建法、徐连源主编：《中国当代作家面面观·寻找文学的魂灵》，春风文艺出版社2003年版，第501—502页。

的"忧伤"又"超脱"和"深幽的美"①，还发现李商隐的无题诗在写感觉方面与现代"意识流"小说是十分相似的②；莫言喜欢李商隐诗歌的"朦胧美"，"像水中月镜中花一样"的境界③，都可以看出李商隐对当代文学的影响，看出李商隐作品的不朽（因此自然就具有了某种现代性）。而在王蒙、莫言与格非、李修文喜欢李商隐的不同侧重上来看，也是可以发现文学影响的微妙裂变的。李商隐是晚唐人，他的诗中透出的感伤风格既是个人遭际的自然流露，又何尝不是那个"末世"情绪的体现？而当代作家在经历过急风暴雨的"文化大革命"以后重新发现李商隐的魅力，重新发现"朦胧美"（这是与革命年代文艺推重的崇高美很不一样的文学境界）的可贵时，其中是否也流露出了不难理解的"世纪末情绪"呢？——在一场暴风骤雨的"文化大革命"过后，人们难免会因为反思而伤感，因为凭吊而喟叹，因为远离狂热而认同细腻、幽深的情感，应该是情理之中的吧。

二 新生代作家与李白

但崇高美并没有因为感伤之风的流行而销声匿迹。新时期许多作家（例如白桦、顾城）喜欢李白就是证明。毕竟，李白的狂放、潇洒、才气横溢正好与思想解放、个性自由的时代浪潮相呼应。

例如红柯就十分崇拜李白。在《李白：天才之境》一文中，他写道："上天给他的大任是让他给汉字以魔力；而诗人的激情犹如沙漠中心窜出的一股狂风，横扫中原，给诗坛注入一种西域胡人的剽悍与骄横……李白与杜甫与所有唐朝诗人的区别就在于此：想象与力……在中亚辽阔的土地上，天山阿尔泰山昆仑山以及锡尔河阿姆河额尔齐斯河，都是以前所未有的高度与速度横空出世贯穿南北，在偌大的群山河流与戈壁之间，人们只能借重于奔马。那种超常的空间感和速度感是中原人难以体会的。这也是李白艺术生命的所在。""中原文化中，李白最为倾慕的是春秋战国时代

---

① 《王蒙文集》第 8 卷，华艺出版社 1993 年版，第 357—360 页。
② 《王蒙文集》第 7 卷，华艺出版社 1993 年版，第 72 页。
③ 对话录：《有追求才有特色》，《中国作家》1985 年第 2 期。

的游侠剑客……他赞美神通之人荆轲，也赞美强暴的秦王；荆轲以利刃刺向秦王是一种壮举，秦王以他的大军削平诸侯同样是一种壮举；李白在他们身上看到的是一种大丈夫的气概与强悍。中原文人很少有这种气质。""胡羯之地的精悍之血滋养了诗人的任侠与狂傲……那些敢于寄身中亚腹地的汉人，不是背一身血债，就是具有哥伦布气质的商人。"① 李白的狂放、潇洒，为红柯的新疆故事涂上了豪放的浪漫色彩。红柯在20世纪90年代末的成名显示了崇高、浪漫的风格魅力在世俗化的年代里仍然可以感动文坛。他笔下的那些军人、平民都活得痛快、开朗、洒脱，连动物也具有神性。他这么写人与马的缘分："马静悄悄来到他身边，他身上的骨头嘶嘶燃烧，血液泛起泡沫……"（《奔马》）他这样写大地："大地偶尔突发奇想，腾地迸出一群比沙漠还要大的山，让沙石望尘莫及……可大地也有沉不住气的时候，便在草原之外，放纵出浩瀚的水域。那是大地的醉态。牧人和牲畜到了这里，就会狂热起来。"（《美丽奴羊》）他这样刻画人的意志："太阳，青铜声，以及神圣的高地之风在骑手的胸膛上发誓要给他生命，任何阴险的势力也无法得逞了；只有从荒漠上旋起旋伏的黄尘和露珠发出的银辉，只有倔强的野玫瑰在那里闪耀显形，并向苍天宣告：我活着！……在那一天，在塔克拉玛干，死亡之海变成了真主的花园。"（《跃马天山》）在这样散发出浓烈浪漫气息的文字中，是可以使人联想到李白那些鬼斧神工的诗歌的。

　　红柯弘扬了李白的浪漫。青年诗人海子也在《传说》一诗中表达了"为史诗而努力"的梦想。在那一组诗中，他就引用了李白的诗句"白日落西海"作为与古老诗魂对话的开始。他渴望知道：古老的诗魂是如何穿越了漫长的时间，一直影响到今天的。"黄土奋力埋尽了你们，长河落日/把你们的手伸给我/后来张开的嘴/用你们乌黑的种子填入"，"老人啊，你们依然活着/要继续活下去"。这样，海子就表达了对古老诗魂的认同。海子在生活中，在创作中，都是狂热的。据他的好友骆一禾回忆："海子创作是以激情的方式去完成宏大的构思，这里就有极大的压力和悲剧。另外他后来喝酒太凶，已近于酗酒……"② 其中，也是可以看出海子对李白"斗酒诗百篇"的豪气的模仿的。只是，红柯对李白风格的追慕

---

① 邱华栋、洪烛主编：《一代人的文学偶像》，中国文联出版社2002年版，第26—28页。
② 杨黎：《灿烂》，青海人民出版社2004年版，第18页。

没有像海子对李白遗风的追随那么狂热,而海子在诗风方面的晦涩似乎也不似红柯的作品那么在经营迷人意境方面更得李白的真传。

而青年诗人柯平,则在《车至剡溪下游突然想起李白》一诗中感伤地缅怀起李白来:"突然想起李白/自紫名山入剡中/扔下城市如扔下不合身之衣衫/水使他亲近/水悠闲地流过他的诗句"……"梦游天姥。没有看见一辆红色汽车/在又一个秋天/朝城市奔驰而去/水声的澹泊/淹没发动机引擎的吼叫之中。"其中有凭吊,有怀想,还有对现实的批判。李白的诗篇就这么成了批判现代化喧哗的历史参照。

还有青年诗人伊沙的诗《李白的孤独》:"李白/在长安的孤独/是一摞码起来的空碗/似佛塔孤立/没有人会等到他酒醒之时/他们早已取走了他的诗/现在他要/独自穿越全城/回到他的家/在长安/李白的孤独/是最终见到两个傻儿子的孤独。"在伊沙眼中,李白不再潇洒。他的孤独是诗人寂寞的一个缩影,又何尝不是 20 世纪 90 年代诗歌盛况不再的写照!而伊沙的另一首诗《李白缘何而来》则相当有趣地概括了当代青年诗人学李白不成的可怜命运:曾经有过"等着吧,我当个李白"的豪语,可"谁谁又能瞧得出的/穿官靴的即是官/抱个炉子即炼丹/背把剑鞘即善剑/高举杯子皆酒仙/醉宿青楼皆硬汉/咳!咳!咳!/扯什么闲淡呀/懂什么李白呀/老李的长短粗细/岂止在局部"。在略带讥讽的语调中,诗人写出了有的人模仿李白的可笑和李白的不可模仿。

而慕容雪村的小说《李太白传奇》则将李白写成了一个生在"轻薄的年代","终生都会为轻薄自豪"的情种形象。他酗酒、放荡,进宫以后与杨贵妃偷情,但风流成性的他,可以对许多女人说"爱",却绝不对杨贵妃说一个"爱"字。而这种极大地伤害了杨贵妃的态度其实却恰恰表明了他那难以言传、非同一般的爱。这篇小说写得颇有特色:飘逸与粗鄙混杂在一起,恰好写出了李白时而风流、时而放荡的个性,也隐隐透露出作家对李白传奇形象的某种解构——那些粗鄙的描写显然已经给李白的形象涂上了一层"痞"气的色彩。

李白的狂放,李白的飘逸,李白的孤独,李白的多情,一直是中国诗人的梦想所寄。而当我们发现:这么多深受西方文化影响的新生代作家都情不自禁地频频回首李白的遗风时,我们就很容易感悟了古老诗魂的常青,感悟了士大夫的风流个性与现代诗人风流个性在精神气质上的幽然相通。

三　唐诗宋词的影响：其他的例证

再来看看其他的例证。

魏微喜欢读的书就有《诗经》和"唐诗宋词"，并表示希望能重温它们。① 她的长篇小说《一个人的微湖闸》（一名《流年》）写得如诗如歌，显然与此有关。那是一部怀旧之作。故事的背景是"文化大革命"，但作家的目光却一直关注着狂热之外的平静日常生活："……在那静静的一瞬间里，我听到了时间的声音，非常含糊的，像雨打芭蕉的点滴的声音。窗外衣片清明，秋日的阳光落在我们的脚边，我们的怀里，我们的手指间，我们的嘴唇上，我们的眼睛里……""因为隔着绿色的纱窗，所以，橙色的阳光也变成绿色的了。"这些静物素描的文字，与王维、韦应物那些描写静中风光的诗（如"空山不见人，但闻人语响"，如"野渡无人舟自横"）多么相似！而在"青春，爱情，肉体的欢腾，一代人的静静的理想，几乎是在一瞬间逝去的。也很难弄清楚当时是怎么回事，也很难追忆了"这样的主题中，不是也明显可以使人联想到李商隐的名句"此情可待成追忆，只是当时已惘然"吗？

陈染说过："我一直用诗的方式来写小说……我好像天生对汉字有特别的感觉。"② 在她的小说《只有一只耳朵的敲击声》中就引了一首宋词："少年听雨歌楼上，红烛昏罗帐。壮年听雨客中舟，江阔云低断雁叫西风。而今听雨僧庐下，鬓已星星也。悲欢离合总无情，一任阶前点滴到天明。"这首蒋捷的《虞美人》，"这首为现代人所不屑一顾的古诗，多少年来一直在黛二心里萦绕回转"。黛二是陈染许多小说中一个经常出场的女作家形象，她孤独寂寞又常常充满反叛的激情，可当这激情屡遭碰壁以后，无奈和感伤的情感就会自然涌上心头。因此，那首《虞美人》就成了黛二苍凉心境的真实写照，也成了陈染的感伤情怀与古代士大夫伤感情怀心心相印的证明。

---

① 魏微：《写作十年》，林建法、徐连源主编：《中国当代作家面面观·寻找文学的魂灵》，沈阳：春风文艺出版社2003年版，第439—440页。
② 林舟、齐红：《女性个体经验的书写与超越——陈染访谈录》，《花城》1996年第2期。

李修文的《滴泪痣》是以白居易的《长恨歌》中的名句"上穷碧落下黄泉,两处茫茫皆不见"作为全书的题记的。这样,小说主人公的凄艳情爱就与唐明皇和杨玉环的爱情悲剧冥冥相连、相映了。

李大卫曾经谈道:他在上中学以前就能"背诵《唐诗三百首》、胡云翼编的《宋词选》和《古文观止》中的若干篇目"。这样的基础使他后来"倾心于一种铺陈浮华的文体"、追求"诗意的孤独"。[1]

安妮宝贝也曾经自道:"我小时候痴迷唐诗宋词,觉得文字里有无限意境。"[2] 在她的网络文学作品中,她总是"不厌其烦地描写一些琐碎而美丽的东西。提醒自己一些温暖的细节"。[3] 她作品中弥漫的伤感与颓废、神秘与唯美的风格与杜拉斯、张爱玲的风格相通,也与唐诗宋词的影响存在着一脉联系。

还有卫慧。在她的长篇小说《我的禅》中,有一章描写女主人公在普陀山法雨寺游览、悟道的经历:

> 眼前的菩提树虬根盘错,沉默而有力地深植于土地,枝冠巨大,蓬蓬勃勃地伸向天空。抬头仰望,不由地联想到人的生命短暂——这倒不是万物尽虚幻式的哀伤。事实上百年、千年的大树能给你特殊的治疗的力量,那力量通过树枝的汩汩的流动,直流到你的心。

而在这一章的开篇,就引用了王维的名句"空山不见人,但闻人语声(应为'响')"。

这些例子表明,新生代作家都常常在有意无意间以古典诗词点缀了自己的作品。而这样的点缀自然也就为那些作品或多或少添加了一些古风古韵。

这也可以说是中国古诗与现代小说、现代情感幽然相通的一个证明吧。

---

[1] 张均:《小说的立场》,广西师范大学出版社2002年版,第202—204页。
[2] 安妮宝贝:《蔷薇岛屿》,作家出版社2002年版,第162页。
[3] 安妮宝贝:《告别薇安》,中国社会科学出版社2000版,第375—376页。

四　于坚与唐诗宋词

特别应该写到的，是诗人于坚。这位因写出了许多"重返民间"的"日常关怀"诗歌而在诗坛上产生了重要影响的诗人就在自己的创作谈中多次谈到了唐诗宋词对他创作的深刻影响。他说过：他少年时就"读过唐诗宋词，像《唐诗三百首》，我能全部背得，也背过唐宋八大家的一些散文和赋。我写过七律、七绝，填过词，也写过赋。颜真卿书法也练过几年。这些为我打下了传统文化的基础……我觉得西方文化对我很重要，但中国文化对我的写作有着根本性的影响。其实有时候我们接受西方文化时潜意识中却回到传统文化，表面上是接受西方的，但实际上也是中国传统文化的东西，因为西方和东方都有某些普遍的共同的东西，例如人性、人道主义……我觉得我的整体写作精神还是传统的，中国传统文化对人生、宇宙、存在等根本问题思考较多，对当代西方也有所启示。'道'对我是非常重要的，但是如何表现'道'，在方法上我是受西方的影响"。[①] 在他看来，西方哲人海德格尔所谓"诗意的栖居"的思想"正是古老中国的存在方式。中国世界与大地的关系是万物有灵和天人合一的。中国人的心灵世界不是寄托在上帝那里，而是寄托在大地上"。[②] 他认为："世界诗歌的标准早已在中国六七世纪全球诗歌的黄金时代中被唐诗和宋词所确立。这个黄金时代的诗歌甚至为我们创造了一个诗的国家。诗歌成为人们生活的普遍的日常经验，成为教养。"因此，"唐诗宋词，乃是世界诗歌的常青的生命之源"。[③] 这样，他一方面发现：在唐诗宋词中，充满了对于日常生活的描写。他举了杜甫的诗："熟知茅斋绝低小，江上燕子故来频。衔泥点污书琴内，更接飞虫打着人。"还有苏子瞻的词《临江仙·夜归临皋》："夜饮东坡醒复醉，归来仿佛三更，家童鼻息已雷鸣，敲门都不应，依仗听江声……"以及李清照的词《点绛唇》："蹴罢秋千，起来慵整纤纤手，露浓花瘦，薄汗轻衣透。见有人来，袜刬金钗溜，和羞走。依门回

[①] 于坚：《拒绝隐喻》，云南人民出版社2004年版，第229—230页。
[②] 同上书，第47页。
[③] 同上书，第75—76页。

首，却把青梅嗅。"直至"声色犬马，绫罗绸缎，红男绿女、小市民的、过日子的世界"，"帘卷西风，人比黄花瘦"或者"杏花疏影里，吹笛到天明"、"十年一觉扬州梦，赢得青楼薄幸名"的世界，① 甚至像李煜笔下那样的"花明月暗笼轻雾，今朝好向郎边去，（刬）袜步香阶，手提金缕鞋。画堂南畔见，一向偎人颤。奴为出来难，教君恣意怜"的"永恒而下流的一幕"。这样，就破除了诗歌精英化写作的神话，还原了诗歌的生活性（当然也包括世俗性乃至放荡性）；② 另一方面，不仅描写日常生活本来就是诗人的责任。而且在他看来，还应该好好学习古代士大夫的生活方式和生活能力："在中国明清以前，知识分子……不是坐而论道的弱不禁风的人物。他们舞剑骑马、弹琴下棋，一生好入名山游。"③ 他因此欣赏"老夫聊发少年狂"的苏东坡和"羽剑雕弓，忆呼鹰古垒，截虎平川"的陆游。在这样的文学与人生主张中，不难感受到于坚对现代积弱文化的批判锋芒。同时，他还认为，"李白是过去时代的伟大传统，他是他时代的先锋派"；④ 因为诗歌是超越时间的，因此，他将宋词"一直作为现代派的东西来阅读"。⑤ 这样的见解也是颇有新意，也具有历史感的：开创新境界、超越时间限制的诗人都具有先锋的意义。

就是在这样的思考与追寻中，他写下了《罗家生》《尚义街六号》那样朴素、隽永的"大白话"诗篇。他以这样的诗歌为那些普通的大学生、工人的平凡生活留下了生动的记录。这些写于20世纪80年代初的诗歌继承了汪曾祺的小说名篇《受戒》的传统，与韩东的《有关大雁塔》一起，推动了当代诗歌平民化、生活化的思潮发展。其中飘荡的那份感伤之情又与后来同样描写平民世俗生活的"新写实"小说的冷漠风格不尽相同。另一方面，他那些描写历史人物的"大白话"诗篇（如《伊曼努尔·康德》《弗兰茨·卡夫卡》《贝多芬纪年》《文森特·凡高》等篇）也主要刻画了他们日常生活中平凡的身影，从而写出了伟大隐藏于平凡中的另一面。

于坚因此而成为当代文学世俗化思潮的重要代表人物。

---

① 于坚：《拒绝隐喻》，云南人民出版社2004年版，第155页。
② 同上书，第156—157页。
③ 同上书，第38页。
④ 同上书，第16页。
⑤ 同上书，第82页。

他也是新生代诗人中最强调学习唐诗宋词的一位有独到见地的诗论家。

当年，毛泽东希望在古典诗词和民歌的基础上发展新诗。在他的时代，李季、阮章竞、闻捷、郭小川、贺敬之都各显身手，写出了革命化的"新民歌"、"新辞赋体"作品。

而于坚则是在现代化进程中写出了另一种"大白话"诗：将唐诗宋词的世俗关怀与现代平民的日常生活融合在一起的诗歌。他的思路与上述革命诗人有相近之处，但在人生境界和文学风格上的迥然不同，也是一目了然的。

由此，是可以引出"关于在古典诗词和民歌的基础上发展新诗的不同结果"这一研究话题的。

五　另一种声音：质疑与批判

不应忽略的事实是：新生代作家受古典诗词的影响远远不能与他们所受到的西方文学的影响相提并论。不仅如此，有的新生代作家甚至常常将批判的锋芒直指古典诗歌。

例如慕容雪村就尖锐指出："唐诗宋词是一种缺乏进取心的艺术尝试，关心词句超过关注人本身。""唐诗宋词偏重于处理人和自然的关系，在人与社会、人与人的问题上就显得力不从心，大漠、边塞、小桥、流水等简单意向的无数度重复，怀乡、离愁、孤独、闺怨的一再咏叹，都显示出诗人们对社会事物的懵懂和责任感的缺失。"[①] 这一番议论不无道理。中国的古典诗词、文人画，占主导地位的"主旋律"是"寄情山水"、"天人合一"。但尽管如此，屈原的《离骚》、曹操的《步出夏门行》、李白的《行路难》、杜甫的"三吏"、"三别"、苏东坡的《江城子·密州出猎》、辛弃疾的《破阵子·为陈同甫赋壮词以寄》、陆游的《诉衷情》……大量忧国忧民、渴望建功立业的诗篇还是昭示了士大夫情怀的另一面：志存高远，自强不息。

这里，特别需要提到的是，慕容雪村本人就很善于在他的小说中以富

[①] 慕容雪村：《遗忘在光阴之外》，时代文艺出版社2002年版，第213页。

于诗情画意的风格经营意境。请看这样的句子："三千年。雪山融为江河，沧海凝固成岩石，桃花开过，人间又是春天。岁月的四壁题写着不朽的传奇……"(《唐僧情史》)"光阴如海，汗漫无边，世间一切都在沉沦。"(《李太白传奇》)"每个夜里我都会悄悄地醒来，江湖和繁华就像沉睡的歌声，悠悠地从记忆中滑过。""夕阳下满山枫树如火，山下碧绿的江里有数片白帆顺流而下，我在桨声欸乃中渐渐走入树林深处，落叶在脚下发出沙沙的声音，让我觉得格外安静。"(《遗忘在光阴之外》)……这些段落都体现出古老的诗词意境。这些美丽的文字与小说中那些颠覆历史、笔锋调侃甚至有时粗鄙的故事形成了奇怪的结合。慕容雪村的作品因此而呈现出一种怪异的风格。

对于古典诗词直至古代文化传统，从来就有批判。但当我们发现连批判者也常常会在无意间流露出古典诗词的影响时，不就更能说明古典诗词的影响难以抗拒吗？

这里，应该指出的是，慕容雪村对唐诗宋词消极面的批评并没有使他彻底否定古典文学。在《死了老婆，放声歌唱》一文中，他表示了对庄子的喜爱："他是一位真正的哲学家。""终庄子一生，他始终对自己忠诚。""他从骨头里蔑视金钱和名位。"① 在《便是胡闹也成书》一文中，他表示了对明末文学家张岱的《夜航船》一书的欣赏："很有趣……主要是因为它的没心没肺……包罗万象……没有逻辑，没有主题"，"但始终都充满智慧"。② 由此可见，慕容雪村本人是欣赏道家哲学和小品文的。如此说来，他应该喜欢唐诗宋词才是。

还有毕飞宇的小说《楚水》，也透露出对传统诗词和文化的批判态度。地主少爷、大学生冯节中在日寇占领期间开妓院，并以宋词词牌作为妓女们的花名。他还以祖传的古代字画为妓院装点出古典的氛围来。在醉酒中，他也会背诵古代诗句以宣泄莫名的苦闷。而这一切都显然透露出作家对无行文人的嘲弄、对古典文化命运的喟叹：

　　古画轴打开来有一种很特殊的气味。气味是承袭历史最伟大的媒介之一。它胜过文字和传说。冯节中一样一样挂上那些书画，香粉、

---

① 慕容雪村：《遗忘在光阴之外》，时代文艺出版社 2002 年版，第 144—150 页。
② 同上书，第 228—232 页。

香水和唇膏的气味就混杂在画轴气味的边缘，绰绰约约。冯节中恍恍惚惚做了一回历史喟叹，他看见了毛笔和宣纸的文化实在过于空洞无聊。那些精神性、象征性植物完全失却了生态意义……

了解中国传统文化的日寇军官盐泽村北在知道了这一切后对冯节中说了这么一番话："中国的文化很伟大，文人却无耻。"这个日寇"喜欢李后主，汉语历史上最不可思议的李后主。将天堂与人间的丧失歌唱得那样凄艳妖娆——这对我们日本是一种启迪和暗示。如同站在楼顶上遥视黄昏"。士大夫的伤感、古典诗词的凄美，本来十分迷人。可是正是这伤感与凄美昭示了一个民族的脆弱。这部小说因此而显示了文化批判的锋芒。这样的批判无疑是具有悲凉意味的。它足以使人联想到历史上那一次次山河沦陷、生灵涂炭的悲惨记忆。

但这里也有一个问题：那些山河破碎、国破亡家的悲剧从根本上说是应该由文人负责？还是由执掌权柄的帝王将相们负责？

古典诗词的熏陶，使新生代作家从遥远的古代诗人那里找到了自己的知音。古代士大夫的洒脱、飘逸，感伤、唯美气质竟然也在深受西方文化影响的当代青年作家心中激起真诚的回应，这不能不说是文化的奇迹。

当代知青作家在经历了"文化大革命"的荒原后，在开放的20世纪80年代掀起了"寻根"的热潮。他们主要是从民间文化中发现了古老的民魂的。

而一部分新生代作家则是在大多数同龄人反传统的浪潮中向古典文学、向唐诗宋词投去了重新发现的目光的。应该说，这也是一次"寻根"，只是不像1985年时那么声势浩大。也正因为如此，这一次向古典文学的"寻根"才显得更具有个性的色彩。

这是中国古典诗词生命常青的证明。

这也是新生代文学在追赶西方文学新潮的同时不会被西方文学同化的重要保证。

（原载《南京师范大学文学院学报》2005年第1期）

第 三 章

新生代小说与古典小说

不少"新生代"作家都在自己的创作谈中谈及古典文学给予自己的影响,这样就使得他们与那些狂妄地全盘否定传统的同龄人区别开来。因此,研究这一部分作家与古典文学的联系就成了研究"当代文学与传统文化"的重要组成部分。这样的研究告诉我们:传统文化的火种已经传到了"新生代"的手中;"新生代"作家在继承传统并努力对之作出具有时代感和个性色彩的阐发的尝试,也丰富了我们对于传统文化精神的理解。

另一方面,还有一些"新生代"作家在自己别出心裁的创作中表达了自己对于历史、传统的"另类"理解,虽然与正统的、流行的解释相去甚远,却自有言之成理的新意,从而促使我们去探讨重新发现历史、重新发现传统的可能性。

一 新生代小说与《红楼梦》

许多新生代作家都喜爱《红楼梦》。

例如苏童就坦承中国古典小说《红楼梦》以及"三言两拍"对自己的启发:"它们虽然有些模式化,但人物描写上那种语言的简洁细致,当你把它拿过来作一些转换的时候,你会体会到一种乐趣,你知道了如何用最少最简洁的语言挑出人物性格中深藏的东西。"[①] 在当代文坛上,苏童是公认的"先锋小说"和"新写实小说"的代表作家之一。但是,他特

---

① 林舟:《永远的寻找——苏童访谈录》,《花城》1996 年第 1 期。

别善于在小说中营造旧时代的氛围、讲述旧家庭悲剧的才华仍然显示了他与那些擅长描写贫苦农民和小市民猥琐人生的作家的明显区别。这一特色应该是与《红楼梦》给他的影响有关的吧。在《妻妾成群》那样的作品中，对于妻妾之间生死斗争的描写足以令人想起《红楼梦》中那些妻妾之间、丫鬟之间的争风吃醋、殊死搏斗（不是说"女儿是水做的骨肉"吗）；《妻妾成群》对于紫藤、深井、秋雨的富于象征意味的描绘，也产生出具有古典意味的奇特诗意，令人想起《红楼梦》中那些风花雪月的抒情篇章，同时也就在一定程度上冲淡了妻妾之争的"原生态"意味。而在《红粉》中，对于妓女复杂心绪的刻画也如《妻妾成群》中对女性心理的刻画一样，使人能够感受到《红楼梦》中那些争风吃醋女子的影子。

再看迟子建。她是新生代作家中最善于讲述乡土故事的代表人物。她擅长表现大兴安岭山区浪漫的童心、神奇的感觉、迷离的梦境。她的《北极村童话》《原始风景》《重温草莓》《逆行精灵》都因此而具有如梦如烟的文学魅力。而她也说过："我喜欢《红楼梦》中的'太虚幻境'，喜欢《三国演义》中诸葛亮临终时口中衔米致使七星不坠、敌方不敢贸然出兵的描写，喜欢《西游记》中那个能够上天入地的孙悟空。"[①] 由此可见，她喜欢的是古典小说中具有浪漫气息和神秘意境的场景。她擅长描绘她记忆中那美丽又虚幻的故乡——

> 灰街人做梦做得最多的是梦见日月星辰，梦中的它们全比实际在肉眼看到的要大上几十倍甚至上百倍。星星跟水车一般大，月亮就像一座山，太阳则像座失了火的屋子，红光闪烁着。有次瓦云梦见一颗星星掉进青河里，将青河拦腰斩断，青河的水四溢到农田，上了岸的鲫鱼则能像燕子一样飞，空气中洋溢着煮稻米的气息，她在岗上见那颗卧在青河中的星星大如磐石，金光灿灿。（《灰街瓦云》）

在迟子建看来，"几乎所有的作家都有怀旧情绪"[②]。（而《红楼梦》

[①] 《小说的气味》，林建法、徐连源主编：《中国当代作家面面观·寻找文学的魂灵》，春风文艺出版社2003年版，第160页。

[②] 《必要的丧失》，《清水洗尘》，中国文联出版社2001年版，第349页。

不就是一部怀旧之作吗?)她还相信:"每一个优秀作家都是具有浪漫气息和忧愁气息的人。浪漫气息可以使一些看似平凡的事物获得艺术上的提升,而忧愁之气则会使作家在下笔时具有一种悲天悯人的情怀,从而使作品散发出独特的韵味。"①(而曹雪芹不正是一位"具有浪漫气息和忧愁气息的人"吗?)她的这一审美旨趣与她的个性有关,也与东北的文化氛围密切相关。东北是一块神奇的土地。那里的林海雪原为萨满教的生长提供了丰厚的土壤,也为那里的作家的神奇感觉、浪漫想象提供了不竭的灵感。

陈染有一系列小说是以"黛二"为主人公的(如《无处告别》《另一只耳朵的敲击声》《嘴唇里的阳光》等等)。黛二这个奇怪的名字很容易使人联想到《红楼梦》中的黛玉。因此,黛二就具有了"黛玉第二"的意思。她"瘦削清秀,内心忧郁,身上散发一股子知识女性的多愁善感、孤独傲慢";"带有一股病态的柔媚与忧郁";她"是个矛盾重重的女子,她既要解放了现代女性的感官体验欲求,直接纯粹的身体行为;同时又无法摆脱深埋骨中的古典性的沉思冥想"。这一切,都足以催生这样的联想:黛二,就是今天的林黛玉。虽然经历了女权主义思想的洗礼,但有多少知识女性还像林黛玉一样,骨子里还跃动着清高、孤独、忧郁、才华出众又多愁善感的万千愁绪!

还有魏微。在她的文学旅程中,《红楼梦》《水浒传》是与《围城》以及萧红、张爱玲的小说一样能使她"翻来覆去地读"的"文学的教科书"。②她的长篇小说《流年》(又名《一个人的微湖闸》)也是一部怀旧之作。她以淡淡的诗意生动描绘了"文化大革命"中一处远离喧嚣的"世外桃源",展现了那里的平凡日常生活,同时也就显示了她从《红楼梦》那里学来的于日常琐事的描写中看出人性的复杂与沧桑的功夫。《一个人的微湖闸》是作家的童年回忆。在小说的"楔子"中,一句"我在微湖闸度过了幸福的、平静的童年"就为全篇定下了基调。而"幸福"、"平静"这样的基调与"新人类"生活方式中的"苦闷"、"浮躁"的主

---

① 《小说的气味》,林建法、徐连源主编:《中国当代作家面面观·寻找文学的魂灵》,春风文艺出版社2003年版,第161页。
② 《写作十年》,林建法、徐连源主编:《中国当代作家面面观·寻找文学的魂灵》,春风文艺出版社2003年版,第438—439页。

调显然不同。在这部童年生活的回忆之作中,占了主要篇幅的,是对"那些沉淀在时间深处的日常生活"的动人描绘。全篇以一个小女孩的目光串联起一个个平凡的人物。他们在"文化大革命"那样疯狂与压抑的年代里照旧过着淳朴与平静的生活。这样的时代背景使其在"文化大革命"题材的小说中也具有了特别的意义——它昭示了即使是在政治统率一切、政治搅乱一切的疯狂年代里,仍然有一些普通人忠实于永恒的人情与良心,忠实于琐碎而充实的平凡生活。虚幻的政治狂热早已烟消云散,而永恒的人情与良心和琐碎而充实的平凡生活却天长地久。

在静静的日子里,女人们做针线活儿,聊天,男人们读报、学"毛选",一切都十分平凡,但作家不断告诉你:"在她们那些琐碎的、没有见识的谈话里,其实囊括了人生里至关重要的一些东西。"那些东西使"他们几乎躲过了所有的劫难"。"那是20世纪70年代的中国,工业社会的种种迹象,在那个时代已初显端倪。可是在日常生活方面,人们还保留了从前的传统。这其中的空当被无限地拉大了。最活泼的思想,最古旧的生活,以一种极端的方式糅合进了那个空虚的时代,竟然相得益彰,真是不可思议。"这的确是非常有趣的话题:时代潮流与日常生活的分离。政治压力与恒久人性的共存。《流年》因此而感人至深。

《红楼梦》是一部给予了许多作家以灵感与智慧的文学经典。张爱玲、孙犁、刘绍棠、李準、贾平凹、王蒙、刘心武、顾城都曾经谈到过自己对《红楼梦》的喜爱。[①] 到了苏童、迟子建、陈染、魏微这里,《红楼梦》的影响依然十分强大。他们在各自的作品中表达了对于《红楼梦》各有千秋的继承。《红楼梦》就这样成为一代又一代作家共同的文学经典。

二 新生代小说与《水浒传》

早在20世纪30年代,"新感觉派"的代表作家施蛰存就以中篇小说《石秀》成功改写了《水浒》中石秀杀淫妇的故事,将一个具有传统道德意味的故事写出了精神分析的深度。

---

① 参见拙作《〈红楼梦〉与当代文学》,《文艺评论》2003年第2期。

到了20世纪90年代，新生代作家中也兴起了改写古典作品的热潮。例如李冯就很有代表性。他比较擅长通过对历史题材的改写表达自己"颠覆经典"或重新审视历史的思考，作品具有浓厚的"后现代"意味。他的长篇小说《孔子》和中、短篇小说《16世纪的卖油郎》《我作为英雄武松的生活片断》以及电影剧本《英雄》都能体现出这一点。《我作为英雄武松的生活片断》通过对武松故事的改写消解了原来的英雄传奇意味。小说让武松自白："我根本就不是什么英雄；或者说在我看上去像一个英雄那会，我肯定正是个十足的醉鬼。"武松的确是个酒徒。在《水浒》中，他也的确是在醉酒之后打死了老虎的。但李冯却有意淡化了《水浒》中的英雄气，而突出强调了武松的浑浑噩噩："除了暧昧性关系和不停地杀戮，在我的故事中并没有多少东西属于我……我的故事情节合乎逻辑，实质毫无理性和意义。"这样的消解不能说毫无道理。它毕竟是建立在原著的基础之上的，并因此而不完全等同于港台流行文化中胡编乱造、纯粹"搞笑"的"大话"、"戏说"。这种建立在原著基础上的改写也许具有重新认识文学典型的意义。因此，尽管这篇小说写得比较散漫，它仍然具有发人深省的认识意义：一个关键时刻的英雄平时也可能只是一个凡夫俗子。所谓"时势造英雄"，所谓"佛魔一念间"，也可以从这个角度去理解。而英雄的故事一旦流传开去，就会与故事的本相有所出入，这也不能不说是传播的变形和人心的需要（人们常常习惯于将英雄"神化"，而不愿意或不可能"还原"英雄的本来面目）吧。事实上，在评论界，已经有人指出了武松的嗜杀。评论家朱大可就在《流氓的精神分析》一文中指出：《水浒》是"暴力话语的容器"。武松是"在正义的名义下"从事着"残忍的屠杀"，李逵也是"为杀人而杀人"的一个屠夫。[①]打虎的英雄，同时也可能是嗜杀成性的屠夫——在这样的命题中，既有当代作家消解崇高的冲动，也体现出当代人多角度看问题的思维方式。

还有毕飞宇，也对《水浒》情有独钟。他童年就生活在施耐庵的故乡。他说过："从我小的时候起，有关《水浒》的传说就都在我的身边。书里是怎样的？我看到的又是怎样的？施耐庵为什么去写《水浒》，书里头人的生存又何以演化为当下的人的生存，人们为什么对与自己的生活毫

---

① 《花城》1996年第6期。

不相干的东西津津乐道,这一切都很有意味。"① 为此,他也写过一篇《武松打虎》。作品写说书人在施耐庵的故乡讲施耐庵讲过的故事,这情节本身就有一些历史感。可他醉醺醺的讲述却使他淹死在施耐庵故乡的小水沟里。这样,英雄的往事就与现实的可笑鬼使神差地联系在了一起。同时,听众在喧闹中的大打出手,村长的老婆挥拳打在村长的相好阿三的老婆头上,边打边喊:"打,打,打,打死你这只母老虎!"这样,英雄的传说又与现实的打斗荒诞地重合在一起。在这样的奇特故事中,历史与现实的联系与对照充满了荒谬的意味,可这荒谬又显现为实实在在的现实。

真切的童年体验使毕飞宇对《水浒》别具慧眼。在他看来,《百年孤独》那样的魔幻之作"完全是现实主义的","《水浒传》才魔幻。施耐庵不是一个现实主义作家。《水浒》我读了一遍又一遍……"② 这样的看法是别出心裁,也言之成理的。③《水浒》开篇写"张天师祈禳瘟疫,洪太尉误走妖魔",写"三十六员天罡下临凡世,七十二座地煞降在人间",还有"花和尚倒拔垂杨柳"、"景阳冈武松打虎"、"武松大闹飞云浦"、"张顺魂捉方天定"、"还道村受三卷天书,宋公明遇九天玄女"、"托塔天王梦中显圣"、"忠义堂石碣受天文"等故事,以及"能呼风唤雨,驾雾腾云"的公孙胜、能"把两个甲马拴在两只腿上,作起神行法来,一日能行五百里。把四个甲马拴在腿上,便一日能行八百里"的戴宗和"多餐人肉双睛赤"的邓飞……都的确是魔幻之笔。这样的笔法颇能体现出东方神秘主义的浪漫或恐怖气息,也很能折射出中国民间的文学欣赏旨趣。有学者将《水浒》的叙事特征归纳为"力图贯通和超越'天人'空间、'古今'时间,以有限去思考和隐喻无限,省悟天理人心之精蕴,升华出艺术韵味来,"并称为"似真传神主义",④ 也与"魔幻"之说相去

---

① 《历史缅怀与城市感伤》,张钧:《小说的立场》,广西师范大学出版社2002年版,第126页。

② 《毕飞宇访谈录》,《青衣》,长江文艺出版社2001年版,第395页。

③ "对于《水浒》的唤神弄鬼,批评家们多以为艺术之败笔,不屑置说。其实岂能作一概而论。作品将尘世与上界为对应,隐含着入世与出世的矛盾……深刻反映了对现实无可奈何而又力图解脱的宗教思辨轨迹"。(李庆西:《〈水浒〉主题思维方法辨略》,《文学评论》1986年第3期。)

④ 杨义:《中国古代小说史论》,人民出版社1998年版,第306页。

不远。有这样的眼光，毕飞宇在生活中、在小说创作中，都很注意发现人生与世界的神秘或神奇。他说："在乡村生活的那段生活里，我总是会遇上一些不可思议的人与不可思议的事。"① 这样的人与事在他的笔下产生出十分复杂的意味，催生出相当瑰丽的画面——从《叙事》中关于家族的故事与关于生命、语言、历史、哲学的奇特感悟的炫目拼接到《青衣》中对于一个演员在事业心与嫉妒心的双重燃烧中行为异常的刻画，从《哥俩好》中对兄弟之间隔膜的深刻揭示到《睁大眼睛睡觉》中对一个行尸走肉奇特心理的刻画，从《哺乳期的女人》对一个渴望母爱的幼童变态心理的洞察到《玉米》中对一个乡村少女人生巨变的遒劲描绘……作家都能成功捕捉到平凡生活中的奇异感觉，点化出超凡想象的诡谲玄机。"我的想象在深夜叠现诸种毫不相关的事理"（《叙事》），这句话正好是毕飞宇小说的"魔幻"特征之一。例如《叙事》中的日寇军官板本六郎具有侵略者与中华书法的爱好者的双重身份，他的时而狂妄无耻时而开朗豁达引发了作家这样的感慨："对'人'的判断历来会导致灾难。关于'人'，是与否的判定经常走向其背反。'人'与'非人'历来是人的两极世界，它如同正极与负极吸附在同一磁石上面。由人到青面獠牙，只需转个身。放下屠刀立地成佛，是现实一种；一不留神原形毕露，是现实之另一种。"又如《哥俩好》中的图南一方面放浪形骸，另一方面又不希望弟弟图北步自己的后尘，作家由此写出了人的双重人格与不可理喻；又让图南在联想中产生对于中国文化深刻矛盾的感悟："中国史就这么怪，一写进正史人就不像人了，一个个峨冠博带，长了一张阶级脸；可在野史里就不一样了，是人是鬼都活灵活现，洋溢出口腔与腋下的生物气味。"这样，人的不可理喻与历史的不可理喻就重叠在了一起。《玉米》中的主人公从心高气傲到委屈嫁人的经历，巨变中有所不变的，是对于"权力"二字的看重："过日子不能没有权"，"权力会长出五根手指，一用劲就是一只拳头"。毕飞宇小说的基本风格是写实，但他没有像"新写实"和许多同龄人作家那样写得琐碎，他是努力在写实中融入了奇崛的想象，在写实中开掘着人生、文化与世界的玄妙哲理的。他因而在20世纪60年代出生的作家中显得与众不同。在这方面，他有点像老作家林斤澜。

---

① 《毕飞宇访谈录》，《青衣》，长江文艺出版社2001年版，第409页。

于是，毕飞宇便以自己对《水浒》的独特理解、以熔魔幻的感觉与写实的风格于一炉的小说创作启迪了这样的思路：中国古典小说的独特魅力在哪里？中国当代的写实之作怎样继承、发扬古典小说的成功经验？中国小说源于远古神话，并一直与志怪、传奇相伴相随。在这样的文学形态中，折射出东方神秘主义的文化特色，也体现了中国人的奇特审美旨趣，是值得有志于追求"中国风格"、"民族特色"的作家揣摩、借鉴的。

三 新生代小说与《西游记》

署名"今何在"的网络文学作品《悟空传》曾经风行一时。该作品曾获得全国第二届网络大赛奖，被誉为"最佳网络文学"作品。在这部显然受到香港"搞笑"之作《大话西游》影响的作品中，作者将唐僧师徒去西天取经的故事改写为一连串忽喜忽悲的人情故事：在唐僧"我要这天，再遮不住我眼，要这地，再埋不了我心，要这众生，都明白我意，要那诸佛，都烟消云散"的宣言中，透出了个性至上的意志；在唐僧欣赏女色的插曲中，又写出了他的凡心未泯；孙悟空一面降妖除魔，发出"我要天下再无我战不胜之物"的豪言壮语，一面也常常发些具有"新人类"口气的感慨："老孙最恨的就是一片痴心，不知误了多少人性命，偏要一个个打醒！""老孙最恨的就是规规矩矩，越是动不得的东西，就越是要动一动！"另一方面，一句"也许他从来就没有活过来过。从炼丹炉中跳出来的，不过是那太强烈了的欲望"，也解构了孙悟空复活的神话，写出了孙悟空的可怜与悲哀；猪八戒的贪色也被改写成耐心等待了八十万年爱情的痴情人，而它的那句感慨——"俺老妈把俺生下来时，也没告诉俺猪一生的意义是什么？俺正在苦想，一看其他兄弟都先抢着把奶头占光了，才知道什么叫真他妈蠢！"——又多么传神地表达了当代人对于生存竞争的严酷体验！还有小白龙的叹息："说是到了西天就功德圆满，可是没人告诉我们西天在哪儿啊？"也与西方现代派的悲叹遥相呼应，流露出当代一部分青年的苦闷与迷惘……严格说来，此书写得相当随意、凌乱，但却因为作者在改写《西游记》的尝试中写出了唐僧、孙悟空、猪八戒的"人情味"、写出了他们在爱情、奋斗中的无可奈何而博得了许多大、中学生的一片赞美声。作者将弥尔顿、尼采的诗句引入作品，也给此书增添了一些奇异的现代感。

《悟空传》的成功是20世纪末因为"王朔热"、"王小波热"而不断高涨的狂欢化思潮的继续。这一狂欢化思潮既是世俗化思潮的产物,又是中国民间"乐以忘忧"传统在现代化进程中的自然回归(现代化生活为狂欢化思潮的高涨提供了空前适宜的条件)。当理性的求索陷入困境、非理性的宣泄也绝望无比时,嘲弄崇高、得乐且乐的心态就自然会迅速扩散开来。只是,为什么在这种狂欢化的写作中,我们仍能不时感受到一些伤感的抒情、一些愤怒的呐喊、一些可怜的无奈?就像《悟空传》的读者们评论的那样:"为什么我们会被感动,原来我们心目中的英雄跟我们一样无奈,一样的无知……""我们生活在没有英雄的时代一切神佛都被我们打破了。所以只有我们这一代会对这一作品流泪!"① 看来,"狂欢化"也不是一切。在"狂欢化"的年代里,仍然有一些古老的情感在人们的生活中不时涌动。这些古老的情感,是"新人类"与传统之间存在着千丝万缕联系的又一有力证明。

综上所述,不难看出新生代作家在继承古典小说遗产方面的两条路径:

一条是像前辈作家那样,喜爱古典小说,并从中揣摩伟大文学的玄机。同时将其融入自己描写现代和当代生活的作品中,使自己的作品透出朦朦胧胧的古典文化底蕴,从而与一般的"原生态"写作、"欲望叙事"或"身体写作"区别开来(虽然古典小说中也常见"原生态"或"欲望叙事"的段落,如《水浒》中的血腥场面和性描写,但毕竟只是枝节之疵)。苏童、迟子建、陈染、魏微、毕飞宇都是走的这一条路子。

另一条则是具有"后现代"意味的改写。从古典小说中选择一些为人熟知的故事,通过具有明显"解构"意味的改写达到颠覆原作题旨、生发出新的人性之思与文学之思的目的。而这样的改写又有两重境界之别:或如《我作为英雄武松的生活片断》那样闪烁批判的锋芒,开出"重新审视历史"的思路;或像《悟空传》那样充满搞笑的气氛,尽情玩出胡涂乱抹的花样来。又因为后一种写法最不讲严谨和章法,可以信笔涂鸦,所以最受当今文学青年的追捧。在这样的热潮的深处,我们不难看出

---

① 《悟空传》,光明日报出版社2001年版,第263—264页。

新生代叛逆品格的另类展示：不再只是拿起西方的思想武器去猛烈攻击传统文化，而是像孙悟空钻进铁扇公主的肚子里面捣乱那样，闯进古典文学的殿堂，大闹一气。这样的捣乱已经没有了激进主义的严苛，而变成了具有游戏意味的语言狂欢。这样的狂欢已经成为新的时尚。

显然，无论哪一条路子，都显示出了新生代作家与古典小说复杂的文学与精神联系。那些经受住了历史磨洗的文学经典，那些为西方的文学经典难以取代的中国文学经典，对于后来人永远有着不可思议的魅力，使人们常读常新。那些集中体现了中国文化特质的价值观念、人物性格、成语典故、语言特色、抒情风格，已经深深融入了中国人的文化记忆和日常生活（例如关羽已成为忠义的楷模，诸葛亮已成为智慧的化身，曹操已成为奸诈的典型；贾宝玉、林黛玉已成为爱情的共名；孙悟空则是叛逆的代表；"过五关斩六将"、"走麦城"、"舌战群儒"、"锦囊妙计"等已经成为人们日常口语中十分流行的成语典故）。即使是在"文化大革命"那样的文化浩劫中，毛泽东号召读《红楼梦》就促成了《红楼梦》的风行；"批《水浒》"那样的政治运动也阴差阳错导致了《水浒》的空前普及。在这样的文化氛围中，作家们在有意无意的阅读中接受了古典文学的影响也就是十分自然的了。无论是刻意的追慕，还是故意的改写，都是古典文学的影响无比强大的证明。而这样一来，当代文学就与古典文学紧密联系在了一起。正如钱穆先生所指出的那样："中国人好求通……文不论雅俗，体不论古今，一部中国文学史先后承续一贯会通。"① 而当新生代作家在刻意追慕古风的同时，又在自己的作品中倾注了关于女性、文化、历史、故乡、日常生活的现代之思时，我们也就看到了经典与今天、传统与个性、旧学与新知之间不断沟通、不断对话的丰富可能。

另一方面，当越来越多旨在狂欢的改写已经到了粗制滥造、混淆是非的地步时，当这样的改写已经引起了越来越多的非议时，就应该进一步探讨"推陈出新"的下一步迈向何方的问题了。同样是改写古典作品，《我作为英雄武松的生活片断》就蕴含了耐人寻味的人生哲思，成就高于《悟空传》。毕竟，平心而论，那些旨在追慕古典又有所出新的作品文学成就明显高于那些狂欢化的改写之作，本身就很能说明问题。一味地狂

---

① 《现代中国学术论衡》，岳麓书社1986年版，第231页。

欢，最终会筋疲力尽，甚至感觉错乱吧。而真正的创造，永远是与特别的天赋、独到的匠心紧密联系在一起的。

剩下的问题是：未来更年轻的作家们，还能从古典小说中找到"推陈出新"的灵感吗？

第 四 章

新生代作家的"诗化"小说

捷克学者普实克曾经指出:"旧中国文学的主流是抒情诗代表的趋向,这种偏向也贯穿在新文学当中。所以,主观情感往往主宰或突破叙事作品的形式。"① 王瑶先生也认为:"鲁迅小说对中国'抒情诗'传统的自觉继承,开辟了中国现代小说与古典文学取得联系、从而获得民族特色的一条重要途径。在鲁迅之后,出现了一大批抒情诗体小说的作者,如郁达夫、废名、艾芜、沈从文、萧红、孙犁等人,他们的作品虽然有着不同的思想倾向,艺术上也各具特点,但在对中国诗歌传统的继承这一方面,又显示出了共同的特色。"② 在这样的文学现象深处,显示了中国文学一条贯穿古代文学和现代文学的精神线索,那便是:"我国传统文学以'言志抒情'作为它的内核,不同于西方文学着眼于人物、情节、环境的描写。我国传统文论注重神气、风骨、意境、韵味等概念辨析,与西方文论以形象、典型、典型环境中的典型人物为中心课题,恰好反映了文学内涵上的差异。"③ 这样的文学特质,无疑是中华民族重情感、重主观体验、善于的民族性格的具体体现。

有相当一部分在开放年代走上文坛的"新生代"作家也在有意无意间继承了这一传统,在"诗化小说"的写作方面有所深化、有所拓新。

---

① 《以中国文学革命为背景看传统东方文学同现代欧洲文学的对立》,《普实克中国现代文学论文集》,湖南文艺出版社1987年版,第91页。

② 《中国现代文学与古典文学的历史联系》,《北京大学学报》1986年第5期。

③ 陈伯海:《论中国文学的民族性格》,《传统文化与当代意识》,上海三联书店1991年版,第121页。

一 继承传统,奋力超越

在"十七年文学"中,孙犁、刘绍棠是"诗化小说"的代表作家。他们的作品散发出清新、俊逸的气息。到了新时期,汪曾祺、贾平凹继续谱写出"诗化小说"的新篇章,在清新、俊逸中又融入了淳厚、古朴的文化底蕴;而张承志的一系列"诗化小说"则写出了崇高、壮美的气势,别开"诗化小说"的新生面。在这样的背景下看新生代作家的"诗化小说",我们首先会注意到:他们在写景、渲染诗意方面与前辈作家的"诗化小说"在笔力和境界上有所相似,又有所突破。例如——

秋天里有许多这样的时候,窗外天色隐晦,细雨绵延不绝地落在花园里,从紫荆、石榴树的枝叶上溅起碎玉般的声音。这样的时候颂莲枯坐窗边,睇视外面晾衣绳上一块被雨淋湿的丝绢,她的心情烦躁复杂,有的念头甚至是秘不可视的。

颂莲就不明白为什么每逢阴雨就会想念床笫之事。

她又看见那架凋零的紫藤,在风中发出凄迷的絮语,而那口井仍然向她隐晦地呼唤着。(苏童:《妻妾成群》)

在这颇有传统意味的悲秋描写中,苏童融入了欲望的主题和神秘感应的主题。

红色的火焰贴着茅屋在晨风里翩翩起舞。在茅屋背后的天空中,一堆早霞也在熊熊燃烧。阮海阔那么看着,恍恍惚惚觉得茅屋的燃烧是天空里掉落的一片早霞。阮海阔听到了茅屋破碎时分裂的响声,于是看到了如水珠般四溅的火星。然后那堆火轰然倒塌,像水一样在地上洋溢开去。(余华:《鲜血梅花》)

这是描写自焚的一个场面,余华竟将恐怖与诗意糅在了一起,将"水火不容"的传统思维拆解、重组,写出了"水珠般四溅的火星"、"火……水一样在地上洋溢开去"的奇特感觉,从而烘托出了主人公肩负力不胜任的使命时的神情恍惚。

> 月光变幻成千万条的小银鱼,在大地上忙忙碌碌地穿梭着、悠游着……
>
> 怎么会有这么好的夜……草儿花儿的茎里和蕊里怪动人地游出那独特的清爽的芬芳,从你的脚跟往上升起,一直缓缓地流过大腿、心脏、脖颈、至脑子,最后,觉得头发里有丝丝的凉意让人陶醉的震颤,那风儿挟带着花草香气从每一根发尖上流过,快意地离去……每一片树叶都印着月光那温情的亲吻。这天,这地,都醉了。(迟子建:《没有夏天了》)

在这赞美月光的文字中,我们感受到了作家对于自然的奇特感觉,朦胧而神秘。

> 天上只有半个月牙……许多夏虫的鸣叫也是美妙而抒情的,尤其是纺织娘娘的低鸣很有些惆怅的意思,像吃饱了饭批判生活过于幸福的样子。后院的藕池也飘来了生动气息,使人联想起宽大的荷叶上水珠嬉戏的童年时光。陆家大院里的人又听见繁星似的蛙声了。能够清晰有致地听见蛙声是老爷的每个夏天内心平和的标志,与疖子痊愈时周围可感的痒相仿佛……蛙声预示着生活的田园式意境,预示了不远的秋天佃农们成色极好的租子。(毕飞宇:《明天遥遥无期》)

月亮、虫鸣、荷叶、蛙声,都是古典诗词中常见的意象,它们的常见显示了传统士大夫对于自然、安宁、闲适境界的深爱。可到了毕飞宇这里,这一切却与拟人化的调侃笔墨、地主的惬意期待奇特地杂糅在一起,表现出作家善于解构传统意境的功力。

从上述段落不难看出,在开放年代里成长起来、深受西方文学影响的新生代作家们,常常会在自己的作品中有意无意地显示出对自然、对人情与自然对应的抒情迷恋,并善于以空灵、飘逸的文字将之表现出来。在这方面,他们显示出了与传统文心的契合。同时,他们也在有意无意间写出了新的风格。在他们的笔下,诗情画意不再像前辈作家描绘得那么纯粹。欲望的气息、调侃的笔墨、恍惚的感觉、怪诞的比喻,与空灵、飘逸的文字奇特地杂糅在一起,昭示了某种现代特征:以批判、审丑的眼光去打量自然、揭示人心。在这方面,西方"现代派"文学的影响也是十分明显的。他们就以这样"杂糅"、"诗意"与"非诗意"的风格显示了他们抒情方式的奇崛,同时也就实现了对前辈作家"诗情画意"风格的超越。

二 迟子建:神秘的"诗化"境界

迟子建是当代"诗化小说"的代表作家。她的故乡大兴安岭的神奇之美在她小说中打下了深深的印记。请看这样的文字——

> 我背着一个白色的桦皮篓去冰面上拾月光,冰面上月光浓厚,我用一只小铲子去铲,月光就像奶油那样堆卷在一起,然后我把它们拾起来装在桦皮篓中,背回去用它来当柴烧。月光燃烧得无声无息,火焰温存,它散发的春意持之永恒……我生于一个月光稠密的地方,它是我的生命之火,我的脚掌上永远洗涮不掉月光的本色,我是踏着月光走来的人,月光像良药一样早已注入了我的双脚,这使我在今后的道路上被荆棘划破脚掌后不至于太痛苦。(《原始风景》)

> 如果你在银河遥望7月的礼镇,会看到一片盛开着的花园。那花朵呈穗状,金钟般垂吊着,在星月下泛出迷幻的银灰色。当你敛声屏气倾听风儿吹拂它的温存之声时,你的灵魂却首先闻到了来自大地的一股经久不衰的芳菲之气,一缕凡俗的土豆花的香气。你不由在灿烂的天庭中落泪了,泪珠敲打着金钟般的花朵,发出错落有致的悦耳的回响,你为自己的前世曾悉心培育过这种花朵而感到欣慰。(《亲亲土豆》)

> 阳光滚滚袭来,大地亮堂得轰轰烈烈,似乎带着一种隆隆的响声,山脚处的白雾袅袅而去了……林间花草树木上的露珠被阳光映得异常浏亮。想来阳光也是有力气的,原先待在叶片上挺饱满的一颗大露珠,经阳光轻轻一推,它就坠到地上了。草丛里的虫子正睡得美,这一下让坠落的露珠给砸醒了,虫子一睁眼睛,原来天已大亮了!(《五丈寺庙会》)

在这些具有浓郁的泛灵论色彩的诗化描写中，显示了作家善于幻想、长于描绘幻美之境的才华。而这才华，又与作家的东北文化背景有着不可忽视的联系。在东北，萨满教的影响一直十分深厚。以"多神的泛灵的信仰"、"以大自然崇拜为主体"的萨满教"源于远古的原始思维"，① 虽然受到过"五四"思想家的激烈批判（例如周作人就在《萨满教的礼教思想》一文中怒斥萨满教的迷信为"野蛮的萨满教思想"②），却在民间一直流传了下来。在迟子建笔下，我们就可以看出她对于唯物主义世界观的拒绝。在小说《原始风景》中，她写道："我不是一个朴素的唯物主义者，所以我不愿意相信那种科学地解释自然的说法。我一向认为地球是不动的，因为球体的旋转会使我联想到许多危险，想到悲剧。"虽是小说叙事人的口吻，也显然是作家本人世界观的写照。在《假如鱼也生有翅膀》一文中，作家表示："相信动物与植物之间也有语言的交流"，相信"梦境也是一种现实，这种现实以风景动物为依托，是一种拟人化的现实，人世间所有的哲理其实都应该产生自它们之中"。③ 这样的猜想与思考很容易使人联想到相信万物有灵的萨满教。很难想象，没有这样的文化心理基础，作家笔下的东北风景会如此神奇动人。

由此可以得出这样的结论：思想解放，必然会带来各种信仰的全面回归；文化寻根，肯定会导致民间文化的全面复兴。不一定科学的猜想可能催生幻美的文风；唯物主义的哲学、写实主义的笔触在这样的民间信仰和文风面前，可能相形见绌。这里，有着另一种的真实：想象的真实，信仰的真实，地域文化心理的真实，还有：作家个性的真实。

因此，迟子建的小说虽然也有清新的风格，却因为想象的迷幻、感觉的神秘而呈现出神秘的诗意。这样具有神秘色彩的"诗化"之思，在只有唯物主义一家独尊的年代是不可能产生的。

三 吕新：纷乱的"诗化"风格

在新生代作家的"诗化小说"中，吕新的作品显得颇为独特。纷乱

---

① 乌丙安：《神秘的萨满世界》，上海三联书店1989年版，第6页。
② 《谈虎集》，北新书局1936年版，第342页。
③ 《清水洗尘》，中国文联出版社2001年版，第355—356页。

的意象、灰暗的意境，使他的许多小说呈现出扑朔迷离的梦幻风格。

　　他说过："我的许多小说就是得益于一次又一次的睡眠。""我一直感到小说不仅仅是故事，它应该有一半是故事，另一半应该不是故事。""我喜欢读那些想象力丰富的作品，但这种想象力必须建立在一种充满灵性的语言之上。文学若不是白日梦又能是什么？""我曾经写过各种各样的感觉和气味，写过各种各样的声音与光影，各种各样的形状与颜色，我至今仍然酷爱小说中的各种粗糙的或精美的物品和场景，人物在场景里走路的脚步声和喘息声……"① 在这样的小说观念中，我们可以从"想象力丰富"、"充满灵性的语言"中发现"诗化小说"的特质；同时，也不难从作家有意写"感觉和气味"、"声音与光影"、"形状与颜色"而淡化人物、故事、情节的态度中看出这"诗化小说"的朦胧意蕴来。

　　他的短篇小说《农眼》《哭泣的窗户》、中篇小说《旧地：茅草一片金黄》《雨季之瓮》《手稿时代：对一个圆形遗址的叙述》和长篇小说《黑手高悬》《抚摸》都没有连贯的故事、清晰的人物，而充满了影影绰绰的人影、潦潦草草的风物速写和梦幻般离奇怪诞的感觉。例如这样一些段落——

　　　　夜晚的月亮永远像乖巧柔媚的妖女子一样悄悄攀上墙头……每一粒水珠的里面都极其清晰醒目地映着一些过去的遥远地方，以及颜色泛黄的故事和人群。

　　　　黎明时四起不息的鸡声将山区丰盈的天空划开一道道血红的口子，如同那些潮湿丰满的充满无限激情的鲜艳之唇。……在万念俱灰的冬夜，大家不约而同地梦见了金黄颜色的秋天。

　　　　苍白的太阳像一个出门不久的病人孤零零颤巍巍地拄着手杖站在大门口……（《农眼》）

　　　　稀薄的阳光如同大家饭碗里的透明的米汤，每个人都能从中看到自己的弯曲而粗糙的倒影。（《黑手高悬》）

　　　　我的笔驱赶着一批虎背熊腰的汉字，在山区亮度微弱而无限往返的时间里游移徘徊，缓缓而行。

　　　　圆形的日子，如锅似碗。

---

① 《〈抚摸〉序语》，《山西文学》1993 年第 4 期。

最终，那时间删节了一切的内容。(《雨季之瓮》)
丧车辚辚、草长莺飞，车前齐唱薤露歌……
窗外的雨水形同无数面镜子。(《抚摸》)

在这些简洁而充满想象力的文字中，在这些跳跃而纷乱的意象中，飘荡着的，是对于凋敝的晋北山区风景的感慨与叹息。那如梦如烟的虚幻感，那奇特的变形笔法，无疑更贴近现代诗意，而与传统的田园牧歌迥然有别了。

吕新的小说明显受到了阿根廷作家博尔赫斯的影响。博尔赫斯的相当一部分小说就散发出扑朔迷离的气息。他善于揭示这样的文学主题："时间由变化构成，变化即是重复，而人则消逝在这样的时间的迷宫里；永恒是一面无形的镜子，人要是用这面镜子观看自己，就会化为一片灰烟。"[①] 他的《圆形废墟》《交叉小径的花园》《另一个梦》《双梦记》都表达了他关于人生如梦、世界如迷宫的虚无主义世界观。他对于"迷宫"、"镜子"、"圆形"、"梦幻"等意象的迷恋使他的作品充满神秘主义的意蕴。

然而，博尔赫斯正是一位深受东方神秘文化影响的作家。他崇拜庄子，痴迷佛教，"佛经上的'无'的观念很令他着迷"。[②] 这位博学的作家是否知道，他迷恋的那些意象早就是中国文化的常见意象？中国学者钱钟书就指出："吾国先哲言道体道妙，亦以圆为象。"所谓"圆道方德"、"智圆行方"即是。[③] 刘长林也指出："圜道观念是中国传统文化中最根本的观念之一。""中国古代学者……正是通过圜道形式即循环结构，来建立关于无限和永恒的观念的。"[④] 由此看去，吕新对"迷宫"、"圆形"、"梦幻"等意象的反复描绘自然也就与传统的虚无主义世界观和圜道观念联系到了一起。在《圆寂的天》《手稿时代：对一个圆形遗址的叙述》《雨季之瓮》《绘在陶罐上的故事》这些题目中，作家都突出了"圆形"的意象。在这些作品中，作家对"圆形的日子"、"圆形的天空"、"圆形

[①] [墨西哥] 奥·帕斯：《弓手、箭和靶子》，《世界文学》1989年第1期。

[②] 同上。

[③] 《谈艺录》，中华书局1984年版，第111—114页；《管锥编》第三册，中华书局1979年版，第921—930页。

[④] 《中国系统思维》，中国社会科学出版社1990年版，第14、25页。

故事"、"圆环里的死谜"的反复描写都在突出"轮回"主题的同时淡化了人物和故事。这样,"圆形"就成为吕新许多小说的核心意象。那些反复出现的梦幻、风景、细节、人影,都围绕着"圆形"这个核心意象而获得了某种整体感。

何况,作家也是有意要与博尔赫斯保持一定的距离的。在他的创作谈《回顾与眺望》中,就写到了在那些文学大师的细节描写中可以感受到他们具有民族和个性特色的"说话的方式与精神内涵"的感悟。[①] 正是这样,吕新小说中对"晋北山区"这一地域背景的不断强调,对于大风、窑洞、古长城、醋坊、葵花、茅草这些北方风物的速写,以及在《抚摸》那样有意打乱时间,在"桨声灯影"、"五色龙旗"、"南宋"、"赛脚会"、"统一战线"、"薤露歌"、"武工队"这些不同时代词汇的纷乱杂陈中透露历史的混乱玄机的作品中,我们都不难见出作家点染民族与地域文化色彩的用心。博尔赫斯的笔法与民族和地域文化色彩的杂糅,赋予了吕新的"晋北山区小说"以丰富的意义:他以此在传统的写实主义乡土小说之外写出了具有现代派文学意味的"新乡土小说"——苍凉的"诗化乡土小说",从而在中国广阔的乡土小说版图上填补了一处空白;他也以此在20世纪80—90年代席卷中国文坛的"博尔赫斯热"中显示了自己的个性,证明了新生代作家在追赶西方文学新潮的旅程中也可以与传统的文化遗产巧遇。

当然,这样的作品写得多了,也很容易给人以重复的感觉。如何超越自我,已成了吕新应该认真面对的挑战。

四 红柯:壮丽的"诗化"意境

从20世纪90年代后期开始,红柯以一系列描绘新疆风土人情的浪漫之作打动了文坛。如果说,在20世纪80年代,张承志就曾经以讴歌新疆美丽人生和美好风情的作品(例如《白泉》《凝固火焰》《辉煌的波马》等小说和《不写伊犁》《夏台小忆》等散文)谱写出了"诗化小说"的壮丽篇章,那么,20世纪90年代,则是红柯接过了张承志举过的火炬,

---

[①] 《山西文学》1993年第4期。

继续谱写出新生代文学中的壮丽美文。新疆,似乎注定与壮丽有缘?但读过杨牧的长篇回忆录《天狼星下》和刘亮程的散文《一个人的村庄》的人,是不难感受到新疆的苦难与苍凉的。

红柯崇拜李白。他在自己的作品中追摹李白的浪漫风格,写出了笔触粗犷、气象壮丽的作品。

请看他笔下的奔马:"马跑成了一个迅猛的圆,很快掩住了苍穹的太阳,阳光如同尘埃簌簌飘落。司机和他的车被马的神性唤醒了,匆忙向马靠拢……蓝色的空气被马冲开了,连绵的群山也跟水浪一样从奔马的胸部向两旁翻卷……""这条山道是成吉思汗的儿子察合台修筑的。蒙古人的马队从这里直扑中亚,横扫亚欧大陆。狭长的山道就是这样把草原散乱的马群变成冲天的风景。"(《奔马》)在这样的文字中,有神奇的飞驰感,还有思接千载的万丈豪情。

再看他笔下的草原:"中亚草原最美的景象莫过于星光下,马群出没于高高的草浪间,一望无际的中亚草海,马群很容易变成鱼群,在大地的海洋里游啊游啊。"(《复活的玛纳斯》)

还有他笔下的天山:"天山就是这样出现的,当碎裂的戈壁漂移时,一股神力一下子把大地掀到天上,全是大块大块的石头,石头顶着雪帽跟银盔一样闪闪发亮。"(《跃马天山》)

在红柯这里,生命具有神性;连没有生命的山道、山脉也在浪漫的感觉中焕发出了生命的活力,勃勃跃动了起来。在新疆这片神奇的大地上,作家的感觉也插上了想象的翅膀,在激情的涌动中从生动飞向神奇。

在他的笔下,连侵略者和军阀的心中也不时会在大自然的感召下产生出柔情和豪情。例如《库兰》中描写驰骋在新疆大地上的哥萨克骑兵的体验的那一段文字:

> 马和马背上的人沉醉于阳光之海,不断地梦想啊梦想。哥萨克们忍不住叫起来:"我们在飞吗?"
> "我们在飞。"
> "我们骑的是马吗?"
> "我们骑的是岁月之光。"
> "哈哈,我们要登上岁月的海岸了。"

还有《跃马天山》中描写马仲英的部队急行军的一段文字：

> 他们在追一样东西。山也在追一样东西。
> ……大家都抬起头看山，这么美的山，谁都想骑。

这样的文字，在"十七年"的"诗化小说"中是不可能出现的。那时的作家根本就不可能将一丝诗意留给敌人。

红柯因此而成为新生代作家中的浪漫主义者。当他的许多同龄人在城市一地鸡毛的生活中记录着烦闷与无奈的体验，或沉溺于欲海中载沉载浮的狂欢时，红柯却像李白一样在大西北的大自然中发现了生命的奇迹、豪情的壮美。

迟子建、吕新、红柯的小说，常常富有浓郁的抒情意味，常常充满新奇的文学想象，常常在自然景物和生活细节的刻画上笔墨酣畅。他们因此而成为新生代作家中"诗化小说"的代表人物。而他们各有特色的小说又分别代表了神秘、苍凉和壮丽的不同境界。这里，需要特别说明的是：这三位作家的作品都富于浓厚的地域文化氛围，都超越了新生代小说中相当流行的"欲望叙事"、"身体写作"和"原生态"风格，而这一切，又是与他们追求"诗化小说"的成功努力分不开的。

因此，他们的"诗化小说"才显得十分难得。

五　对传统的个性化理解

迟子建曾经说过："我喜欢有气味的小说……有气味的小说，总是携带着浪漫的因子……我喜欢《红楼梦》中的'太虚幻境'，喜欢《三国演义》中诸葛亮临终时口中衔米致使七星不坠、敌方不敢贸然出兵的描写，喜欢《西游记》中那个能够上天入地的孙悟空……鲁迅的小说是有气味的，那是一股阴郁、硬朗而又散发着微咸气息的气味；沈从文的小说也是有气味的，它是那种湿漉漉的、微苦中有甜味的气味……我觉得三十年代的作家的小说气味是浓郁而别致的，如郁达夫、柔石、萧红等等。"在她看来，小说的气味"与作家的个人情怀有很大关系。我相信每一个优秀作家都是具有浪漫气质和忧愁气息的人。浪漫气息可以使一些看似平凡的事物获得艺术上的提升,而忧愁之气则会使作家在下笔时具有一种悲天悯人的情怀,从而使作品散发出独特的韵味"。① 在这一段自述中,我们可以感受到作家喜欢神秘、空灵、浪漫的气质。这,便是她追求"诗化"境界的个性之源。

而吕新不是也说过这样的话吗?——"我喜欢读那些想象力丰富的作品,但这种想象力必须建立在一种充满灵性的语言之上。"他因此而喜欢写"感觉和气味"、"声音与光影"、"形状与颜色"而不是人物和情节。在他的记忆中,那些文学大师的作品总是与特定的场景联系在一起:"每一个黄昏都是阴沉的,每一只椅子或门窗都是霉湿的,这是威廉·福克纳笔下的南方世界……它不同于马尔克斯心中的尘土飞扬的炎热的殖民时期的香蕉种植园……当我们看到一辆飞奔的马车载着一位高大的厨娘离开乡下的时候,我们会想起托尔斯泰,陀思妥耶夫斯基,甚至契诃夫。看到闪着幽光的家具和大理石般的场景以及富丽堂皇的陈设时,谁都会想起一百年前有一位伟大的小说家巴尔扎克。当一个打着裹腿佩戴着刀子的目光阴郁的南方加乌乔人和另外一名神学家走的时候,我们会说,啊,博尔赫斯。""在南方,在破旧的水乡背景下,你看到一位头戴毡帽的人用脚划着船,船头上立着一只酒坛,你首先想到的是鲁迅……看到旗袍与手镯,和子夜时分的狐步舞时,会想起穆时英和刘呐鸥。"② 他对于"想象力丰富的作品"的偏爱与追求,他对于特定生活场景的看重,也是他的"诗化小说"个性突出的根本原因所在。

红柯也强调过想象力对于文学创作的意义:"浪漫情调靠的是想象力。""文学说到底是一种浪漫。"在他看来,"对我们所处的这个时代来说,浪漫主义、梦想、神话等这些大生命气象越来越重要了"。而新疆,正"是内地没有的诗性的世界,这就很容易进入小说。不但语言方式、结构、立意都是诗化的"。③ 在西方文学经典中,他推崇梅里美"用蛮荒之地的血性与个性来反衬巴黎的苍白与无聊";在中国文学典籍中,他喜

---

① 《小说的气味》,林建法、徐连源主编:《中国当代作家面面观·寻找文学的魂灵》,春风文艺出版社 2003 年版,第 160—161 页。
② 《回顾与眺望》,《山西文学》1993 年第 4 期。
③ 访谈录:《群山草原和大漠的神性之美》,《跃马天山》,长江文艺出版社 2001 年版,第 390—391、401 页。

欢"关汉卿冯梦龙的世界",认为他们的作品中有"野性与力度"。[①]

上述创作谈告诉我们,他们都从传统文学中汲取了自己信以为然的文学观,都强调了想象力、浪漫情怀对于小说创作的重要意义。因此,他们才写出了具有鲜明个性的"诗化小说"。

何况,红柯还有过写诗的经历。

六 又一个浪漫的时代?

除了个性的原因,这些新生代作家对"诗化小说"的追求是否还有时代的因素?

说到这个时代,人们常常一言以蔽之:"世俗化的时代。"不错。现代化的进程在相当程度上就是世俗化的进程。而世俗化的精神对于消解政治乌托邦的狂想,无疑具有重要的意义。

但现在的问题是:在政治的乌托邦梦想幻灭以后,在思想解放的年代里,浪漫主义的风是否还在吹拂着时代的旗帜?

看看新时期以来的文学思潮:20世纪80年代的"朦胧诗"浪潮、"文化寻根"浪潮、"知青文学"浪潮、"文化散文"(例如黄裳的那些具有丰厚文化底蕴的游记)的浪潮不都是浪漫主义精神犹在的证明么?"朦胧诗"的感伤、"文化寻根"的神奇、"知青文学"的咏叹、"文化散文"的恢宏,都从不同的角度拨动了时代的心弦,唤起了人们对于历史、梦想、青春的怀念,对于理想、柔情、感动的向往。评论家曾镇南就倾向于"用浪漫主义倾向来描述、评析和概括新时期小说"。[②] 一方面,是关注现实忧患的写实主义文学一直在发展;另一方面,是超越现实的浪漫主义文学在不断拓展着时代的精神世界。这两股强大的文学思潮在新时期文坛上不是一直竞显风流又彼此呼应吗?而这股浪漫主义的浪潮无疑又对后来的新生代文学中的浪漫主义写作产生了深刻的影响。在思想解放中放飞的个性,在上下求索中从"金庸热"、"琼瑶热"、"张爱玲热"、"王小波热"

[①] 《真正的民间精神》,《中国当代作家面面观·寻找文学的魂灵》,林建法、徐连源主编:《中国当代作家面面观·寻找文学的魂灵》,春风文艺出版社2003年版,第327页。

[②] 《历史与未来之交:反思 重建 拓展》,《文学评论》1986年第6期。

中找到的激动感觉，在"校园文学"中培育起来的诗情，都为浪漫主义火种传递到这一代人的手中作好了铺垫。于是，从他们中间走出了狂热的海子、宁静的苇岸、神秘的迟子建、朦胧的吕新、冲动的红柯、边走边唱的张广天……

另一方面，我也注意到这些新生代作家在继承传统中有所超越的某些特色。他们笔下的诗化世界与前辈作家笔下的诗化世界多少有些不同。同样是怀旧、怀乡，汪曾祺的笔触就是写实的，而迟子建的风格却常常具有魔幻的色彩。在这一点上，迟子建的作品与贾平凹那些具有魔幻风格的作品（如《白朗》《晚雨》《白夜》等）显然更为接近。不过，细细品味，又不难发现二人的同中之异：除了地域文化的风味差别以外，迟子建的魔幻笔墨无疑显得更加清纯，更具有"童话"风格；而贾平凹的作品则散发出诡异的气息，更显得扑朔迷离。同样是描绘新疆的绚丽风情，张承志一直高扬的是"为人民"的旗帜，讴歌的是宁静、淳朴的民风，而红柯则欣赏的是"野性"的"生命意志"。至于浸透了苏童、余华、吕新那些诗化场景的虚无情绪、悲凉叹息，也与他们笔下那些残酷、冷漠的故事一起，显示了世纪末的新生代作家深受西方现代派影响的精神气质。在前辈作家那里，"诗化"风格常常是与温馨、优美、伤感水乳交融在一起，而在新生代作家这里，"诗化"风格已经与冷漠、唯美、苍凉紧密联系在了一起。这样的文学奇观，足以修正传统的"诗化"观念，丰富人们对于"诗化小说"意蕴的理解。由此可见，在这个浪漫的年代里，新生代的浪漫作品已经显示了新的精神气质和文学景观——浪漫主义与虚无主义、神秘主义、唯美主义的交融。

而在老一辈作家（以孙犁、汪曾祺为代表）的浪漫主义的清新境界和中年一代作家的浪漫主义的不同风格（张承志那样的激越格调、贾平凹那样的神秘格调和莫言那样的粗犷格调……）与新生代作家的多元混杂的浪漫主义形态之间，我们不是也可以发现当代浪漫主义文学在发展中走向个性化的精神线索吗？

开放的时代，必然产生开放的心灵、开放的梦想。新的浪漫主义思潮因而带给我们新的感觉、新的天地、新的观念、新的力量。它将作为多元文化思潮中最美丽、最光彩夺目的一元而在新生代的文学史上写下重要的篇章。

除了上述作家以外，还有一些"新生代"女作家在自己的创作中追求着古典的诗情画意（尽管她们描绘的是当代生活）。

"60后"作家文夕的长篇小说"三部曲"《野兰花》《罂粟花》《海棠花》则颇得张爱玲小说的遗风：写今人的世俗生活，那笔触和风韵却很典雅。例如《野兰花》中写人的一段文字："瓜子脸儿，一双柳叶眉画得弯弯的，长长的睫毛下，一双杏眼半开半闭地垂着……长长的唇儿，像香菱般微微扬着……最让人诧异的是那白亮的肤色，凝脂赛荔，飘香四溢……"就颇得古典小说描写美人的神韵。再看颇得古典诗词意境的一段写景的文字："静穆穆的湖面如翠墨，红鲤轻摇微波涟漪，犹似美人的浅笑；远处夕照的青山里，偶然传来一两声禅院钟声。一个个下午，一个个黄昏就在龙井飘香中逝去。"还有《罂粟花》中写情的句子："不明的天，不住的雨，相思的苦，情愁的恨，都侵袭着霜儿脆弱的灵魂。"也相当典雅。甚至连写股民被套心情的句子也于古朴中透出调侃与无奈的气息："回首再望进仓点，已是：八千里路金和银，百万千万尘与土！也有个别意志刚烈的勇士，唱起了大风歌：风萧萧兮易水寒，壮士一去兮不复还！唱着唱着就从楼顶上跳了下去……"从这些句子可以看出文夕的古典文学修养之一斑。

"70后"作家魏微亦然。在《写作十年》一文中，她多次谈到了自己喜欢翻来覆去地读《红楼梦》《牡丹亭》、唐诗宋词和明清小品文的体验："完全因为喜欢"，"抛弃功利性的一面，主要还是为了趣味，追求文字给予身心的熨贴和抚慰"。[①] 她能写出散发着清新、温馨怀旧气息的长篇小说《一个人的微湖闸》（一名《流年》），与此显然有关。小说的背景是"文化大革命"。但作家的笔墨却主要集中在描写"那些沉淀在时间深处的日常生活"，那些在全民因为政治而疯狂的岁月里过着自然、朴素、闲适的日常生活的小镇上的普通人。"那是二十世纪七十年代的中国，工业社会的种种迹象，在那个年代已初显端倪。可是在日常生活方面，人们还保留了从前的传统。这其中的空当被无限地拉大了。最活泼的思想，最古旧的生活，以一种极端的方式糅进了那个空虚的时代，竟然相得益彰，真是不可思议。"于是，一幅幅朴素的日常生活素描呈现在了我们的眼前——

[①] 《写作十年》，林建法、徐连源主编：《中国当代作家面面观·寻找文学的魂灵》，春风文艺出版社2003年版，第438—440页。

在那静静的一瞬间里，我听到了时间的声音，非常含糊的，像雨打芭蕉的点滴的声音。……

　　那是怎样温暖的日子呵，所有的情感都是舒展的，静静地发生着，还没来得及破碎。在一个小孩子的眼睛里，光与影折射着，一部分的世界在她眼前打开了，它是那样生动、活泼、具有局部的完整性。许多微妙的、像虫子一样的细节。许多时光慢慢地走过了。

虽然也有一些小小的波澜，有隐秘的婚前孕，有突如其来的私奔，有小朋友的不幸夭折，但大部分的时光是平淡的，波澜不兴的。读这样的小说，是很容易使人想到孙犁、汪曾祺、贾平凹那些以清新、淡雅、古朴的简练笔墨追忆往事的作品，想起晚明"公安派"、"竟陵派"、张岱和清代袁枚的《祭妹文》、蒋士铨的《鸣机夜课图记》那些描写个人日常生活、怀旧悼亡的小品文的。另一方面，这部长篇小说的怀旧格调也显示了作家追摹曹雪芹在《红楼梦》中追忆如梦人生的沧桑情怀的努力。

　　怀旧，是心境澄净、超越浮躁的证明。怀旧，也是情感丰富、思想成熟的证明。这样的情怀迥然有别于那些或愤世嫉俗，或颓唐阴暗的某些"60后"、"70后"作品。

　　不过，我们也注意到，在描写愤世嫉俗、颓唐放纵的"愤青"生活的小说中，也闪烁着古典诗意的光芒。这就奇了。

　　例如"70后"作家盛可以，就很擅长此道。她描写网虫生活的小说《花飞的情网》开篇就是女主人公读《红楼梦》中的诗句的感受：

　　花飞，人倦，黄昏。她懒懒地合上书，思绪有几分飘渺，似乎有拥挤的黄昏在心底躁动不安。窗外一轮新月，使窗户显得空洞和苍白。本来，凭窗是最富有诗意，凭窗赏月是绝美的意境，窗口一剪影是最美的图画，但她没有动……这诗把她的身体托了起来，她像一片云有点洁美之傲……她知道文字里隐匿的那无声的痛楚、快乐的绝望，使她骨碎。

后来，女主人公迷恋上了网络，那感觉是："不知今夕何年，素不相识皆握手相问，以礼相待，言诗道词，出口成文；打情骂俏，竟也生动有趣，真是黄发垂髫皆怡然自乐。"在那个"红楼诗屋"聊天室里,她和一群痴男怨女"在诗词中迷醉"、在调情中忘忧。一直到一场虚拟的爱情游戏最终幻灭。已经有不少作家写下了网虫的奇特生活,但这篇《花飞的情网》仍然以善于用古典诗词或颇得古典韵味的描写点缀当代网虫空虚生活而显示出了特色。

还有"70后"作家卫慧,她的《上海宝贝》就曾经是惊世骇俗的"身体写作"的代表作。但几年后出版的另一部长篇小说《我的禅》就将"身体写作"与禅宗和古典诗意奇特地融合在了一起。小说一面继续讲述着"我"与一个日本男人的性爱体验,一面发现着"我"在29岁以后的精神之变:"我已经29岁了,而且住在了纽约,有一些东西似乎在悄悄地改变……我仿佛变成了唐朝盛世的一个柔娴女子,闲闲地斜倚在软绸卧榻上等待游人的归来。那一刻的温柔与怀旧是如此的生动,如此的中国,让我在梦醒后久久不能忘怀。那似乎是一种神秘的召唤,一种牵挂。""于是我在纽约又开始读起在大学毕业后就扔掉的唐诗宋词。""一个年轻躁动、寻寻觅觅的中国人曾被甲壳虫、性手枪、玛丽莲·梦露,艾伦·金斯堡,存在主义和查理·布高斯基这些文化符号所迷惑,但跑到世界上最资本主义化最残酷的城市——纽约后,却因为邂逅爱情、希望与光,从一个日本男人那里开始学习中国2000年前的古老修炼技法。让那些游荡的精灵重新回来,渗进血液里,渗进如夜鸟般无枝可依的灵魂中。"在这样的情感转变中,显示了"70后"回归传统的行踪:他们是在饱尝了西方现代文化大餐以后忽然产生了回头欣赏祖国传统文化遗产的冲动的。在这方面,他们与知青出身的"寻根派"有所不同——"寻根派"是在上山下乡的经历中重新认识了传统文化的价值的。除了关于读唐诗宋词的描写,小说中有几章讲述了女主人公在普陀山拜佛访禅的体验,"对他人慈悲,更对自己慈悲","苦痛和不幸不是魔鬼,它们是有机的一部分。你只需转换它们并好好利用它们"。这样的禅理使女主人公能够以豁达、知足的心情去面对情感的波澜,去感恩命运:"所有爱我帮助我的人们,你们是我的 Buddha(佛)。"小说因此以时而狂欢时而清新的风格引人注目,也与《上海宝贝》单一的狂欢风格区别了开来。

2001年以来,"60后"作家阿袁(袁萍)因为发表了一系列描写高校女性知识分子情感困惑与危机的小说而为人称道。而她的小说题目常常就来自古典文学——《长门赋》《虞美人》《锦绣》《俞丽的江山》《蝴蝶行》《看红杏如何出墙》《郑袖的梨园》《汤梨的革命》和《鱼肠剑》……她自道：自己最喜欢张爱玲的作品，是"张迷"。她像张爱玲一样，用比较古典的风格描写当代人生活，并说："当我用比较古典的文字来表达当下事情的时候，当下的人、情感就会带有古典的气质……因为现在文字有两个倾向，一个是西化的倾向，还有就是过于网络化，过于俚俗。现在我们用的词越来越单调，形容一个女子漂亮都是'靓'等的词汇，用这种语言就很当下，回不到从前的感觉。如果我形容一个女孩子漂亮，我就会用'如花似玉'之类的词汇。如果我形容男孩，我不会用'酷'，我会用'玉树临风'之类的词语。这样的词汇一出来，古典的气质就会出来。所以，那种气质，还有感受当下生活的反应都会不同。"[①] 因此，她有了这样的追求："《汤梨的革命》里的汤梨是件盛唐时代的百褶裙，艳丽，铺张，且花团锦簇，那褶下的花朵，是牡丹，还是洛阳的牡丹，丰满而又富丽的；《郑袖的梨园》里的郑袖呢，是晚唐或者北宋的风格，有绮丽有颜色，但那绮丽是流变了的绮丽，细寻味起来，其实已是绮靡了；那颜色，乍看之下，也是红也是绿，很热闹的气象，但《虞美人》里的虞美人，所有的百褶裙，都有这样的复杂和参差。"[②] 例如"女人如寄的命千年不变，读尽万卷诗书也是枉然，容颜绝世倾国倾城也是枉然，赵明诚死了，李清照流寓江南，身如飞蓬；项羽亡命垓下，虞姬血溅鱼肠，'大王意气尽，贱妾何聊生'，这是女人的千古绝唱，杨昊的情书，在大学老师小米这里，说到底也不过是司马相如为陈阿娇写的一曲《长门赋》，女人如水水如愁，千般迂回，万般曲折，不过都是无奈，几时真由得女人自己？""男人的诺言是女人永远的翅膀，女人一下子脱胎换骨、得道成仙，从此步下生云、鞋不沾尘、衣袂飘飘、翩若惊鸿。可结果呢，不过是飞入了月宫，做了虽长生不老却夜夜独守空房的嫦娥——空欢喜的。婚姻是杯雄黄酒，没喝之前，女人是如花似玉的白娘子，喝下之后，绫罗帐里一条蛇而已，青峰脚下修炼千年，也没有破了男人的法眼，雷峰塔也好，天上的月亮也好，不过都是汉武帝用来囚禁陈阿娇的长门宫。"（《长门赋》）"狐狸精要有狐狸精的气质，什么气质呢？俞丽不好说，总

[①] 新华网江西频道专访江西青年女作家阿袁：文学是我永远的恋人（2009年4月15日），http://www.jx.xinhuanet.com/news/2009-04/15/content_16264525_2.htm。

[②] 阿袁：《灯下绣花记》，《小说选刊》2009年第11期。

之是妖娆的，狐媚的，五月的花朵般的，十五之夜的烟花般的。读过书的男人不都有《聊斋》情结吗？不都有江南美人情结吗？要粉腮鸦鬓，踏月而来。要伊昔不梳头，秀发披两肩。要手提金缕鞋，偎向郎边颤。"（《俞丽的江山》）"明明知道所谓要过单身生活只是人家的绣花帘子，帘外是'采菊东篱下'，帘内是'原来姹紫嫣红开遍，似这般，都付与断井颓垣'；帘外是《短歌行》，帘内是《牡丹亭》。" "汤梨那天是盛装而去——所谓盛装，是指态度而言，和珠光宝气无关，和姹紫嫣红无关。汤梨意义上的盛装，完全是陶渊明、王维的路数。表面看来，极其朴素，极其天真，其实呢，却是质而实绮，癯而实腴。"（《汤梨的革命》）"要说世上还有什么不是变数呢？沧海能桑田，六月能飞雪。可男人爱狐狸的习性却是不变，远是纣王迷妲己，玄宗迷杨妃，近呢，近就是虞美人的老公沈长安迷上了中文系绰号叫小蘑菇的妞儿。"（《虞美人》）在一个又一个关于知识女性之间争风吃醋、彼此厮杀的故事里，那些古典的意象、典故的化用就具有那么神奇的功能，使已经被许多作家翻来覆去讲过的爱情悲剧竟然平添了一层比较典雅的韵味，读来耐人寻味，而不似展示现实生活"原生态"那么令人毛骨悚然。不妨将阿袁的小说在近年的蜚声文坛看作张爱玲传统在当代的复归，更可以将其看成文学界正在走出粗鄙化"原生态"叙事的一个标志。

这里，需要特别说明的，是古典小说中其实也不乏"原生态"叙事的。中国古典小说中的那些"淫书"就是证明。因此，这里的关键显然是"诗情画意"和"典故"——将凡俗生命的体验写出或感伤，或无奈的美感，让今天的烦恼与文史典故彼此相连，就可以超越"原生态"叙事。这样，不仅可以写出当代人与历史的微妙联系，而且可以写出某种知识分子感、文化感、典雅感。

由此可见，20世纪90年代以来，好几位"60后"和"70后"女作家都在有意继承古典文学的风韵、努力营造故事的诗情画意方面有不俗的表现。在这一方面，她们的上述作品于冥冥中延续了现代以来文学中回归民族文化的传统——从周作人、废名、沈从文、萧红、张爱玲、林语堂到孙犁、汪曾祺、贾平凹、阿城一脉相传下来的或冲淡，或清新，或古朴，或典雅，又都充满诗情画意的那一脉传统。这一传统在与"欧化"的"新传统"彼此碰撞中，显示了绵长、顽强的生命力，在守护着传统文心的同时，也超越了因为"欧化"而不时失之晦涩或粗鄙的弊端。另一方面，上述女作家常常无意停留于回归传统。她们在自己的小说中展示当代一部分女性在世态炎凉中的体验，剖析女性在残酷的生存竞争中情感异化、心灵扭曲的种种难堪，同时又使那展示和剖析与"粗鄙化"的浪潮拉开了距离，从而写出了女性文学的新气象，写出了当代中国女性文学的某种亮色。将这一现象放到更开阔的文化背景中去打量，我们可以看出：女性文学中这股从传统文化中汲取灵感、美感与智慧的思潮，从一个侧面呼应了当代社会传统文化回归的潮流。因此，当我们在谈论女性文学的新思潮时，就有了新的话题。

（本章一至六中的部分原载《学习与实践》2006年第4期；其余原载《文艺评论》2010年第3期。原题为：《当代女性文学与传统文化》）

第 五 章

新生代女作家的另类"诗化"小说

说到新生代女作家,评论界最常用的一个词是"身体写作"。我则注意到,她们描写当代女性隐秘生活的作品中有相当一部分具有很鲜明的"诗化"特征。这里的诗情,似乎已经不再是古典诗歌中宁静、飘逸、优雅的诗情画意,却又与古典诗词中的"艳诗"存在着精神气质上的相通,而且带有浓郁的当代都市繁华生活气息。这样,她们的这些作品便在一定程度上丰富了我们对于"诗化小说"的理解。

一 诡异的"诗化"风格

林白、陈染的作品,具有相当的心理深度。她们对知识女性隐秘内心情感的描述,对恋父、自恋、同性恋、婚外恋、失恋等情感的剖析,在中国的心理小说中都具有独特的意义。

林白说过:"我认为在创作中最根本的不是资源而是心理能量,如果有足够强大的心理能量,有一种席卷一切的激情,任何东西都可以成为写作的资源,任何平庸的事物都能上升为艺术。"因此,她"比较喜欢那种在小说和诗之间更接近诗一点的小说"。她喜欢《红楼梦》《呼兰河传》和川端康成的《雪国》,而那些作品都具有"一种凄艳的美"。[①] 她的小说也具有神秘的奇光异彩。例如这样的文字——

[①] 张均:《林白:生命的激情来自于自由的灵魂》,《小说的立场》,广西师范大学出版社2002年版,第275—276、281—282、288—289页。

有谁在窃笑。四周的墙壁由白变红，由红变绿。为什么没有蓝色？

生命是这样一道岸，生存的焦虑烦扰恐惧屈辱像河流一样时时流过，但是岸上生长着枝叶茂密的树木和青草，它们面向太阳，年年葱茏。(《我要你为人所知》)

这是一种夹杂着浓烈太阳气味的雨气……它们在她体内聚集成为一股力量，一种光，把一种久远的东西拼命拉到她的跟前。

这个中午有一百年那么长，在这个中午，宇宙裂开又聚合，高山坍塌又隆起，江河干涸又涨满，只有太阳，永远照耀在她的头顶固定的地方……死亡就像一张巨大柔软、洁净舒适的漂亮床单，在她面前舞蹈着，这张死亡的床单一边舞蹈一边散发出香气……(《青苔》)

一个人的战争意味着一个巴掌自己拍自己，一面墙自己挡住自己，一朵花自己毁灭自己。一个人的战争意味着一个女人自己嫁给自己。(《同心爱者不能分手》)

出逃是一道深渊，在路上是一道深渊。女人是一道深渊，男人是一道深渊。故乡是一道深渊，异地是一道深渊。路的尽头是一道永远的深渊。(《一个人的战争》)

梦境是一种飞翔，看电影和戏是一种飞翔，写作是一种飞翔，吸大麻是一种飞翔，性交是一种飞翔，不守纪律是一种飞翔，超越道德是一种飞翔，死亡是一种飞翔。它们全都是一些黑色的通道，黑而幽深，我们侧身进入这些通道，把世界留在另一边。(《守望空心岁月》)

在这样的感觉中，显示了林白的奇特感觉，也显示了她丰富的想象力、神秘的通感和跳跃的文思。此外，在中篇小说《我要你为人所知》的结尾，作家还写下了组诗《我要你为人所知》，从而使小说中的浓浓诗情得到了最终的升华，也使诗与小说组合在了一起。在长篇小说《守望空心岁月》中，作家既记录了主人公参加以色列诗人耶胡达·阿米亥诗歌朗诵会的体验，并插入了阿米亥诗歌，还回忆了当年"无比热爱""当今最出色的诗人于坚"的名篇《尚义街六号》的体验，并大段引用了那篇作品。作品中还提及一位英国19世纪诗人亚瑟·瑞姆勃德那些"大量不可思议的幻觉般的诗文……这些诗充满了逃离现实的狂乱行为、既华丽夺目又怪诞荒唐，相反性质的事物在其中并列出现：无知与经验，感觉上的美与丑，美妙与平庸"，这些印象与林白本人的文字风格有着惊人的相似之处。而小说主人公也这么说："我意识到它（那种诗风）与我有一种神秘的联系，它将对我的某些日子、某些作品起作用。"在长篇小说《说吧，房间》中，作家表达了对 20 世纪 80 年代那个"诗歌年代"的怀念："那个年头爱好文学是一种时髦，爱好诗歌更是时髦中的时髦……诗歌是一种光，是一种神灵之光，它能以十倍明亮赋予一个平凡的女孩，少女加诗歌，真是比美酒加咖啡更具有组合的价值啊！在 80 年代。"作家笔下的主人公在描述自己的自恋感觉时，也自比于歌唱自己的惠特曼："我觉得自己有点像惠特曼……诗人惠特曼，他在我的血液里潜伏了十年……"这些段落，或谈诗，或回忆自己生命中那些与诗联系在一起的回忆，都为林白的小说增添了诗的韵味、诗的风采。这样的段落，与那些诗化生命体验的语言一起，共同烘托出了诗化的氛围。

甚至，她的创作谈也十分瑰丽："一个女人对镜独坐……往事如飘零的花瓣，越过层层叠叠的黑暗，无声地潜入……或者有一个幻想，从幽暗的镜子中隐隐浮现，你从未见过的虹光，从你的前世散发出来……""镜子就是我的源泉"，它让作家"观看到子弹穿过苹果时的速度和碎片"。[①]这样的创作谈，风格朦胧而飘逸，不似前辈作家的创作谈那么明晰、实在，但自有生动、空灵的表现力。

陈染也说过："我一直用诗的方式来写小说。"因为她"一直喜欢主观性强的小说表现方式……和比较喜欢神秘主义的东西。于是我把两种爱好穿在一起"，由此形成了作家的个性。[②]她的许多作品篇名就具有浓郁的现代诗味——《与往事干杯》《时光与牢笼》《嘴唇里的阳光》《与假想心爱者在禁中守望》……她有过写诗的经历，自然就能写下这样的文字——

死亡经常缠绕在我的颈间，成为我的精神脱离肉体独立成活的氧气；

我害怕人群，树林般茂盛的人群犹如拔地而起的秃山和疯长的阳

[①] 林白：《室内的镜子》，《钟山》1993 年第 4 期。
[②] 林舟、齐虹：《女性个体经验的书写与超越》，《花城》1996 年第 2 期。

具，令我怀有无以名状的恐惧；
　　　　耽于幻想。两座沉默的山谷在凉云之上隐埋无声的合唱，以及洞明人世之后怀忆旧事的沧桑沉静的泪水，永远令我感动不已；……（《只有一只耳朵的敲击声》）
　　　　我看到一些过去的岁月同尘埃一起升腾而起，一群群旧识的男女披上翅膀从窗前飞旋而过……
　　　　接下来的日子，每一天都是混乱的麻团，是镜中之镜，画中之画，时间在这个迷宫里穿梭。（《私人生活》）

纷乱的思绪，化作诡异的意象，使陈染的小说也充满了诗意。在她的长篇小说《私人生活》中，甚至有大段引用当代女诗人伊蕾的名篇《独身女人的卧室》的段落，在表达了主人公对那位曾经因为大胆倾诉独身女人的情绪而名噪一时的女诗人的认同感的同时，也实现了小说与诗的组合。新生代作家中，写"私人生活"的作品占了绝大的比例。但有的作家走的是"新写实"的路子，通过琐细的细节描写传达人生的虚无意义；另外一些作家则努力在写实之外涂抹一些"诗意"，从而显示了努力超越"新写实"的可能。林白、陈染显然属于后一类。她们写日常生活中的激情与幻想，写知识女性审视烦恼人生的纷乱思绪，这样的立场使得她们的作品具有了"开掘日常生活中的诗情"的意味，也显示了她们努力超越现实的个性。

二　另类的"诗化"小说

　　卫慧、棉棉是"身体写作"的代表作家。值得注意的是，她们也常常为自己的作品涂上了一层"诗意"的色彩，从而使"身体写作"的色情意味得到一定程度上的冲淡。
　　例如卫慧就在"半自传体"小说《上海宝贝》中写道："对于我这样一个年轻女孩而言，诗意的抒情永远是赖以生存的最后一道意象，我会用流泪的眼睛看窗前的绿叶，用嘶哑的嗓音唱'甜蜜蜜'，用纤细的手指抓住时光飞逝中的每一道小小缝隙，抓住梦想流动中的每一个沟坎，抓住上帝的尾巴，一直向上，向上。"这样的诗意，是多愁善感又多梦多思、及时行乐的"小资情调",是混合了青春情绪与现代享乐意识的浪漫诗情。这样的诗情当然不同于传统士大夫的闲适情怀,而更具有现代生活的快节奏、刺激感。因此,卫慧的笔下就能出现这样的文字:"我们自以为是这个城市里日益珍稀的浪漫主义者,对世俗凡庸的人群、流言、冷语讨厌之极的愤怒青年。""……我们同时又都很自私、利己、冷漠、怕死。"有了这样既"浪漫"又"愤怒"、"冷漠"的气质,就有了具有"恶之花"风格的文字——

> 音乐正以绞肉机般的速度占领整个网吧……血脉贲张,乳白色的精液流过无数的烟蒂、高跟鞋和残枝败叶、枯壳烂果。
> 红色的血,白色的黏液,无色的泪水,黑色的毒汁,黄色的臭尿,我不再是我,而是鼹鼠、母狗、罂粟、百合、阴沟、绞肉机、行星、蛆虫、坟墓、耻毛、黎明、病房、战争、钢琴、达达、梦境、凶兆、宗教、谎言、国际歌的结合,这种结合像痔疮一样粘住创造的屁股不放。我继续在阴影里面手淫不止,生命不息。(《像卫慧那样疯狂》)
> 毒品、性、金钱、恐惧、心理医生、功名诱惑、方向迷失,等等组成了1999年的城市迎接新世纪曙光的一杯喜庆鸡尾酒。
> 我和我的朋友们都是用越来越夸张越来越失控的话语制造追命夺魂的快感的一群纨绔子弟,一群吃着想象的翅膀和蓝色、幽惑、不惹真实的脉脉温情相互依存的小虫子,是附在这座城市骨头上的蛆虫,但又万分性感,甜蜜地蠕动,城市的古怪的浪漫与真实的诗意正是由我们这群人创造的。(《上海宝贝》)

在这样的段落中,有奇异的联想、跳跃的意象,有美丽意象与丑恶意象的混杂、堆砌,而在这一切之中,又集中体现出了狂欢的生命激情。这是具有现代派文学集唯美与溢恶于一体的"诗意"。这是不同于传统的优美"诗意"的另类"诗意"。这是与流行音乐(包括摇滚乐)、时尚广告、行为艺术、怪异时装相共生的光怪陆离的"诗意"。

值得注意的是,在回答记者的提问时,卫慧谈到了对俄罗斯的向往:"我现在很喜欢俄罗斯。如果它是一个人,应该是和我一样,是一个摩羯座的人。那一片北方苦寒之地,它是广袤的,苦难的,诗意的,而且它也充满了矛盾：一方面秩序混乱，个体之间很分明，但是另一方面，又渴望集体的温暖。"① 一个喜欢俄罗斯的人，当然会赋有浪漫情怀（只是卫慧对俄罗斯的向往与王蒙的"少共情结"、与张贤亮的"苦难情结"是多么不同）。而她既向往俄罗斯的诗意又迷恋西方"垮掉的一代"的生活方式的芜杂情感，似乎又显示了新生代变幻不定、色彩斑斓的文化品格。

棉棉在高中时就喜欢朦胧诗。这已经显示了她的某些气质："在面对世界时眼中多出一份泪水和关爱。"另一方面，她酷爱音乐。她说过："我的生命中可以不写作，但绝对不能听不到音乐，音乐在我生活中就像空气、血液那样重要。音乐带着启示和安慰的力量，音乐给了我一个完美的世界，它对我的生活有拯救性。"② 喜欢朦胧诗和音乐的人当然会具有"小资情调"。

棉棉的中篇小说《啦啦啦》开篇就以美国"垮掉的一代"的代表诗人艾伦·金斯伯格的诗句"皮肤/在幸福地颤抖/灵魂/喜悦地来到了眼睛"作引言。小说描写了一对愤怒青年无所事事，在酒精、海洛因、流行音乐、性爱和吵闹中打发光阴的颓废生活。小说中有这样的句子——

  关于蓝色的天空和痛苦到底有什么区别，我现在已经不去想了。"热气给凉风，尘土给大树，冷冷的关怀给所有的改变。"是我现在的生活。
  所谓失控就是一场又一场的火灾……
  我天生敏感，但不智慧；我天生反叛，但不坚强。……我用身体检阅男人，用皮肤写作，我曾经对自己说什么叫飞？就是飞到最飞的时候继续飞，试过了才知道这些统统不能令我得以解放。

后来，棉棉将这个中篇小说进一步拉成了一部长篇小说《糖》。其中，还有这样奇异的生命体验——

---

① 张英：《卫慧：为心中柔软、秘密的爱情写作》，《网上寻欢》，时代文艺出版社2002年版，第251页。
② 张英：《棉棉：关于文学、音乐和生活》，《网上寻欢》，时代文艺出版社2002年版，第294—295页。

月亮都在怀旧。全世界都是诗人……上海是母的。像个舞台,每个演员却都没有台词。

我去年所有的化妆基调都是红色。我调制出很多种红,对我来说红色代表童年的慌张,代表极限,欲念,狂恋,威胁,浪漫史。

没有太阳的温度,我们如何演奏?看不见月亮,这反常如何控制?月光精通爱抚之道,它在我身上徘徊,照亮我内部的构造……

我是一条因下雨而积水的沟,我的名字叫棉棉……

我的写作只能是一种崩溃。

在这样的奇异体验中,显然有现代诗影响的痕迹。但联系到作家笔下人物沉溺于毒品、酒精、摇滚乐的迷乱生活,又不难看出"垮掉的一代"追求疯狂、陶醉、幻觉的情感体验留下的"呓语"般的文字痕迹。此外,这部长篇中"L"章开篇的那几行诗,"S"章全部由随想的碎片组成,思绪如同呓语般支离破碎,"V"章开篇那段电影音乐的歌词,以及"W"章开篇那一首诗,也都为小说增添了浓郁的迷幻诗意和音乐感。

卫慧、棉棉都是疯狂的。疯狂出诗人。这一点,已经为金斯伯格,为无数"先锋诗人"的生命体验与写作风格所证明。

三 浪漫情绪的证明

林白、陈染的诡异感觉,卫慧、棉棉的疯狂风格,都显示了与孙犁、汪曾祺的清新"诗化"小说、贾平凹的古朴"诗化"小说、张承志、红柯的壮丽"诗化"小说、迟子建的神秘"诗化"小说、吕新的朦胧"诗化"小说迥然不同的风格。

思想解放、个性开放的浪漫主义时代潮流直接导致了非理性思潮的高涨。而女性的直觉、梦想、情绪又在女权主义思潮的鼓动下澎湃激荡。这一切,与20世纪80年代现代主义诗歌浪潮的空前普及对新生代整整一代人的冲击和熏陶一起,为女性写作的"诗化"倾向提供了适宜的精神气候。对于这些女作家,写作首先是倾诉的需要,而与精心的构思、苦心孤诣的磨炼似乎无关。倾诉是心理的需要。倾诉自然具有情绪性。正是这样的倾诉给她们的作品涂上了一层浓厚的抒情色彩,赋予了她们的作品以

"诗化"品格。另一方面，20世纪80年代中急剧膨胀的叛逆情绪又使得相当一部分青年诗人走上了亵渎崇高、嘲讽神圣、展示粗鄙、纵情狂欢的道路。1986年《深圳青年报》和安徽《诗歌报》共同推出的"现代诗群体大展"中的绝大部分作品都不约而同地体现了叛逆、狂欢、亵渎的时代情绪。就像诗人徐敬亚指出的那样："'反英雄'和'反意象'就成为后崛起诗群的两大标志。"① 20世纪80年代的现代主义诗歌运动席卷了广大文学青年，使他们的情感状态、思维方式都浸透了诗歌的气质——朦胧、飘忽、感性、迷乱。林白、陈染都是那个时代的过来人，都有过爱诗、写诗的文学经历。这样的经历自然会在她们的小说创作中打上深深的烙印。当她们以小说的文体去宣泄知识女性的苦闷、愁绪与渴望时，就自然会以诗人的想象力去表达那些"剪不断，理还乱"的感觉与思绪。恋父的苦涩，自恋的疯狂，对异性的失望，对同性（或同心）恋的欲试还休，都在她们的笔下得到了淋漓尽致的刻画与渲染。因此，她们作品中的诗意，更多带有"1960年代出生人"的精神烙印：刚开始迈出个性解放的步子，却又没有完全放开情感；在寻寻觅觅中品尝人生的五味，又没有坚强到刀枪不入的程度，而是在反复咀嚼着苦闷、烦恼中看破人生的虚无。所以，她们的作品中，现代主义的荒谬感、虚无感相当浓厚。在中篇小说《子弹穿过苹果》中，林白这么概括了她的同龄人："这是厌世的一代。那时候年轻人聚在一起，哪怕是给谁做生日，也要说上几句空虚无聊，不然就像是落伍了，热情向上是我父亲那一代的事，越往下就越是暮色苍茫，二十世纪是一棵越长越干的树。"这样的概括是很能反映出那一代人在"文化大革命"过后的"信仰危机"的，同时也能体现出现代主义思潮在"文化大革命"过后迅速填补一代青年思想空间的明显效应。另一方面，作为知识女性，对男人的普遍失望也是她们认同虚无主义的重要情感原因。在中篇小说《同心爱者不能分手》中，她还写道："出色的男人非常少，尤其在中国。"在中篇小说《致命的飞翔》中，她又写道："在这个时代早就没有人，尤其是没有男人会说关于爱情的话语了。"而陈染更以"超性别意识"作为自己的文学主张。在她看来，"男人在整体上比较相对而言要虚伪一些"，因此，"真正的现代女性心中另有一种悲

---

① 徐敬亚：《历史将收割一切》，徐敬亚、孟浪、曹长青、吕贵品主编：《中国现代主义诗群大观（1986—1988）》，同济大学出版社1988年版，第1页。

哀：即优秀的男人太少"。她自称为"自然的绝望主义者和温和的怀疑主义者"，由于在现实中对男性的失望而鼓吹"同性之间深挚的心灵交流"，哪怕她"非常明白这是一种更多地活在梦想里的生活"。①这样的绝望情绪使得她们的"诗化"小说显得格调阴暗、压抑。这样的抱怨中既体现出了她们爱情与婚姻生活中经历过的挫折，也与20世纪80年代以来体育界、文化界和日常生活中时时可闻的关于"阴盛阳衰"的议论相呼应。"阴盛阳衰"的现象是当代女权主义思潮高涨的证明。因为对男性和爱情的失望而产生的激情在这些女作家的倾诉中自然赋有了感伤与愤怒、叹息与悲叹交织的品格，并使她们的作品更具有独语而且滔滔不绝的独特诗意。缠绵、柔婉的诗意已经离她们很远了。

而在卫慧、棉棉那里，诗情更多带有纵情狂欢的色彩。她们是"1970年代出生的一代"，在商品经济和都市繁华的环境中长大。在中篇小说《像卫慧那样疯狂》中，卫慧这么表白"我们的生活哲学"："简简单单的物质消费，无拘无束的精神游戏，任何时候都相信内心冲动，服从灵魂深处的燃烧，对即兴的疯狂不作抵抗，对各种欲望顶礼膜拜，尽情地交流各种生命狂喜包括性高潮的奥秘，同时对媚俗肤浅、小市民、地痞作风敬而远之。"因此，她们不像林白、陈染那样，经受内心痛苦的煎熬，而是在舞厅、酒吧，在美食与性爱游戏和流行音乐中得乐且乐，乐以忘忧。她们用狂欢去躲避空虚，用享乐主义去代替绝望主义。这里，特别要强调的是她们心中的狂欢激情以及由此自然产生的写作风格与流行音乐的影响和熏陶密不可分。而在中国内地青年中一直盛行的西方和港台流行音乐的歌词就常常具有现代诗的品格。这些流行歌曲已经成为许多内地青少年的重要精神食粮。那些层出不穷的流行歌星成了广大青少年最崇拜的偶像。他们是抒情、华丽、疯狂、富有的象征。《上海宝贝》中时而以披头士、麦当娜的歌词作章节的引言，时而将柴可夫斯基、舒伯特的名曲点缀气氛，时而写自己听苏州评弹时"感觉很特别"，时而写酒吧中"酷毙的工业舞曲，如暗火狂烧，钝刀割肉"的奇异感觉，这一切，与小说中几度点缀的艾伦·金斯伯格的诗句和杜拉斯的语录一起，既烘托了狂欢的气氛，又生动揭示了20世纪70年代出生的一代人的文化背景：音乐已经成为她们生活中的必需品。卫慧的中篇小说《像卫慧那样疯狂》《硬汉不跳

---

① 陈染：《超性别意识与我的创作》，《钟山》1994年第6期。

舞》和棉棉的《啦啦啦》《糖》的主人公都酷爱摇滚乐，或者就是摇滚乐歌手。疯狂的摇滚乐吸引着疯狂的"问题少年"和"问题少女"。《啦啦啦》的女主人公自道："我是那个在崔健的歌声中出走的女孩，我至今都认为那是幸福的。"《每个好孩子都有糖吃》中有整段整段的摇滚乐歌词。《香港情人》中有这样的句子："音乐离身体最近，音乐令我飞翔，飞翔的时候我写作，'写作'这个动词让我远离所有的危险。"《糖》中还有这样的感觉："酒的作用是上下的，化学的作用是左右的，音乐的作用是上下左右的，男人是上下左右从里到外的，而我总是迷失在此。"音乐，就这样成为浪漫、疯狂的寄托与催化剂。音乐，给心情和文学营造出诗歌的气氛。音乐就是新生代的诗歌和精神标志。

这里，需要特别指出的还有，在卫慧、棉棉笔下，与流行音乐和艾伦·金斯伯格、杜拉斯的作品联系在一起的，是"小资情调"。虽然她们的作品中常常也有颓废、疯狂的情绪，也有吸毒、淫乱的描写，但读来与20世纪80年代的现代主义诗歌运动以及20世纪90年代的"下半身"诗歌中的粗鄙之风，仍然有某些重要的区别。后者有意亵渎诗意的嘶喊与展示粗鄙的恶作剧，毕竟不像卫慧、棉棉作品中那些光怪陆离的生活场景、那些由音乐和文学作品营造出的飘忽美感那么具有唯美情调。这样，我们就可以看出现代主义文学的两重景观了：一重是审丑溢恶；还有一重是唯美、神秘。正是在后一点上，卫慧自认为是"浪漫主义者"就不无道理了。只是，这样的"浪漫主义者"毕竟与"寻根派"那样的浪漫主义有很大的差别。包括李杭育、郑万隆、莫言在内的"寻根派"寻找的，是民间的阳刚之气、壮美的人生境界，而在卫慧、棉棉这里，则是西化的"小资情调"，精致、新异、时尚。这样，当相当一部分现代主义诗歌在审丑溢恶的歧途上狂奔的时候，具有"小资情调"的"诗化小说"倒是在一定程度上守住了诗意，虽然，这诗意中不时也会掺杂一些粗鄙之音。

这样，由融会了现代主义诗歌运动和流行音乐的潮流而形成的新生代"诗化"小说就将"诗化"小说写出了新的风格。

这，便是新生代女性文学"诗化"小说的两重景观：一边是阴暗、压抑的咏叹调；一边是狂欢、唯美的摇滚乐。

我还注意到，无论是林白，还是卫慧，都曾经自认为"浪漫主义者"。在《同心爱者不能分手》中，林白写道："我有时候认为自己是最后的浪漫主义者，爱一个人爱得稀奇古怪。"卫慧也在《像卫慧那样疯狂》中"自以为是这个城市里日益珍稀的浪漫主义者"。这样的表白似乎又若隐若现地显示出了两拨新生代女作家的异中之同。叛逆、唯美、任性、幻想……这些精神因子,不就同样鲜明地贯穿在这两拨新生代女作家的创作中么?只是,这种在世俗的都市生活中寻找浪漫感觉的"浪漫主义"与张承志、李杭育、郑万隆、莫言、红柯那样从边疆、山野、民间和历史中寻找浪漫情怀的"浪漫主义"在精神境界和文学气象上不可同日而语罢了。

何况她们都是那么喜爱"飞"的感觉。

四 "飞"的感觉与"性"的诗意

在林白的长篇小说《守望空心岁月》中,也有一章题为"飞的感觉"。其中写到了"飞"这个词的意义:它是吸毒者的行话,也是作品中主人公"谈论人、谈论电影、戏剧"时的一个时髦字眼:"只有一个判断词,'飞'还是不'飞',飞就是好的,否则等而下之。"这个字因此而具有特殊的能量:"只一个'飞'字,就使气场骤增,空间膨胀……它本身携带着能量,像子弹一样把人打出去,它把一种激动充盈在内心和四肢,这种激动一直延伸到我的梦中和醒时。"由此可见,"飞"意味着"刺激"、"过瘾"、"激情飞扬"。此外,林白还有一个中篇小说,也以《致命的飞翔》为题。那是一部描写女性主动找情人,从中体会"飞"的感觉,但又因为常常发现情人自私而失望的小说。"飞"的感觉是"致命"的,但仍然身不由己地去体验——这是怎样的心态!

在陈染的短篇小说《时光与牢笼》中,第一节题为"飞翔的外婆",写的是飞翔的岁月带走了外婆。在短篇小说《嘴唇里的阳光》中,也有一节题为"飞翔的仪式",写的是女主人公在爱情的感觉中与男友"一起飞翔"的愉悦快感:"轻若羽毛,天空划满一道道彩虹般的弧线。那种紧密的交融配合仿佛使她重温了与丈夫的初夜同床。"

卫慧的《上海宝贝》中这么写自渎的感觉:"让自己飞,飞进性高潮的泥淖里。"她的长篇小说《我的禅》中也以"一遍遍地飞"形容性爱的感受。

而棉棉则是使用"飞"这个字最频繁的作家。例如写听音乐的感觉是"飞":"音乐令我飞翔";(《香港情人》)写男女之间的性爱是"身体最飞的那一刻",写男女之间的打闹竟然也是"飞"——当男友用刀划了女主人公时,她的感觉是:"我很疼。我飞了。这种所谓'飞了'的感觉和我读到某首诗、唱到某首歌、听到某个故事时的震撼类似,但是要强烈和迅速得多。"然后,她也用刀还击了男友,那时的感觉是:"我彻底飞了,飞走了。"(《每个好孩子都有糖吃》)这意味着:"飞"也意味着暴力与血腥。"我用身体检阅男人,用皮肤写作,我曾经对自己说什么叫飞?就是飞到最飞的时候继续飞,试过了才知道这些统统不能令我得以解放。"(《啦啦啦》)"'我们讲感觉'嘛!飞啊飞啊,我们的身体飞起来了,那是多么迷人的一件事!我们的身体变大变小,无需努力就能够得到快乐……我们飞到了那里,可那里是哪里呢?……我们的身体,我们的身体成为被飞出去的那一部分,找不到了!"(《每个好孩子都有糖吃》)棉棉因此写出了"飞"的惶惑与迷惘。在这方面,她是独特的:在"飞"的同时也感到不能满足。这正是现代青年在尽情体验了各种快感以后仍然感到不满足,也不可能满足的情绪写照。

就这样,"飞"成了现代体验的绝妙象征——"飞"是疯狂、迷乱、性、暴力、纵欲、痛苦、迷惘……一切的总称。正是这种"飞"的感觉产生了"飞"的文学风格:尽情地宣泄、尽情地倾诉,调动了所有的激情和想象去让自己的感觉飞起来,让自己的文字产生节奏飞快、高速旋转的效果。这样的效果因此当然不同于传统的诗意。从这个意义上可以说,新生代作家的"诗化"小说就是让唯美的感觉、"小资情调"在多变的想象和急速的宣泄中产生"飞"的感觉的风格。

此外,就是情的困惑和性的体验了。林白、陈染、卫慧、棉棉的几乎所有作品都涉及新女性的爱与性。无论是以林白、陈染为代表的新生代知识女性的情怨、情恨,还是像卫慧、棉棉那样的新生代"小资"的纵欲、狂欢,都展示了个性解放时代的女性纷乱的情感体验。如果说,在王安忆、铁凝那里,爱与性的主题之外(例如王安忆的"三恋"、铁凝的《麦秸垛》《棉花垛》《玫瑰门》),还有对于历史与人性的反思(例如王安忆的《小鲍庄》《叔叔的故事》《乌托邦诗篇》和铁凝的《午后悬崖》《永远有多远》),那么,到了林白、陈染、卫慧、棉棉这里,爱与性的主题几乎已经成了唯一的主题。从这个意义上说,这些新生代女作家的作品都可以归入"性文学"之列。说到"性文学",王安忆的"三恋"、铁凝的

《麦秸垛》《棉花垛》《玫瑰门》等都是冷静审视作为人性与宿命体现的性爱的结果，而新生代女作家的作品则更多地突出了对性爱的向往、质疑与享受性爱的情绪。所以，她们笔下的性爱场面也常常是富有诗意的。

例如林白描写自慰的文字："她的床单被子像一朵被摘下来随意放置的大百合花，她全身赤裸在被子上随意翻滚，冰凉的丝绸触摸着灼热的皮肤，敏感而深刻……她觉得自己变成了水，她的手变成了鱼。"（《同心爱者不能分手》）还有陈染描写少女初尝禁果的想象："太阳和月亮一同在天空燃烧，黑暗没有了尽头。一个成熟的男人和一个正在长大的小女人组成了宇宙的空间；他们不知疲倦的动作，流动成宇宙的时间……黑夜里天国的阳光照射在她树叶一般轻柔的身体上，她在海洋上飘荡，她变成了一条美丽的白鱼……她浸泡在黑暗的阳光里。"（《与往事干杯》）卫慧这么描写性爱的感受："我在月光下看到一个灵活如鸟的女孩正以如锥利喙扑击瓷一般透明的肉体。月光散落在一片起伏的波浪上……柔软的曲线拱成丰满的球状，丰满得近乎爆炸了。"（《像卫慧那样疯狂》）……这些对性爱的诗意描绘足以使人联想到英国作家 D. H. 劳伦斯的长篇小说《查泰莱夫人的情人》中关于性爱场面的诗意描绘。这样的描写与《金瓶梅》中那些具有色情意味的性爱细节描写显然具有不同的文学意义。另一方面，这些具有诗意的"身体写作"话语也能使人联想到中国古代的某些"艳诗"，例如齐梁"宫体诗"，还有李煜的词句"抛枕翠云光，绣衣闻异香"（《菩萨蛮》）等。只是，古代的"艳诗"多为男性文人的游戏之作，而当代的"身体写作"有相当一批作品则出自性意识开放的女作家之手。

将性爱诗化，比起展示性的淫荡、粗鄙，毕竟要更具文学性一些吧。这，正是新生代女性作家的"性文学"在品位上超出"新写实"小说和"下半身"诗作的所在。在这个享乐之风盛行的年代，在这个"性解放"、"情人潮"、"黄段子"已经成为一种时尚的年代，这样的"性文学"在无意间也具有了一面镜子的意义，它在折射出了粗鄙之风的可怕的同时，也显示了性爱主题"诗化"的可能。这，恐怕是这些女作家自己也没有想到的吧。

不过，老是写情怨、情恨或者纵欲、狂欢，是否又显得太单调了一些？如何超越自我，已经成为这些新生代女作家面临的紧迫挑战。

（原载《湖北大学学报》2006 年第 5 期）

第 六 章

"新生代"文学与传统神秘文化

> 我们这一代,脑子里塞满了神秘主义思维空间宇宙共振并且明白科学也不过是人类为了解释世界而给自己设置的另一个圈套而已……
>
> ——林白:《子弹穿过苹果》

神秘主义文化,是传统文化的重要组成部分。在神秘主义文化中,积淀了多少人类理性难以解释的世界之谜、人性之谜!从那些古老的神话传说到"河图洛书",从楚人崇巫("信鬼神,好淫祀",见《汉书·地理志》)的古风到儒家关于"天命"的思想,从东北的"萨满"信仰到粤人"祠天神帝百鬼"的风俗(《汉书·郊祀志》),还有世代流传的风水讲究、气功法术、麻衣相法、占梦玄机、轮回信仰……一切都昭示着中国文化的神秘幽深、中国人生命体验的神奇莫测、中国人想象力的奇谲瑰丽。这一切,尽管在毛泽东时代因为科学的普及得到了一定程度的遏制,却没有也不可能寂灭。到了思想解放、现代化进程重新启动的新时期,神秘主义文化再度复兴。一方面,我们应该看到神秘主义文化的某些负面影响;另一方面,神秘主义文化的复兴又提出了这样的问题:它显示了怎样的文化心态?仅仅是愚昧心态的死灰复燃?还是思想解放、人性回归、生命力返璞归真的某种必然?而它在文学创作中的渐成气候又昭示了文学与神秘主义怎样的精神之缘?

具体说到当代文学中的神秘主义思潮,我们不难注意到相当一批作家在重新发现神秘主义文化的积极意义方面作出的可贵探索:或像贾平凹那样将小说写出"志怪"、"传奇"的意味(例如《白朗》《怀念狼》)[①],

---

① 参见拙作《贾平凹:走向神秘》,《文学评论》1992 年第 5 期。

或如郑万隆那样发现了"萨满"信仰与现代环境保护意识之间的契合（例如《我的光》），或似马原，在致力于揭示生活的神秘性的同时有力地解构了理性的神话（例如《冈底斯的诱惑》《零公里处》），或像黎汝清，深刻地剔发了历史的神秘玄机（如《皖南事变》《碧血黄沙》），或如王安忆，写出了生育之谜、遗传之谜（如《好姆妈、谢伯伯、小妹阿姨与妮妮》）和性爱之谜（如《小城之恋》《岗上的世纪》）……因为有了思想解放的宽松气氛，作家们自然会猜测人性与自然的神秘；又因为有了无数理性解释不了的困惑，神秘的感悟和思考才顺理成章地回归文学与思想。本来，理性与非理性（超越理性的神秘之思）是人们认识世界的两个互补的路径，它们之间的相生相克，都是大千世界无穷奥妙的反映。它们常常能奇迹般地统一于许多文学家、思想家、政治家、科学家和普通人的世界观中。可当像"文化大革命"那样思想统一、理性僵化的年代硬是要将人民的思想都禁锢在假马列主义的牢笼中时，非理性就成了探索的禁区。然而，随着"文化大革命"的烟消云散，深深植根在人们心灵中的神秘感觉和思想就会复苏、成长，直至开出奇异的文学与思想之花……

就是在这样的思想文化背景中，我们看到了"新生代"作家走向神秘主义境界的足迹。

一 叩问命运

命运这个词，本身就具有神秘感。无论是中国的"天命论"、"时势论"，还是西方的"宿命论"、"必然论"，都揭示了某种超人力量的存在。诚然，"认命"常常为强者所不取，但对于大多数无缘成为强者的人来说，"认命"的处世态度却常常体现了十分复杂的心态：其中，既有挫折与苦难的体验，也未尝没有豁达与顺其自然的胸怀。相信"天命不足畏"、"人定胜天"的强者固然创造了许多的人间奇迹，但不是也常常因为急于事功而招致了自然规律和社会发展规律（这两个常用词似乎与"命运"一词有相近之义）的报复吗？尤其是在"文化大革命"这样的激进运动遭遇了惨败以后，人们在对激进主义的反思中开始冷静地重新估量"命运"的意义。梁晓声的《这是一片神奇的土地》、孔捷生的《大林莽》、韩少功的《回声》《西望茅草地》等作品都是对于理想碰壁、热情虚掷的无情历史的深刻反思之作。这些沉重的反思足以唤起人们对于人自身的局限性的认识和对于客观世界强大力量的敬畏。

值得注意的是,"新生代"作家对于命运的感悟明显不似上述"知青"出身的作家那么侧重于历史反思的层面,而更具有本体论的色彩。也就是说,在他们看来,命运的神秘、强大,是在日常生活中也避免不了的。命运,就是人生的主宰。在这样的世界观支配下,他们审视人生悲剧的眼光就显得冷静了许多。无论是静观那些惨不忍睹的悲剧(例如余华的《现实一种》《河边的错误》《一九八六年》,苏童的《刺青时代》《仪式的完成》等),还是理解那些麻木、逆来顺受的人生(例如余华的《活着》《许三观卖血记》,苏童的《罂粟之家》等),他们都显得那么无奈。用余华一篇小说的标题可以概括这一代作家对命运的理解:《难逃劫数》。在这篇具有浓郁的宿命色彩的关于性疯狂与暴力的小说中,余华频繁地使用这样的句子:"他们没有注意树梢在月光里显得冰冷而没有生气,显然这是不幸的预兆";"那一刻里她的右眼皮突然剧烈地跳动了几下。由于被行动的欲望所驱使,她没有对这个征兆给予足够的重视";"当他此刻站在审判大厅里重新回顾那一天的经历时,他才知道彩蝶和男孩其实是命运为他安排的两个阴谋";"那个时候他们谁也不知道命运已在河边为他们其中的一人设置了圈套"……在这样的句子中,作家突出了灾难的预兆和人对预兆的忽略,从而也就突出了"难逃劫数"的宿命主题,突出了悲剧的神秘意味,因为,中国人是普遍相信"预兆"和"劫数"的。同样的宿命感,我们还可以在余华的其他作品中不断感受到——在《世事如烟》中,有这样的句子:"这个身穿羊皮夹克的男子,她在现实里见到过六次,每次他离开时,她便有一个姐姐从此消失。如今他屡屡出现在她的梦中,一种不祥的预兆便笼罩了她。""接生婆已经预料到她一旦走过那破旧的城墙门洞以后,她将会看到什么","此后的事实果然证实了接生婆的预料";在《死亡叙述》中,也一再出现这样的句子:"这一切都是命中注定的";在《呼喊与细雨》中,也有这样的描写:"他的死混杂着神秘的气息","害怕和虔诚终于让我看到了菩萨,我不知道是真正看到,还是在想象中看到……它一闪就消失了"。

在苏童的作品中,同样充满了神秘的氛围。例如《1934年的逃亡》中"无法解释天理人伦","我想探究我的血流之源","有一颗巨大的灾星追逐我的家族"这些句子的神秘意味;又如《罂粟之家》中关于"刘老侠……血气旺极而乱,血乱没有好子孙"的点化,关于"枫杨树是个什么鬼地方啊,初到那里你就陷入了迷宫般的气氛中"的渲染,关于"陈茂和地主一家之间存在的神秘的场"的描写,都表达了作家对血缘、遗传、性关系与阶级关系之间极其复杂的神秘联系的感悟与猜想。在苏童笔下,性与血气紧密相连;性关系常常使不同阶级的男女的命运纠结在一起(《1934 年的逃亡》中的地主陈文治与女长工蒋氏的性关系,《罂粟之家》中地主刘老侠、长工陈茂都与刘妻翠花花有着性关系);纵欲又使得血缘紊乱,家族衰败。

与余华擅长指点预兆、劫数不一样的,是苏童对"血气"、"血缘"的关注。这种对"血缘"、"血气"的关注使作家一方面写出了人伦关系的复杂与神秘,另一方面也与中国民间对"种气"(所谓"帝王气象"、"王气"、"有种"等说法)、"血缘"(所谓"血浓于水"、"打虎亲兄弟,上阵父子兵")、"血性"的确信紧密相连。但他们都致力于感悟命运的神秘,却又异曲同工。还有魏微,不是也在长篇小说《一个人的微湖闸》(一名《流年》)的第六章中记下了对家族遗传气质的发现吗?"有一种东西,流淌在他们的血液深处,一代一代地相承了下来。""'相像'就是这样的一种东西","那就像一条血液链,贯穿于他们的筋骨和脉络里,显现于他们的容颜上。这是祖辈流传下来,千百年来也不能改变"。这是"神秘的家族血液"。"我们家的男人,对爱情并不用心。""我想起了我自己,很多年来,一直处于血缘的迷狂之中。我困惑……回首观望我这三十年,几乎没有刻骨铭心的、无悔的爱情。"如此说来,道德品质有时也与血缘有关?

而格非、毕飞宇则比较注重偶然对于命运的决定意味。格非的小说《迷舟》《大年》《青黄》《敌人》《雨季的感觉》《锦瑟》都一再强化着"命运的迷雾"或"谜一般的命运"以及"人们总是无法预料自己什么时候会突然背运"之类的主题。一系列"意想不到的事"(包括"意念深处滑过的一个极其微弱的念头"、"自己也无法预料的感觉"、"阴错阳差"的时间偏差以及天气的变化引起的人的情绪、记忆的纷乱)都常常在偶然间改变了人的命运和事件的发展。格非是不可知论者,同时也是宿命论者。为了渲染神秘的氛围,作家常常在自己的作品中安排算命先生的出场以渲染神秘氛围。如果说余华的《世事如烟》中的算命先生还是愚昧与疯狂的证明（他的胡言乱语对于那些浑浑噩噩的人们竟然具有那么强大的影响力，但他的儿子在他诱奸幼女那一天的死去使他的虚妄受到打击的描写，则显然有骗局破灭、迷妄幻灭的意义），那么，在格非的作品中，既有卜卦失误的描写（《迷舟》），还有算命应验的点染：如《敌人》中写两个瞎子随口说出的话的一一应验，在一定程度上渲染了赵家一系列灾难的神秘氛围；《湮灭》中写阴阳先生关于"一切前世注定"的谶语也奇迹般地应验，就都有厄运已经注定的意义。毕飞宇也在小说《叙事》中写道："悲剧（似乎）总是发生在偶然之间。所谓偶然就是几个不可回避碰到了一起。这才有了命。才有了命中注定……我不习惯依照'规律'研究历史。历史其实是一个浪漫主义诗人，他兴之所至，无所不能。历史是即兴的，不是计划的。"作品中关于家族悲剧的历史与日本侵华战争有关，也与日本人板本六郎爱好中国书法有关，当然还与在学习书法的过程中邂逅了陆家少女有关，而板本六郎对陆家小姐的强暴又在改变了一个家族的血缘的同时也改变了后代的心态。一切就是这么偶然。而小说在描写"我"（陆家小姐与日本人的后代）与情人偷情时产生的"我成了板本六郎"的幻觉也入木三分地刻画出了家族屈辱在后人心中的变态投射。在《楚水》中，也有这样的议论："历史本身必须是谜，这是人类心智的极端需要。""悲剧的意义就是由一个偶然走向无可更改的毁灭性必然。"值得注意的是，格非、毕飞宇比较侧重对偶然的悲剧意味的渲染，而余华的《鲜血梅花》则写出了偶然的喜剧意味：没有武艺的阮海阔为了母亲的期望踏上复仇之路。然而，在漫无边际的寻找中，他却在暗中接近了复仇的目标，并且在阴差阳错中完成了复仇的使命。在这个故事中，余华一改《世事如烟》《现实一种》的阴暗色调，突出了偶然的积极意义。只是，这样的主题在"新生代"作家的创作中显得相当少见，至少远不如渲染偶然阴森可怖的作品那么多。

就这样，命运的神秘莫测和强大无比便成了上述作家观察世事、探索人生不约而同得出的结论。神秘主义的宿命论与不可知论就这样成为"新生代"作家世界观与人生观中的重要组成部分。不妨将这样的文学思潮看作"文化大革命"后"信仰危机"的反映。也可以从中看出传统神秘主义文化的悄然回归。

二 轮回之思

世事如轮回，是佛教的重要信念之一，也是古希腊哲人的猜想。[①] 轮回之思，即"循环之道"，"是中国传统文化中最根本的观念之一"。"中国文化的诸多品性，或者是循环观念的派生物，或者与其有密切关联。以至从思维方式上看，中国传统文化的最大特征可以用一个圆圈来表示。"[②] 从阴阳五行说到天干地支图，从"智圆行方"的处世之道到"无字不圆，无句不圆"的作文讲究，[③] 从世道沧桑的治、乱轮回到"五百年必有王者兴"的政治期待，都体现了中国传统文化的这一特点。这是与进化论颇不一样的一种世界观、时空观。

不少"新生代"都对表现轮回之思表示了浓厚的兴趣。吕新的小说就特别偏爱"圆形"意象。在他看来，时间、历史都是轮回。他笔下的晋北山区永远也走不出轮回的阴影。他笔下的人物形象常常影影绰绰，模糊不清。他小说中的故事也常常支离破碎，纷乱重叠。这样，他就以别致的笔触突出了人生虚无的意义，而使"时间"、"日子"的轮回意义得以凸显。《雨季之瓮》中有这样的文字："我的笔驱赶着一批虎背熊腰的汉字，在山区亮度微弱而无限往返的时间里游移徘徊，缓缓而行。""时光在山区的磨道里缓慢而艰难地向前移动。""圆形的日子，如锅似碗。"《手稿时代：对一个圆形遗址的叙述》中也有这样的文字："时间就总在这种相同的形状和数目中不断重复。""故事的内容每天都在重复……我们都坐在故事的某一个角落里……含着眼泪躺在了一个圆形故事的开头或结尾处的门板上。"《抚摸》中对于"圆形的天空"、"圆形水坛"、"圆的意识"、"旧式花园"、"肮脏的水轮回着流动"的描写和"关于他的故事，我们只能简单地设想是一个巨型的圆环"、"无数相同的千篇一律的洞穴使他们意识到他们实际上一直都毫无进展地走在一条重复循环的旧路

[①] "古希腊大哲学家作小诗，自言前生为男子、为女人、为树、为鸟、为鱼……"，钱钟书：《管锥编》第二册，中华书局1979年版，第795页。

[②] 刘长林：《中国系统思维》，中国社会科学出版社1990年版，第14、22页。

[③] 钱钟书：《谈艺录》（补订本），中华书局1984年版，第112—113页。

上,他们终于发现了他们是在没有意义地一遍一遍地兜圈子"的刻画也都突出了轮回的意味。

  吕新对"圆形"意象的反复描绘别开生面。而余华、格非、刘继明则以"圆形"作为小说的叙事结构,在"圆形"的叙事中传达出人生如迷宫的感悟与叹息。例如格非的小说《褐色鸟群》的故事推进就呈现出这样的结构:在梦幻般的故事里,时间出了毛病。叙述者与"棋"是相识还是陌生?叙述者与那个女人在未来时间里的相遇似乎是过去梦中故事的自然结果,可一切又似是而非。相似的情节一再重复,重复中又常常有错位。是时间出了毛病?还是记忆出了问题?小说中的一句话"故事始终是一个圆圈,它在展开情节的同时,也意味着重复"是全篇的点睛之笔。余华的小说《此文献给少女杨柳》也是圆形叙述:在这篇时间错乱的作品中,少女杨柳死亡的故事和叙述者寻访杨柳家的故事在一再地重复讲述中呈现出莫衷一是的模糊感,而那些重复的讲述又形成了一个又一个的圆形怪圈,昭示着真相的模糊。刘继明的小说《明天大雪》里的四个男人都在大雪的前夜出门在外,阴错阳差地投入了某个女人的怀抱——洪商人为吴老板的女人所引诱,吴老板因同情王猎户的女人而坠入情网,王猎户对烧炭人的妹妹翠一往情深,烧炭人又以对玖的痴心挚爱而如愿以偿。小说中的每一个男人都被一个陌生的女人所征服。但小说结尾处的一段文字又预示了新的开始:"他(洪商人)的到达实际上是一个更加令他感到陌生的地方。"在这样的故事的后面,我们可以感受到作家对人性的理解:许多人都不满足于已经获得的爱情,他们总是向往着新的目标,而新的目标又常常是他们新的困惑的开始。人,就是这样不断弃旧图新的吗?可事实上,不是也有许多人在经过漫长的期待和追求以后而知足常乐了吗?

  "圆形"的结构因此而具有了哲理的意味,丰富了我们对人生的理解:世世代代的人们,总是在追求着相似的目标,或做着相似的噩梦;而那些目标的实现又可能带来新的困惑,那些噩梦的周而复始又在冥冥中昭示着人性的奥秘。这样的追求与困惑构成了人生循环不已的轮回。这样的轮回也就自然成了人生与历史的一种形态。

三 梦境体验

文学与梦，从来密切相关。20世纪初，弗洛伊德的《释梦》一书打开了人类探索潜意识的大门。而中国古老的占梦术则早就将梦可以预测未来吉凶的意识播入了人们的心中。科学研究表明：那些重复的噩梦可能是做梦者身体隐疾的反映；有的噩梦则是亲人之间心里不祥感应的显现。北岛的诗句"我不相信梦是假的"是"文化大革命"中无数人痛苦体验的概括；残雪笔下的破碎梦魇是"文化大革命"中人性异化、人心扭曲的传神写照（例如《苍老的浮云》《黄泥街》）；贾平凹在中篇小说《废都》中写"现实与梦境的吻合"，在《晚雨》中写相爱的男女主人公做相同的梦，既为小说创作平添了一些空灵之气，也显示了作家的奇特生命体验（作家说过："我就爱关注这些神秘异常现象……西安这地方传统文化影响深，神秘现象和怪人特别多，这也是一种文化，在传统文学中有不少这类现象存在着"，"柯云路关心的神秘、特异功能和我作品中的什么现象是两回事情。我作品中写的这些神秘现象都是我在现实生活中接触过，都是社会生活中存在的东西"[①]）。下面，我们会看到：噩梦可能成真，如何成了不少"新生代"作家创作的一个常见主题。

苏童的《黑脸家林》讲述了一个少年的短暂人生：他"很怪，一年有三百六十五天要做噩梦"，梦醒后就痛苦万分。只有在有了性体验以后，才睡得安稳了。可到了结婚之夜，他却梦见了狼群，于是跳楼自尽了。他的生活本身就是一场噩梦。在这篇小说中，作家写出了一种病态的人生。在陈染的长篇小说《私人生活》中，也有主人公倪拗拗噩梦成真的情节：她梦见葛家女人死去，醒来后果然得知那女人被虐杀的噩耗。陈染说过："我对神秘主义一直有一种兴趣……我所以喜欢博尔赫斯等作家的一些东西也就是因为他们小说里面的神秘意味。""愚昧当中有很多神秘主义，真正的现代文明当中也有许多神秘主义。"[②] 刘继明认同关于他的小说动机就是"寻梦"的说法，并且补充道："我是生活在梦想里。但

[①] 贾平凹、张英：《地域文化与创作：继承和创新》，《作家》1996年第7期。
[②] 林舟、齐红：《女性个体经验的书写与超越——陈染访谈录》，《花城》1996年第2期。

我的梦往往又是奇怪的梦,非常恐怖,恐怖到极点,让我非常害怕,我唯一可做的就是逃,所以我在生活中逃跑的愿望也是非常强烈……这种梦确实是时时压迫着我,所以我把这种梦也写进了小说里。"① 他的《前往黄村》就充满了迷雾的氛围,阴森恐怖。

我注意到,在"新生代"作家笔下,有许多的噩梦,但有意思的是,他们笔下的主人公一面害怕做噩梦,一面又渴望通过做梦逃避现实。丁天就在自传体长篇小说《玩偶青春》讲述了恐怖的梦:被人追杀、呼喊救命。这样的梦,显然与主人公厌学,却不得不面对强大的精神压力有关。可过着自由、放纵生活的青年就可以逃避噩梦的追逐了吗?安妮宝贝的《小镇生活》中的主人公不是也常常重复那个被人追逐的梦魇吗?"不知道追赶在身后的是什么,却清楚心里焦灼无助的恐惧。在慌不择路的奔跑中,一次次陷入迷途,最后发现自己始终是在兜一个圈子。"这里,"焦灼无助"也许是梦魇的症结所在?可主人公又是那么迷恋做梦!因为,"梦不需要语言。它们是灵魂深处黑暗而惊艳的花园。所以有时我觉得,梦才是属于我的现实……我是这样激烈而贪婪地需索着它的华丽,却不想看到日光从玻璃后面照射进来以后,留给我脸上的苍白和心中的空洞。梦魇是一种真实,而清醒似乎是沉睡"。在这奇特的人生体验的深处,是但愿长睡不愿醒的人生选择。而燕华君也在长篇小说《听听耳环》中描写了同样的心态:一方面记录了主人公"一些怪异且恐怖的梦":漆黑的小巷、漆黑的人群,"铺天盖地的漆黑,整个的漆黑,它们都齐齐地朝我压下来。一直到我浑身湿透,尖叫着从梦里醒来"……这些梦都是在父亲落葬后出现的,那么,它们是主人公恋父情结的折射吗?而做梦人的困惑是:"我做这些梦是什么意思呢?我去找谁解释这些荒唐的梦呢?"可另一方面,生性懒散的主人公又常常无端地渴望着"梦连着梦,梦套着梦"的生活,甚至觉得多梦的生活使"人生慢慢地变得有意思起来"。梦虽无聊,却耽于做梦,这种心态也正是一些庸庸碌碌、无意进取的人们典型的生活方式的体现吧。

而海男则谈到这样的生命体验:"我完完全全生活在某种预感和偶然当中。我经常做梦,然后这梦一直走进白天的生活,我是完全生活在神秘

---

① 《寻梦歌手的批判与关怀——刘继明访谈录》,张均:《小说的立场》,广西师范大学出版社 2002 年版,第 488 页。

气氛中的人。小时候我就生活在一种魔幻的现实中,跟马尔克斯笔下的魔幻极为相似……""我是个宿命论者,比如说我老愿意用扑克牌算命什么的,做梦对我来讲也是很重要的,我每做一个梦,第二天都要应验。我完全是在一种预感中生活。"① 这样奇特的人生体验显然显示了作家不一般的心理素质。

但毕竟,还有另一种梦境。

迟子建的小说《遥渡相思》也是一篇写梦的作品,却已经超越了噩梦的境界。其中,既有得豆因梦见父亲的亡灵而在吃饭时看见父亲的头颅在饭桌上出现的幻觉描写,也有梦见大蟒蛇而期待不一般的男人来临的迷信心理描写,还有在梦中感到父亲的灵魂悄然回家的感觉描写……一连串的梦境描绘为全篇笼罩上一层神秘色彩。在这样的描写中,我们不难看出故乡的东北文化对于作家具有浪漫风格作品的影响。民间的泛神论信仰为迟子建表现东北人的神秘感觉铺垫了厚实的基础。这样,作家关于梦的描写就具有了浓郁的风俗画色彩。迟子建在小说《原始风景》中写的一段文字显然也是作家个人的世界观的表述:"我不是一个朴素的唯物主义者,所以我不相信那种科学地解释自然的说法。我一向认为地球是不动的,因为球体的旋转会使我联想到许多危险,想到悲剧。我宁愿认为我生活在一片宁静的土地上,而月亮住在天堂,它穿过茫茫黑夜以光明普度众生。"在一篇题为《假如鱼也生有翅膀》的散文中,她还告诉读者:"在梦境里,与我日常相伴的不是人,而是动物和植物。白日里所企盼的一朵花没开,它在梦里却开得汪洋恣肆、如火如荼……我在梦里还见过会发光的树、游在水池中的鳖、狂奔的猎狗和浓云密布的天空……我曾想,一个人的一生有一半是在睡眠中虚过的,假如你活了八十岁,有四十年是在做梦的,究竟哪一种生活和画面更是真实的人生呢?"所以,她相信:"梦境也是一种现实,这种现实以风景动物为依托,是一种拟人化的现实,人世间所有的哲理其实都应该产生自它们之中。我们没有理由轻视它,把它们视为虚无……而且,梦境的语言具有永恒性,只要你有呼吸、有思维,它就无休止地出现,给人带来无穷无尽的联想。"② 是的,梦也常常与美

---

① 《穿越死亡,把握生命——海男访谈录》,张均:《小说的立场》,广西师范大学出版社2002年版,第344、358页。

② 见《清水洗尘》,中国文联出版公司2001年版,第356页。

好的向往紧密相连。美梦成真的事情在日常生活中不是也常常流传吗？

我注意到，卫慧也发现了梦的积极意义。在她的小说里，"梦"也是一个经常出现的主题。在《艾夏》中，她讲述了这样的睡觉体验："睡觉就是这样一种具有集体力量的奇妙行为，在众多梦境的间隙中，存在的是时间，有血有肉的生命支架靠不住时，按照总的逻辑，人们只能懒洋洋地趴下。"午休"是夏天里最完美的梦魇时分，无休止的渴望地带"。在《像卫慧那样疯狂》中，她这样表达了自己的人生观："一切都让它顺其自然吧，想我所想，梦我所梦，是有那么一些东西超乎我们的想象，是无法预先算计的，这也是我们的生活充满变幻，并仍然富有喜剧性的因素之一。"在这些描述中，作家阐发了梦的象征意义：梦就是逃避，梦就是安慰，梦还是希望。

有多梦的体验，就会有梦幻般的文学语言。梦呓，常常是破碎、凌乱、没有头绪的。吕新自道："我的许多小说就是得益于一次又一次的睡眠……睡眠为我提供源源不断的语言的轮廓。"[①] 因此，他的小说就产生了梦幻般的效果。如他笔下那些描写晋北山区景观的句子："那些无声地游动在山区的黑影如鸟如神，红杨树枝啪啪地响，土里土外热烈地泛着一种血腥气。有如铜钱大小的阳光，迷朦而灿烂。""苍白的太阳像一个出门不久的病人孤零零颤巍巍地拄着手杖站在大门口……流油不止的晋北山区啊热烈无度的晋北山区。"（《农眼》）"太阳是在半夜里升起来的。""远处的山出现了许多种太阳的颜色。""晋北山区血红的山川……"（《旧地：茅草一片金黄》），"太阳正斜倚在一棵树后呼呼地睡觉"（《圆寂的天》）。"这一章里的风景里插满了无数的枯枝。""那是山区广大劳动人民灰褐色的手臂。""地里长出了如云的黑发。那些鲜红的、碧绿的和灰褐色的鸟粪都梦见他了，梦见他在山区的戏台子上强作欢颜，梦见他巨大的墨绿色的头颅膨胀不止，空空如也。"（《黑手高悬》）吕新擅长描写景物的变形、颜色的变异、感觉的奇诡。一切都像超现实主义的画一样，神秘而怪诞。吕新因此而在山西作家群中自成一格，也在小说诗化的尝试中作出了独特的贡献。[②] 陈染的两篇作品的题目，都有"梦"的意象，如《巫女与她的梦中之门》和《梦回》。前一篇写一个有"恋父情结"的少

[①]《〈抚摸〉序语》，《山西文学》1993 年第 4 期。
[②] 见拙作《苍凉之诗——吕新小说论》，《当代作家评论》1992 年第 5 期。

女的疯狂体验，但小说结尾处的一段文字却使故事笼罩在了虚幻如梦的氛围中："我的任何记忆都是不可靠的。在蓝苍苍恬静的夏日星空下与在狂风大作的冷冬天气里，追忆同一件旧事，我会把这件旧事记忆成两个面目全非、彻底悖反的两件事情。"后一篇写一个女人从前由于"长时间一板一眼地生活"，"连梦也很少做"，走近中年时"却难以控制地做梦了"的人生体验。奇怪的是，人近中年，却常常梦见自己成了老妇人。这样的梦显然是早衰心态的体现，又足以使人联想到许多年轻人看破红尘的冷漠心境。而林白，也在作品中多次写到梦境。在长篇小说《一个人的战争》中，就从童年之梦一直写到了成人的白日梦："在遥远的童年就穿越了害怕的隧道，她在无数个5点半就上床的、黑暗而漫长、做尽了噩梦的夜晚经受了害怕的千锤百炼"；"我的耽于幻想、爱做白日梦的特性"使主人公常常神往于虚无缥缈的情感和遐想（例如："我常常遐想，深夜里的河流就是冥府的入口处，在深夜的某一个时刻，那里汇集了种种神秘的事物，在某些时刻，我会到那里，等待我生存的真相，我不止一次地听见一个声音对我说：你是被虚构的"）；"现在追忆起来，有许多事情都是模糊不清的，像夜晚的水流，在梦中变化，永远没有一个清晰的形状"……在长篇小说《守望空心岁月》中，她写道："只有我们自己的梦境才与我们息息相关"，"恐怖的梦记忆犹新，美好的梦不一一而论"。"我想起了童年时期经常出现的一个梦境，那是一道瑰丽的彩虹，从幽暗的地方走到我的眼前……它在不同的夜里反复出现，我不知道它到底意味着什么，直到现在，还是没有人能解释这个梦。""梦境是一种飞翔，看电影和戏是一种飞翔，写作是一种飞翔，吸大麻是一种飞翔，性交是一种飞翔，不守纪律是一种类飞翔，超越道德是一种飞翔，死亡是一种飞翔。它们全都是一些黑暗的通道，黑而幽深，我们侧身进入这些通道，把世界留在另一边。"梦的恐怖，梦的神秘，梦的美好，梦的离奇，在林白的笔下可谓洋洋大观，也为她的小说笼罩上一层神秘的浪漫色彩。作家告诉我们："我这种在小说里所表现出来的某种神秘的或者巫性的东西，可能是我们这种从西南边陲出来的人自身天然携带的。我身上也许像别人所说的有某种巫性……"[1] 这样的猜想与前引迟子建关于东北神秘文化影响的有关论述一

---

[1] 《生命的激情来自于自由的灵魂——林白访谈录》，张均：《小说的立场》，广西师范大学出版社2002年版，第282页。

起，使我们注意到神秘文化的本土根基。是的，神秘文化不仅仅与作家的个人心理素质有关，也与本土文化氛围有缘。还有卫慧，也喜欢梦幻般的语言风格。在《像卫慧那样疯狂》中，就有这样的文字："红色的血，白色的黏液，无色的泪水，黑色的毒汁，黄色的臭尿，我不再是我，而是鼹鼠、母狗、罂粟、百合、阴沟、绞肉机、行星、蛆虫、坟墓、耻毛、黎明、病房、战争、钢琴、达达、梦境、凶兆、宗教、谎言、国际歌的结合。这种结合像痔疮一样粘住创造屁股不放。我继续在阴影里面手淫不止，生命不息。"这样纷乱的文风，如梦呓般扑朔迷离。燕华君的《听听耳环》中也有一段描写主人公的母亲看戏心情的文字："皂靴，纶扇，水袖，花钗，莲步款款，香喘吁吁，红楼惊了梦，游园惊了梦，这个梦那个梦。身世飘零的女子啊，梦断青楼的女子啊，除却巫山不是云的那个女子啊，我要为你癫狂了！""母亲痴迷这样的生活，它是真实的，它又是虚幻的。"纷乱的意象，既是青春激情飞扬的生动折射，也是梦境支离破碎的写照。

由此可见，跳跃的意象，变形的感觉，奇特的联想，朦胧的幻想，成了相当一批"新生代"作家的文字特色。这样的文风，在表达了他们奇异的生命体验的同时也为作品平添了许多神秘而空灵的诗意。不妨称为"充满神秘感的诗意小说"。这些文风唯美的文字，与那些描写"原生态"的写实小说也形成了鲜明的对照。如果说"原生态"的写实小说是现实世俗化人生的真实反映，那么，"充满神秘感的诗意小说"则显示了逃离现实的生命冲动，也显示了古老的神秘文化在"新生代"心中产生的持久回响。

四 传奇故事

人生，有许多不可思议的奇遇：从绵绵不绝的神话和鬼故事到现代生活中那些一直解不开的自然与世界之谜。对这些奇遇的记录构成了中国古代"志怪"、"传奇"的基本内容。当代作家中，贾平凹的《龙卷风》《瘗家沟》《太白山记》，莫言的《奇遇》，王润滋的《三个渔人》《海祭》都具有相当浓郁的魔幻色彩。无论是记录乡间的传奇，还是发现生活的诡异，都给人以耳目一新之感。"新生代"作家中，也不乏这方面的佳作。

例如苏童的小说《仪式的完成》就通过一位民俗学家考察乡间"拈鬼"习俗却不幸死于非命的故事，揭示了偶然的神秘莫测。对这样的故事，科学论者当然可以视为"偶然"而一笑了之。但这样的作品在苏童的创作中显得相当独特，体现了作家对"神秘"的不可思议性的关注。林白的《青苔》中也记录了一位女友关于阴间的信念：她在一天清晨发现，她父亲生前用过的一只茶杯无端地裂开了一道细细的纹，而它头天晚上还是好好的（类似的传说，在民间层出不穷，十分流行）。她相信，这一定是她挚爱的父亲的灵魂回来的证明。钟晶晶也在《拯救》的结尾描绘了"赶尸"的风俗：无亲无故的外地劳工死去后，他们的尸体会被戴着面具的活人神奇地"赶"着，"走"向回故乡之路。（这样的古老风俗，据说千真万确！）又如迟子建的小说《格里格海的细雨黄昏》也讲述了一个神秘的故事：一位不怕鬼的作家在漠那小镇上一再为夜间鬼魂出现的迹象所困扰，于是只好请巫师驱鬼。而巫师的驱鬼术也的确神奇地使鬼魂销声匿迹了一阵子。值得注意的是，在小说的结尾，作家后来因为自己大胆驱鬼的经历而感到"无比羞愧"的体验。作家悟得："我想那是一种真正的天籁之音，是一个人灵魂的歌唱，是一个往生者抒发的对人间的绵绵情怀。我为什么要拒绝它呢？在喧哗而浮躁的人间，能听到这样的声音，只应该感到幸运才是啊。"这样，作家就将一个常见的"鬼故事"翻出了新意。在小说《白雪的墓园》里，迟子建也写下了这样奇异的感觉：父亲去世的时候，母亲的眼睛里突然出现圆圆的一点红色。"我总觉得那是父亲的灵魂，父亲真会找地方。父亲的灵魂是红色的，我确信他如今栖息在母亲的眼睛里。"奇特的是，当母亲去墓园中凭吊了父亲以后，她眼中的那点红色也消失了。"看来父亲从他咽气的时候起就不肯一个人去山上的墓园睡觉，所以他才藏在母亲的眼睛里，直到母亲亲自把他送到住处，他才安心留在那里。"对这样的故事，也许可以看作一阵"幻觉"。但联系到作家"我不愿意相信那种科学地解释自然的说法"的自白，你不能不发现作家思想中根深蒂固的泛神论情感。正是这情感使迟子建写出了风格清新、空灵而魔幻的作品。

东方神秘主义文化的悠久传统，已经在一代又一代人的心灵深处打上了抹不去的烙印。无论是源于古老的传说，还是来自本人的神秘体验，那些神奇的故事一直在流传，并且渐渐形成了中国古典小说的魔幻传统：从

《三国演义》中诸葛亮、关羽的鬼魂显灵场面到《水浒传》开篇"洪太尉误走妖魔",从《红楼梦》中贾宝玉"神游太虚境"和"奇缘识金锁"到《聊斋志异》的志怪传奇,可谓源远流长、蔚为大观。到了现代文学,虽然科学主义世界观的引入大大冲淡了这一传统,而使现实主义的文学有了长足的发展,但是,魔幻的传统并没有寂灭。郁达夫小说《还乡记》《还乡后记》《十三夜》《青烟》中对于梦幻的描写,许地山小说《命命鸟》中关于梦幻世界的描写,巴金小说《憩园》《寒夜》中有关梦境的描写,萧红小说《呼兰河传》、端木蕻良小说《科尔沁旗草原》中关于"跳大神"风俗的描写,徐訏小说《鬼恋》中有关人鬼之恋的描写,曹禺话剧《雷雨》中的宿命主题……应该说都是传统神秘主义文化的悄然延续。然而,尽管如此,毕竟只是到了拉美魔幻现实主义文学在20世纪80年代的中国文坛一石激起千层浪以后,那与拉美魔幻文学息息相通的中国传奇志怪文学的传统才得以重放异彩。这一现象是发人深思的。在多元化的文学格局中,应该有神秘主义文学的一元。因为,它不仅具有不可替代的文学魅力,也与许多人的神秘体验相通。也许,神秘也是一种"真实"。由此甚至可以得出这样的推论:只要是忠实于现实主义的精神,就或多或少会在对人物心理或民间风俗的描写上接近神秘主义。因为,神秘主义本身就是现实生活的一部分。而"新生代"对这一文学传统的继承,既折射出他们的生命体验,也是当代人被强大的异己力量裹挟着奔向不可知未来的心态体现。

(原载《华中师范大学学报》2005年第1期)

第七章

新生代作家的"家园"情结

一 家：中国传统文化的一个关键词

家，是中国传统文化的一个关键词。

梁启超曾经指出："吾国社会之组织，以家族为单位，不以个人为单位；所谓家齐而后国治也。"① 费孝通在《乡土中国》一书中也指出：中国乡土社会的基本社群是家族。"在中国乡土社会中，不论政治、经济、宗教等功能都可以利用家族来担负。"② 冯天瑜也在《中华文化史》中指出："周代以降，中国社会历经战乱，社会经济形态、国家政权形式多有变迁，但构成中国社会基石的，始终是由血缘纽带维系着的宗法性组织——家族。"③ 有这样的社会基础，就有了"修身齐家"的基本人格理想，也就有了"思乡"、"怀旧"、"叶落归根"的深厚情感和文学主题。"家"这个字，就自然与"故乡"、"归宿"、"精神寄托"这些词紧密联系在了一起。古典诗词中，从"羁鸟恋旧林，池鱼思故渊"（陶渊明）、"何当共剪西窗烛，却话巴山夜雨时"（李商隐）的"归去来情结"到"日暮乡关何处是？烟波江上使人愁"（崔颢）、"云横秦岭家何在？雪拥蓝关马不前"（韩愈）、"夜闻归雁生乡思"（欧阳修）、"有田不归如江水"（苏轼）、"浊酒一杯家万里，燕然未勒归无计"（范仲淹）、"故乡遥，何日去？家住吴门，久作长安旅"（周邦彦）的"乡愁情结"，一直

---

① 《新大陆游记》，湖南人民出版社1981年版，第144页。
② 《乡土中国》，生活·读书·新知三联书店1985年版，第39页。
③ 《中华文化史》（上册），上海人民出版社1990年版，第201页。

代不绝书；到了现代文学中，暴露封建家族黑暗的作品明显多了起来（如巴金的《家》、曹禺的《雷雨》、张爱玲的《金锁记》等），显示出现代作家反封建、呼唤个性解放的新价值取向。但尽管如此，以"思乡"、"怀旧"为基调的优秀作品为数不少（如鲁迅的《从百草园到三味书屋》《故乡》，老舍的《四世同堂》、路翎的《财主的儿女们》等），昭示着传统"思乡"、"怀旧"主题在现代文学中的延伸。1949年以后的当代文学，由于社会主义改造运动对传统家庭的猛烈冲击，自然也就涌现出了不少反映传统家庭伦理关系在新生活浪潮中解体的作品（从《三里湾》《创业史》《山乡风云》《李双双小传》那样描写农村合作化运动中"先公后私"、"大公无私"、"舍小家顾大家"、"共同富裕"等新风尚的作品到《家庭问题》《年青的一代》那样反映城市生活中家庭矛盾与阶级斗争之间微妙关系的作品）。但即便这样，"思乡"、"怀旧"的深厚情感仍然在许多作品中涌动：从刘绍棠的"运河故事"到老舍的《正红旗下》……因为大陆与台湾分裂的原因，"乡愁"还自然赋有了"爱国"的意义：例如余光中的名诗《乡愁》《布谷》；例如钟理和的小说《原乡人》、白先勇的小说《台北人》、林海音的小说《城南旧事》……到了思想解放的新时期，更有汪曾祺的"高邮系列"、贾平凹的"商州世界"、郑万隆的"异乡异闻系列"、莫言的"红高粱系列"……不断谱写出"思乡"、"怀旧"的新篇章，为被飞速流逝的时光逐渐遗忘的故乡家园谱写出深情无限的挽歌。就这样，"家园"、"故乡"便成了中国新文学的一个常写常新的重要主题。

  以这样的眼光去看"新生代"作家的创作，也不难发现：虽然"新生代"作家因为成长于一个西方文化思潮汹涌高涨、传统文化的影响急剧缩小的年代而显示出明显不同于他们的前辈的许多文学品格（诸如"个性化写作"、"欲望化写作"等等），但他们中相当一部分人仍然在不知不觉中将目光移向了"家园"、"故乡"的主题，并在创作实践中写出了他们的"家园记忆"、"故乡情怀"——那是具有相当鲜明的"新生代"特色的"家园记忆"、"故乡情怀"。也正是他们的这一些作品，构成了他们文学世界中最具有民族文化特色的部分。

二 破败的"家园"

现在，让我们先来看一下"新生代"作家心中的破败故乡。

在苏童笔下，破败的"枫杨树故乡系列"仍极具异彩：

三十年代初枫杨树的一半土地种上了奇怪的植物罂粟……

田野里罂粟的熏香无风而来……（《罂粟之家》）

直到五十年代初，我的老家枫杨树一带还铺满了南方少见的罂粟花地。春天的时候，河两岸的原野被猩红色大肆入侵，层层叠叠，气韵非凡，如一片莽莽苍苍的红波浪鼓荡着偏僻的乡村，鼓荡着我的乡亲们生生死死呼出的血腥气息。

故乡暗红的夜流骚动不息，连同罂粟花的夜潮，包围着深夜的逃亡者。（《飞越我的枫杨树故乡》）

这样，"罂粟花"就成为"枫杨树故乡"的核心意象。在苏童笔下，"罂粟花"是与"欲望"、"放荡"、"死亡"的故事紧密相连的。"大片的罂粟花"烘托出浓烈的"欲望"、"放荡"、"死亡"的氛围。无论是《罂粟之家》那样描写20世纪30—40年代枫杨树故乡阶级关系因为性关系的混乱而纠缠不清的故事，还是《飞越我的枫杨树故乡》那样讲述20世纪50年代一个浪荡成性、死于与疯女人嬉戏的农民的故事，苏童都突出了性欲诱惑着也折磨着、毁灭着故乡人的主题。苏童就这样通过"枫杨树故乡""触摸了祖先和故乡的脉搏。"[1]

苏童是苏州人。苏州是小桥流水人家的地方，那里山水秀美，民风柔慧。那里，"是中国文化宁谧的后院"。[2] 苏州人"听书、种盆栽、玩赏字画、看昆曲，风雅得很。由于深远的文化根底，反映到苏州人的性格，待人接物、对事情的思考，细致周密，心灵手巧，讲究得很。生活也精打细

---

[1] 《自序三篇》，《小说家》1993年第2期。
[2] 余秋雨：《白发苏州》，《收获》1988年第3期。

算"。① 当代作家中，陆文夫的《美食家》、范小青的《瑞云》、朱文颖的《水姻缘》都写出了苏州人的民风：舒适、淡泊、细腻。尽管如此，苏童仍然写出了苏州农村的另一面：热烈、躁狂。作为一个崇敬福克纳的作家，苏童像福克纳一样，为故乡的无可挽回的衰亡谱写了绝望的挽歌；作为一个"新写实"作家，苏童对故乡人阴暗而疯狂的欲望进行了深入的剖析。然而，他常常在"原生态"的描写中掺入充满浪漫气息的景物描写，并在描写中突出混合着迷惘与感伤、写意与象征的诗情画意，从而使自己的作品与"一地鸡毛"式的"原生态"刻画有所区别。例如这样的句子：

"秋天里有很多这样的时候，窗外天色阴晦，细雨绵延不绝地落在花园里，从紫荆、石榴树的枝叶上溅起碎玉般的声音。"（《妻妾成群》）这样的景物描写，是与女主人公的烦躁心情刻画联系在一起的。

"桂花树是我们村子先人们的精魂。"（《丧失的桂花树之歌》）这样的诗意点染，与后人因商品经济的诱惑而出卖桂花，使得桂花树在一夜之间消失的叹息形成了鲜明的对照。

"……这个早晨，正从河滩上湿润地浮起来，满眼的青石斑斑点点地亮着，在最初的阳光下骚动不安。我环视四周，感觉到干涸的河床有一种流动的欲望遏止不住。"（《青石与河流》）这样的景色渲染，又是与对石匠的痛苦欲望以及由此产生的灾难的感叹互为映衬的。

苏童的小说因此而具有一些唯美、颓废的色彩。他的这一风格使他的"枫杨树故乡"与陆文夫、范小青、朱文颖笔下的苏州故事区别了开来。这里，需要特别指出的是，苏童的"枫杨树故乡"在冥冥中与晚清吴语小说的传统遥相呼应。就像陈平原指出的那样："晚清狭邪小说盛行，而吴侬软语恰好最能表现青楼女子的伶俐聪慧与故作娇羞。"《九尾龟》《海上繁华梦》《海天鸿雪记》这些作品表明："苏白成了青楼生活的专用语言……它代表着作家心目中理想妓女的音容笑貌、言谈举止乃至身段姿势。"② 虽然苏童的"枫杨树故乡"不属于吴语小说，但作品中浓郁的欲望气息仍然昭示了苏州民风的另一面：因为生活的富足而放浪形骸。不管是地主，还是长工、石匠，也不论是男人，还是女人，苏童笔下的

---

① 陆文夫语，见施叔青《陆文夫的心中园林》，《人民文学》1988 年第 3 期。
② 陈平原：《20 世纪中国小说史》第 1 卷，北京大学出版社 1989 年版，第 172—173 页。

许多人"世代难逃奇怪的性的诱惑"(《1934 年的逃亡》)。性,使得那里的阶级阵线、亲缘伦理都呈现出十分混乱的状态。《1934 年的逃亡》中的贫农陈宝年与地主陈文治有亲缘关系,但陈宝年就将妹妹与陈文治换了十亩水田,而陈文治也强暴了陈宝年的妻子、女长工蒋氏。《罂粟之家》中的地主刘老侠为了霸占父亲的姨太太翠花花而害死了父亲,而翠花花又与长工陈茂之间存在着性关系,陈茂在与翠花花保持性关系的同时又与刘老侠的女儿刘素子关系暧昧……《米》中的米店帮工五龙与老板的两个女儿织云、绮云先后发生了性关系,同时,织云又是黑社会头子的姘头;《青石与河流》中的八个石匠都为了一个女人而发狂……性,就这样成了"枫杨树故乡"人生活的一个基本主题。人们为性而狂,为性而打斗、残杀,为性而死。苏童就这样写出了人的可怜与可叹、无奈与迷惘,写出了"家园"在欲望与欲望的碰撞中衰败的人性根源。

另一方面,"家园"的衰败又使得"逃亡"成为一种出路。在"枫杨树故乡"中,"逃亡"是又一个关键词。在苏童的小说世界中,有两篇就以"逃亡"为题——《1934 年的逃亡》和《逃》。前者写灾年间"枫杨树故乡"的逃亡;后者写一个"活不安稳"的人不断的逃亡——逃避战争、逃避婚姻、逃避故乡。此外,《米》中的五龙也是为了逃避水灾而进城,而且一旦进城后就不想回乡了;《飞越我的枫杨树故乡》中的幺叔也是一个"永生野游在外"的"逃亡者";《青石与河流》中的欢女是因为逃婚而躲进了采石场,可她的到来却引起了石匠们的争斗。她只好再跑出山外;《丧失的桂花树之歌》中的父亲追随陌生人去了外乡,从此再没回来……苏童对"逃亡"主题不厌其烦的强调意味深长,它足以唤起我们对于 20 世纪的中国农村由于长年战乱、政治运动、市场经济的持续冲击而不断衰败的痛苦记忆。它提醒我们注意这样的事实:我们已经丧失了传统的安宁"家园"。这样,"枫杨树故乡"就在当代中国的"家园"故事中具有了在"怀旧"、"寻根"的主题之外,无情静观家园破败的文学意义。"枫杨树故乡"足以使我们联想到鲁迅的《故乡》、王统照的《山雨》、萧红的《生死场》、茅盾的《春蚕》、周克芹的《许茂和他的女儿们》、高晓声的《李顺大造屋》等描写"家园"破败的名著。同时,"枫杨树故乡"的"欲望"主题与"逃亡"主题以及神秘、凄美的色调,又自有其"世纪末"文学的虚无主义底蕴与疯狂色彩。

而苏童，作为一个出生于 20 世纪 60 年代的作家，虽然没有经历过他描写的那个旧时代，却依然能写出那个时代的某种氛围，也是耐人寻味的。这至少显示了他对祖辈故事的兴趣，对"家园"的难忘。联系到他喜欢《红楼梦》（《红楼梦》正是一部"家族小说"）的自道，我们不难感受到他的"家园"情结。

与苏童的"枫杨树故乡"颇为相近的，是他的同龄人、山西作家吕新笔下的"晋北山区"，那片贫瘠、苍凉但同样燃烧着欲望的土地。

请看这样的风景：

> 空荡荡的晋北山区，溅不起一声回音……
>
> 经常刮又厚又重的黄风……这样的风，从十月里刮起，一直要刮到第二年的三月，四月，五月。
>
> 那些土地裂开了一道又一道口子，像皮肤上被划破的伤口。（《旧地：茅草一片金黄》）
>
> 田野里连一只喜鹊也没有。只有一些种田的肥料像坟墓一样，一个个都堆成了碗的形状……
>
> 原野上风声鹤唳，草木萧瑟。（《雨季之瓮》）
>
> 苍白的太阳像一个出门不久的病人孤零零颤巍巍地拄着拐杖站在大门口……流油不止的晋北山区啊热烈无度的晋北山区……
>
> 那些锈在大地上的河流像大家僵直的目光和风干的躯体。（《农眼》）

作家没忘了告诉读者："很多年以前的山区里，酿造业及其他的手工业正日益兴起，蔚然成风"，可后来，"旧日的景象荡然无存"（《雨季之瓮》）。后来，"十六七岁以上的姑娘都嫁走了"，男人们只能回想那些早已嫁去外乡的姑娘，然后在"溜门子，爬窗户"中打发无聊的时光（《农眼》）；连"那地方的土匪（也）很可怜"（《旧地：茅草一片金黄》）；……一切都破败不堪，苍凉无比。

吕新擅长刻画苍凉的图景。他的大部分小说都主要由破碎的灰色景物拼成。苍白的太阳、灰色的原野、苍黄的大风、低矮的农舍、黑色的人影、纷乱的时间、虚幻的往事……是他常写的意象。作家曾经自道："我从未描写过高耸的山峰和苍松翠柏，在雄伟壮丽的东西面前我往往昏昏欲睡。"作家意识到：这样的心态与自己身体有病存在着明显的联系（"时断时续的胃病使这本书中的天气异常阴晦"）。① 但他同时也知道："出于某种地理环境上的局限，我将放弃大量的绚丽色彩，只运用几种单调的原色去进行一种纯粹意义上的描写。"（《雨季之瓮》）从这个意义上说，是病情与地理环境的双重原因共同塑造了吕新笔下的灰暗风景。而那些灰暗风景又正好成为破败乡村、虚无人生的文学象征。

吕新的小说无疑具有现代派意味：纷乱的意象、主观色彩强烈的变形与夸张、耐人寻味的比喻与象征……但这一切，都因为那些对于"晋北山区"地域特色的晦暗描绘而产生出独具的民族品格与个性风采。这里的虚无，不是卡夫卡那样因为现代体制的重压而产生的悲哀，甚至也与福克纳式的对于古老家族衰亡的凭吊判然有别。这是因为长期的贫困、因为基本的欲望得不到满足而产生的绝望与麻木。这是中国贫困乡村无数人生的真切写照。因此，吕新的"晋北山区"便成了熔先锋意识与乡土气息于一炉的文学景观，就像韩少功的《爸爸爸》《马桥词典》、郑万隆的《异乡异闻》、李锐的《厚土》一样。

在"新生代"作家对于"家园"的破败描述中，毕飞宇的中篇小说《叙事》《楚水》具有特殊的意义。如果说，苏童将"家园"的破败归结于人的纵欲，吕新将"家园"的破败归结于历史的虚无，那么，毕飞宇则在自己的家族故事中发现了传统文化的脆弱、虚伪、不堪一击。

《叙事》具有相当的历史真实性。作家曾经自道："我其实不姓毕，至少我的父亲不姓毕，他的原名叫陆承渊。"《叙事》正好讲述的是陆家的故事。作家还说："我父亲的养父是一九四五年枪毙的，《叙事》里写了。"② "作品中所虚拟的家族史，对我来说确确实实有一种切肤之痛。"③ 小说的背景是抗日战争期间。小说从"父亲从没有对我提起过奶奶"的疑惑引出一段家族的痛史：日寇占领军军官板本六郎因为喜欢中国书法而找到了中国书法家陆秋野学习。在学习书法的过程中，他狂傲地凌辱中国

---

① 《〈抚摸〉序语》，《山西文学》1993年第4期。
② 姜广平、毕飞宇：《毕飞宇访谈录》，《青衣》，长江文艺出版社2001年版，第402—403页。
③ 《历史缅怀与城市感伤》，张钧：《小说的立场》，广西师范大学出版社2002年版，第128页。

文化，凌辱中国人；同时奸淫了陆府的千金婉怡。婉怡不得不忍受屈辱，直至不由自主地产生了性快感，怀孕，生出"我"的父亲。于是，板本六郎就既是"毁灭我们家族的魔鬼"，又是"我的爷爷"。陆家一面蒙受了巨大的屈辱，一面努力编造谎言，遮掩家丑，最终让婉怡的生子变为太太的"老蚌得珠"，使陆秋野的外孙变成了"儿子"。而婉怡也就从此离开了故乡，神秘消失。围绕这个故事，作家阐发了对于历史的荒唐性的感叹："世界有时其实是经不住推敲的。""历史其实是一个浪漫主义诗人，他兴之所至，无所不能。历史是即兴的，不是计划的。'历史的规律'是人们在历史面前想象力平庸的借口。""历史本身则异样寻常。""历史就这样，一旦以谎言作为转折，接下来的历史只能是一个谎言连接一个谎言……真正的史书往往漏洞百出，如历史本身残缺不全。"小说中的这些具有哲理意味的感慨即使作家笔下的家族故事赋有了某种历史感，也与新时期以来作家纷纷远离理性的历史观，而认同非理性的历史观的思潮相吻合。《叙事》就这样绝妙地记录了一部隐秘、荒唐的家史，并由此触发了对于历史微妙处、隐秘处的思考。此外，在这个悲剧故事中，还浮现出这么一个主题：家庭的不幸，有时是与民族的不幸紧密相连的。而对于陆家来说，这不幸竟然又是与书法偶然牵连在一起的。书法，是传统文化的重要象征。日寇对书法的痴迷与对陆家的凌辱形成了奇特的对照，暗喻着传统文化的优雅与软弱。事实上，中国在历史上的饱受异族欺凌就既与昏庸统治者的胡作非为有关，也是中国文化一直"尚柔"的必然结果。小说中不时闪烁着批判、嘲讽传统文化的机锋，显示出作家在研究家族史中质疑传统文化劣根性的立场，例如这样的句子：

中国的父亲不太愿意交代自己与儿子的渊源关系。这里头可能有一种性脆弱。中国父亲一直希望自己的子女能大异于自己，产生"鸡窝里飞出金凤凰"这样的质变效果。

我怀疑汉语可能是离世界本体最远的一种族语言……这种高度文学化、艺术化的语种使汉语子民陷入了自恋，几乎不能自已。

陆家的败落始自日寇的入侵，终于后来的政治运动。这样的叙事角度使毕飞宇的家族故事也具有了政治意味。而当作家在故事中不时点化出相当别致又颇能耐人寻味的国民性思考时，他也就在一定程度上实现了对鲁迅那一代人"改造国民性"思想的认同。在这方面，他与以苏童为代表的"新写实"作家是颇不一样的："新写实"作家更倾向于将人的悲剧根源定位在"欲望"上，而毕飞宇的聚焦点则在"文化"。

同样的主题在中篇小说《楚水》中也十分突出。小说通过地主少爷冯节中为日寇开妓院的故事，揭露了无耻文人的丑恶灵魂。小说的讽刺意味在于：冯节中以古典词牌作为妓女的"花名"；他还教妓女们学会琴棋书画诗词曲赋，以变得"风雅"起来。在他那些奇谈怪论中，充分表现出了文人的无行："南京的妓馆在哪儿？吓你一大跟头，在贡院大门。谁能和孔老夫子平起平坐？咱金粉之地……妓女和妓女可不一样，就像官儿和官儿不一样。"但他的无耻并没有给他带来好运。连日寇也看不惯他的过分无耻，加上他挂在妓院里的那些古画无形中产生的压力，又加上因为输棋而产生的恼怒，最终结果了他的性命。冯节中对古典文化的熟悉和日寇对中国文化的熟悉、对中国文人的轻蔑，都很容易使人联想到《叙事》中的陆秋野和板本六郎（虽然《楚水》中也有一位教私塾的陆先生）。但冯节中的无耻却更令人震撼。小说中还有一个程老先生，在嫖妓时还想象着自己是在抚琴，也相当传神地写出了文人的无行。这些无耻文人的龌龊言行足以催生出关于中国传统文化脆弱性的思考，就像作家借小说中人物的话写道的那样："……毛笔和宣纸的文化实在过于空洞无聊。那些精神性、象征性植物完全失却了生态意义。""汉民族迷醉于'空'，所以我日本才有机会。""中国的文化很伟大，文人却无耻。"中国文化的崇文传统与中国"文人无行"的说法之间存在着多少割不断理还乱的联系？在"识时务者为俊杰"、"沧浪之水清兮，可以濯我缨；沧浪之水浊兮，可以濯我足"、"好汉不吃眼前亏"这些中国知识分子和老百姓中十分流行的处世哲学中，既有中国人的应变智慧，也有中国人的苟且心态。

毕飞宇就这样从传统文化中找到了中国人的精神痼疾。

当然，事实上世界的悲剧、家园破败的悲剧常常是"欲望"与"文化"共同作用的结果。

家园的破败，是晚清以后一百六十多年间中国乡村社会一个长期形成的梦魇。从1949年以前的连年战乱，到1949年以后相当长一段时间里的政治动荡，再到随着现代化进程出现的城乡差别的悬殊……这一切都使农村长期处于萧条状态。在这样的社会背景下，"家园衰败"成为许多作家笔下的共同图景，就是可以理解的了。

那么,"新生代"作家就注定不可能写出美好的"家园"故事了吗?
也不尽然。

三 美好的"家园"记忆

在"新生代"作家那里,既有苏童、吕新、毕飞宇笔下的破败"家园",也有迟子建、魏微记忆中的美好"家园"。

东北作家迟子建生长于大兴安岭。她笔下的"故乡"故事光看标题,就充满了动人的诗意——《北极村童话》《岸上的美奴》《亲亲土豆》《重温草莓》《遥渡相思》《清水洗尘》《河柳图》《青草如歌的正午》《向着白夜旅行》《雾月牛栏》《逆行精灵》……虽然她也写过《罗索河瘟疫》《沉睡的大固其固》那样色调阴暗的故事,但在她的小说世界中,充满诗情画意的作品是占了绝大多数的。

在她的笔下,故乡的风景无比美丽——

> 一个方圆百里的古朴宁静得犹如一只褐色枣木匣子的小镇……我朝拜那里的日光、雪光、天光……
> 我不知道世界上有哪种月光比我故乡的月光更令人销魂。那是怎样的月光呀,美得令人伤心,宁静得使人忧郁。它们喜欢选择夏日的森林或者冬天的冰面来分娩它们的美丽……
> 雪的色彩极为绚丽,它时而玫红,时而幽蓝,时而乳黄。(《原始风景》)

——这是具有诗人情怀的作家眼中的美丽景色。

> 那篝火大都是橘黄色的,远远看去像是一只只金碗在闪闪发光。房屋在雪中就像一颗颗被糖腌制的蜜枣一样。
> 红松木栅栏上顶着的雪算是最好看的了,那一朵朵碗形的雪相挨迤逦,被身下红烛一般的松木杆衬映着,就像是温柔的火焰一样,瑰丽无比。(《逝川》)

——这则是具有童心的作家眼中的奇丽景象。

迟子建也说过,她"喜欢《红楼梦》中的'太虚幻境',喜欢《三国演义》中诸葛亮临终时口中衔米使七星不坠、敌方不敢贸然出兵的描写,喜欢《西游记》中那个能够上天入地的孙悟空"①。她相信:"梦境也是一种现实。"② 所以,在她的作品中,故乡还有另一番奇幻的色彩——

灰街人做梦做得最多的是梦见日月星辰,梦中的它们全比实际在肉眼看到的要大上几十倍甚至上百倍。星星跟水车一般大,月亮就像一座山,太阳则像座失了火的屋子,红光闪烁着。有次瓦云梦见一颗星星掉进青河里,将青河拦腰斩断,青河的水四溢到农田,上了岸的鲫鱼则能像燕子一样飞,空气中洋溢着煮稻米的气息,她在岗上见那颗卧在青河中的星星大如磐石,金光灿灿。(《灰街瓦云》)

在迟子建看来,"几乎所有的作家都有怀旧情绪"。③ 她还相信:"每一个优秀作家都是具有浪漫气息和忧愁气息的人。浪漫气息可以使一些看似平凡的事物获得艺术上的提升,而忧愁之气则会使作家在下笔时具有一种悲天悯人的情怀,从而使作品散发出独特的韵味。"④ 故乡在她的心中是永恒的主题;诗意是她笔下世界的不变基调。是多愁善感的屠格涅夫和川端康成引导她发现了故乡的美好(迟子建告诉我们:"他们笔下的风景和人物很容易与我身处的极北环境达成和谐"⑤)。她又以自己个性色彩鲜明的创作显示了一位"新生代"作家缅怀家园的动人情怀。的确,在"新生代"的阵营中,像迟子建这样无限深情地缅怀故乡的作家实在不多。我无意因此质疑"新生代"作家对"家园"诗意的遗忘。事实上,连福克纳那样的文学大师不是也给自己的家园记忆涂上了一层灰暗的色调

---

① 《小说的气味》,林建法、徐连源主编:《中国当代作家面面观·寻找文学的魂灵》,春风文艺出版社2003年版,第160页。

② 《假如鱼也有翅膀》,《清水洗尘》,中国文联出版社2001年版,第356页。

③ 《必要的丧失》,《清水洗尘》,中国文联出版社2001年版,第349页。

④ 《小说的气味》,林建法、徐连源主编:《中国当代作家面面观·寻找文学的魂灵》,春风文艺出版社2003年版,第161页。

⑤ 《晚风中眺望彼岸》,《清水洗尘》,中国文联出版社2001年版,第372页。

么?连韩少功、李杭育、莫言这些"寻根派"不是也在呼唤"寻根"的同时不得不面对家园颓败、古风沦丧的无情事实,并不约而同地发出了无奈的浩叹吗?也正因为如此,迟子建继续重温着家园的美好、谱写着讴歌故乡的作品的成功,才显得分外可贵。

对于迟子建,家园是与童年的记忆紧密联系在一起的。她是那样热爱故乡,那样深入地沉浸在故乡的回忆中,以至于她写起故乡来是那么得心应手,而写起城市生活来则显得苍白、逊色了许多。迟子建似乎天生就是为了她的故乡——大兴安岭谱写怀旧的篇章而写作的。在她的笔下,连死亡也充满了诗意——

> 我参加过的故乡人的葬礼大都充满着阳光和澄静的空气以及细碎的鸟语,每一个死者都像出家人一样去意已定……
>
> 据我们小镇那个专门主持葬礼的人讲,任何一个死者的灵魂都是朝着天堂或地狱这两个方向去了。天堂是善良人居住的地方,那里四季鲜花环绕,生活空灵而富足。所以活着的人拼命做善事积德以此来安排来世的道路。
>
> ……春天的葬礼像过节日,而秋天的葬礼才更像葬礼。(《原始风景》)
>
> 母亲……的左眼里仍然嵌有圆圆的一点红色,就像一颗红豆似的,那是父亲咽气的时候她的眼睛里突然生长出来的东西,我总觉得那是父亲的灵魂,父亲真会找地方。父亲的灵魂是红色的,我确信他如今栖息在母亲的眼睛里。(《白雪的墓园》)

有这样的人生体验,有这样的瑰丽情怀,迟子建就在相当程度上成功地避免了冷漠、绝望、愤世嫉俗、玩世不恭情绪的影响。从这个意义上说,"怀旧"情怀、"家园"记忆就具有了抵御绝望与颓唐的意义。古往今来,有多少作家是靠着"怀旧"情怀、"家园"记忆战胜了失意与绝望的侵扰啊!当代作家中,汪曾祺的《受戒》、刘绍棠的《蒲柳人家》、贾平凹的《商州初录》、王安忆的《纪实与虚构》……都可以证明这一点:"家园",是中国文人重要的精神支柱。

不过,细细辨来,迟子建笔下的"家园"又颇有些不同于汪曾祺的温柔敦厚、贾平凹的朴素静虚。迟子建将自己的小说美学定位于"伤怀之美",①与她对时光的飞速流逝十分敏感有关,而那时光又是与她对于"完整的家庭"的深深怀念紧密相连的。她多次在自己的小说和散文中书写着对亡父的回忆,以及对"好时光悄悄溜走"、"生活永远不会圆满"的深切体验。②这种缅怀中浸透伤感、诗意中透出无奈的风格,这种明显充满凭吊氛围的"怀旧"情怀、"家园"记忆,又使得迟子建的小说世界散发出悲凉的气息。在她一切故事的后面,有着现代人无法摆脱的"末世情绪",就像她在一篇散文中写的那样:"像我这样出生于20世纪60年代的人……几乎不用动什么脑筋,就可以安然地进入一种与世无争的生活状态。一切都是现成的,使你没有思考的余地和创造的空间。""我们的一切仿佛都已经被预定了,到处都是秩序和法则,你无法使自身真正摆脱羁绊而天马行空……你若对这个世界问询多了,它便会给你致命的一击。"③在这样的叹息中,我们也不难感受到虚无主义情绪对迟子建的影响。她一面怀旧,一面叹息。于是,她那些色彩瑰丽的故乡记忆就自然赋有了逃避现实的深长意味。

再来看看魏微。这位出生于20世纪70年代的作家,喜欢读《红楼梦》《围城》和萧红、张爱玲的小说,④这样,她能写出《一个人的微湖闸》(又名《流年》)那样的"怀旧"之作,就是自然而然的了。小说记录了自己在一个小镇上度过的幸福、平静的童年时光,讲述了一群"自然之子"的平凡日常生活。在作家的记忆中,"那是二十世纪70年代的中国,工业社会的种种迹象,在那个年代已初露端倪。可是在日常生活方面,人们还保留了从前的传统。这其中的空当被无限地拉大了。最活泼的思想,最古旧的生活,以一种极端的方式糅合进了那个空虚的年代,竟然相得益彰,真是不可思议"。在"文化大革命"那个狂热年代里,微湖闸的人们却过着世外桃源般的生活。那些平凡的小人物,除了读报、学"毛选",就是过"单调、平安,没有戏剧性"的日常生活(在"文化大

---

① 《伤怀之美》,收入《清水洗尘》集中。
② 例如散文《好时光悄悄溜走》《灯祭》和小说《遥渡相思》《白雪的墓园》《北国一片苍茫》等。
③ 《晚风中眺望彼岸》,《清水洗尘》,中国文联出版社2001年版,第367—368页。
④ 奇怪的是,她同时又发现:"古典名著的好处我无法领略……我们这代作家,受惠于古典作品的很少。"(《写作十年》,林建法、徐连源主编:《中国当代作家面面观·寻找文学的魂灵》,春风文艺出版社2003年版,第438页)

革命"中,这样的人为数不少。当时,他们被称为"逍遥派")。"他们与那个时代隔着很遥远的距离。"这样,作家就发现了日常生活的特殊意义:它不仅是百姓的生活常态,而且也具有传统的延伸和远离政治悲剧的深刻意义。同时,作家也就使自己笔下的日常生活平添了一层淡淡的隽永诗意——这是显然不同于"新写实"小说描写"一地鸡毛"的"烦恼人生"(所谓"原生态")的、具有诗意的日常生活。这样的日常生活当然也会有种种的烦恼(如杨婶的突然离家出走、小佟的"男女作风"问题、小桔子的早夭、爷爷的死于癌症、我成长中的烦恼等等),但魏微却成功地将那些烦恼、遗憾溶化在了对往事的深长缅怀,对许多生活细节的缓慢品味中。于是,就有了这样的描写——

  ……我看见午后的阳光,在夏日的窗外,静静地盛开了。那是很多年前的阳光吗?
  我听见了庞大的蝉声,一片一片的,此起彼伏的,在虚空里延续着。它渗入到我们的肌肤和汗渍里去了。
  物质世界是如此的真实,冷静,较少伪饰……一碗汤汁,不小心泼了,还没有来得及揩干净,汤汁从桌子的边缘淌下来,一点一滴的,如果走得近了,听得见声音,那声音就像更声。
  昏黄的灯光和收音机的嘈杂声,滚进屋子的每个角落里。空间塞得满满的,空间里有老人的气息,很温暖,很安全,像太平的岁月,漫长的,没有尽头。

在这些细节的描写中,作家表达了自己的人生感慨:"从前的时光是多么的好啊,可是,从前的时光已经不在了……"怀旧,是与"伤怀,感恩"的情感水乳交融在一切的。在这样的情怀中,甚至连小佟的多情与性开放、杨婶莫名其妙的离家出走、小桔子的隐秘自慰、爷爷奶奶那"没有爱情"但"也是完美的"婚姻也都变得可以理解也令人同情了。

值得注意的是,在回忆童年的旧事时,作家一往情深;可在写到长大成人后的生活时,则显得相当冷漠。她写道:"在微湖闸的童年,确实是我生命中的黄金年华,我早慧,多情,敏感,有力……一切的一切,全被我提前用光了。我释放了它们,太早了些,也没弄清楚是怎么回事。现在的我，平庸至极，我活得很乏力。"在这一番表白中，有成长的烦恼，也有"新生代"作家中常见的早衰情绪。魏微就这样让童年的回忆成为忘却成长烦恼的精神避难所。

而当她在小说结尾处写下"也许我们每个人的一生中，都有过自己的'微湖闸'"时，她也就唤起了读者对于童年的美好回忆，同时使人们感悟：在那些平凡的日常生活中，在那些"活着的一些细节"里，是"囊括了人生里至关重要的一些东西"的。而她那摹写细节的功夫，也是可以直追汪曾祺描绘细节的老到功夫的。

如果说，在迟子建那里，童年之美是与故乡风景之美混合在一起的，那么，在魏微这里，童年之美则是与日常生活的温馨与朴素交融在一起的。而这两重境界又分别昭示了"家园"记忆的不同底蕴。

迟子建和魏微的"家园"记忆因此而与苏童、吕新、毕飞宇的"家园"记忆迥然有别。

四　别具韵味的"家园"之思

20世纪80年代以来，藏族文学的繁荣已成为引人注目的奇观：扎西达娃的《西藏，系在皮绳扣上的魂》《西藏，隐秘岁月》、马原的《冈底斯的诱惑》《西海的无帆船》都已成为"先锋小说"的名篇，而且是具有浓郁地域色彩和哲理意味的"先锋小说"；马丽华的《藏北游历》《西行阿里》也是"文化散文"中为人称道的厚重之作；而阿来的长篇小说《尘埃落定》荣获"茅盾文学奖"，则为藏族文学奉献出了具有史诗意义的力作。这部小说成功展示了雪域高原的神奇风光和神秘民风，为当代文坛增添了清新、瑰丽、雄奇的壮丽景观。

《尘埃落定》已经成为当代小说的经典。这部小说通过一个白痴的眼光打量身边的世界，写出了几个藏族土司家族之间的喧哗与骚动、为了罂粟、粮食、继承权而彼此残杀，最后都难逃覆灭下场的命运。作家有意将白痴的"聪明"与聪明人的愚蠢对照着写，写"聪明人就像是山上那些永远担惊受怕的旱獭，吃饱了不好好安安生生地在太阳下睡觉……可到头来总是徒劳枉然"，就突出了"聪明反被聪明误"的古老哲理；同时，白痴因为浑浑噩噩而"使心灵少受或者不受伤害"，因为傻而常常想出一些聪明人想不到的问题，作出一些聪明人想不出的正确选择，感觉到聪明人感觉不到的结局，躲过了聪明人没能躲过的灾难并渐渐使他周围的人明白"因为傻才聪明"，而"自认聪明的人总会犯下错误的"。（多像汉人"难得糊涂"的流行说法！）作家就这样写出了世事的荒唐、命运的莫测。但"家园"毁灭的主题在阿来笔下却没有笼罩在黑暗的氛围中。小说结尾处那句"上天啊，如果灵魂真有轮回，叫我下一次再回到这个地方，我爱这个美丽的地方"的喊声和小说中对于藏地美好风光的描绘仍然流露出作家对故乡的怀念之情。例如这样的风景——

  一串风一样刮来的马蹄声使人立刻就精神起来。一线线阳光也变成了绷紧的弓弦。
  风吹在河上，河是温暖的。风把水花从温暖的母体里刮起来，水花立即就变得冰凉了。水就是这样一天天变凉的。
  白色在我们生活里广泛存在。
  只要看看土司辖地上，人们的居所和庙宇——石头和黏土垒成的建筑，就会知道我们多喜欢这种纯粹的颜色。门楣、窗棂上，都垒放着晶莹的白色石英；门窗四周用纯净的白色勾勒。高大的山墙上，白色涂出了牛头和能够驱魔镇邪的金刚等图案；房子内部，墙壁和柜子上，醒目的日月同辉，福寿连绵图案则用洁白的麦面绘制而成。

"家园"的毁灭，是许多作家写过的悲剧主题。但《尘埃落定》的别致正在于：作家是通过一个感觉、思维都异于常人的白痴去"超然物外"地观察世界的。这样，悲凉的意味就被淡化了。取而代之的，是超脱的眼光和平常心，是在这样的眼光和平常心关注下的悲悯情怀。《尘埃落定》似乎是一曲挽歌，却又明显充满了诗情画意和豁达的同情心。这，正是阿来的独特之处：凭吊、怀念、感悟、嘲讽，一切都是淡淡的。在这态度的深处，有西藏人的神秘主义世界观和坚韧、豁达的人生观，对此，阿来曾作过这样的表述："欢乐与悲伤，幸福与痛苦，获得与失落，所有这些需要，从它们让感情承载的重荷来看，生活在此处与别处，生活在此时与彼时，并没有什么太大的区别"，[①] 这种相对主义的人生观与扎西达娃关于

---

 ① 《落不定的尘埃》，《小说选刊·增刊》1997年第2期。

西藏人的宇宙观、生死观的一番议论正好吻合:"西藏人的宇宙观是'三界',天,人间,鬼神……西藏人对死亡没有恐惧……人的名利观念淡薄,没有什么改变生活的欲望,今生不行,来世再干,所以民族的惰性也强。"① 马原也注意到:藏人"生活中随时随地充满故事,充满神话和传奇;这些东西搅到生活当中,使你无从分辨真的或假的,虚的还是实的"②。有这样的文化观念作为立足点,西藏人自然会把无常的世事看淡。而这样一来,藏人的人生观与道家和佛家的人生观也就息息相通了。

但在阿来这里,看淡并不等于麻木。《尘埃落定》不似苏童的"枫杨树故乡"那么燃烧着欲望与恐慌的情绪,也不像吕新的"晋北山区"那么满目萧条、苍凉,亦不像迟子建笔下的大兴安岭和魏微心中的"微湖闸"那样充满温馨与感伤之情。《尘埃落定》使感伤与豁达、美好与虚无神奇地融合在了一起,并因其格外开阔的气势而赋有了史诗的品格。

随着现代化、城市化进程的加速,更年轻的一代作家还会对"故乡"、"家园"这些传统的关键词保持生动、丰富的感觉与记忆吗?

总会有人记得"故乡"、"家园"的吧!而如果答案是肯定的,那么,更年轻的作家又会写出怎样的"家园记忆"、"故乡情怀"呢?

(原载《天津社会科学》2006年第3期)

---

① 《西藏文学七人谈》,《文艺报》1986年8月16日。
② 许振强、马原:《关于〈冈底斯的诱惑〉的对话》,《当代作家评论》1985年第5期。

第八章

新生代作家的狂放心态

一 中国文人的"狂狷"传统

中国文化富有务实的理性品格。另一方面，它也充满了"狂狷"的气质。就如同对东方文化有深刻研究的西方心理学家荣格曾经指出的那样："欧洲人目睹的东方人的文静和冷漠，我觉得是一种面具；在这副面具的后面，我感觉到了某种我所不能解释的不安，某种躁动。"① 的确，从孔子对"狂狷"的欣赏（《论语·子路》）到老子的"民不畏死，奈何以死惧之？"（《老子·七十四章》）以及庄子的"独与天地精神往来"（《庄子·天下》），从楚地的"巫风"到东北的"萨满"，从魏晋名士的狂放之风到唐代以后的"狂禅"之风，从历代士大夫的犯颜"死谏"、舍身卫道到一次次农民起义的揭竿而起，替天行道……在中国的文化史上，狂人一直不绝，狂气一直不断。无论是士大夫的清高之狂、风流之狂，还是普通百姓的游戏狂热、造反之狂，都体现出中国人自许甚高的主体意志：在政治上，敢于蔑视"君权"，张扬"民权"；在文化上，敢于质疑正统，倡导异端；在生活中，敢于独往独来，超凡脱俗。这主体意志、狂人风格，无疑是中国文化自我更新的强大动力。另一方面，为了长生不老，为了迷信鬼神，为了追求刺激而服药、饮酒引发的躁狂，也催生了许多狂人。② 1949 年以后，深受传统文化影响的革命领袖毛泽东一方面常常

---

① 《回忆·梦·思考》，辽宁人民出版社 1988 年版，第 404 页。
② 参见彭卫《另一个世界》第 3 章 "躁狂与呆滞的双重奏"，陕西人民教育出版社 1993 年版，第 121—133 页。

告诫他的部下"谦虚谨慎,戒骄戒躁",另一方面又以"要扫除一切害人虫,全无敌"的豪迈气概给了几代人以奋斗的激情。红卫兵"解放全人类"的呐喊,知识青年"改天换地"的豪情,都是革命英雄主义和革命浪漫主义的体现,也隐隐传达出传统士大夫"狂放"气质的遗风余韵。而随着"文化大革命"的神话幻灭,革命英雄主义和革命浪漫主义的风潮也转入低谷。但思想解放仍然需要"狂"的勇气,尼采、鲁迅因而成为新时期思想解放运动的旗帜;"上帝死了"、"反传统"因此成为思想解放运动的口号。随着精神危机的加剧,随着世俗化浪潮的高涨,"狂狷"之风在20世纪末又产生了新的形态:西方"垮掉的一代"的文学在青年中影响巨大;"非诗化"的狂潮(从"后朦胧诗"到"下半身"诗刊的问世)、摇滚乐的狂飙、行为艺术的狂想,以及无数令人眼花缭乱的"后现代"生活时尚……使狂人辈出、狂风劲吹。一派狂言的思想家尼采、研究癫狂的思想家福柯和倡导狂欢的思想家巴赫金成为20世纪末中国文化批评的三尊偶像,在为"狂"的思潮流行提供了思想武器的同时,也成为时代精神的绝妙象征。思想解放的春风必然催动主体意志的高扬;主体意志的高扬也必然会结出"狂狷"的果实;激烈竞争的无情现实也必然会促使自我标榜的"狂"言流行;而现代化带来的层出不穷的诱惑也使得"狂欢"成为新的时尚。就这样,"狂"便成了观察当代人文化心态的一个切入点,也成为探讨新生代作家的"狂欢"人生观与文学观与传统士大夫"狂狷"气质、狂放生活态度的一条精神线索。

二 20 世纪 80 年代的狂放

如果说,知青那一代作家的崛起可以以"朦胧诗"(包括"文化大革命"中的"地下诗歌")为标志,而"朦胧诗"的基本主题又是"个性的回归",那么,新生代作家的崛起也从诗歌——所谓"后朦胧诗"——开始的,只是他们将"反文化"作为了自己的旗帜。就像一位诗人和诗评家指出的那样:"几乎所有重要的现代主义诗人和后现代主义诗人都……以精神王者、精神圣徒或精神流放者的方式混淆于人群并高踞于人群。他们以飓风和闪电的速度不断将自己夷为废墟……"他们"像帝王和先知那样说话";或"肆无忌惮地嘲弄大多数人的智力、情感和审美虚荣"；或"反一切文化"，"为反文化而反文化"。① 他们"从否定英雄到否定自我"，他们因此而自认"是最疯狂的"。"他们是一群无赖。他们活着，自以为无聊，装出一副不愿受任何约束的样子来。"② 而"反文化"，不也正是道家思想的重要内容吗？老子主张"绝圣弃智"（《老子·十九章》），庄子认为"知也者，争之器也"（《庄子·人间世》），都是传统反智论的立场。③ 这样，在道家的"绝圣弃智"主张与新生代诗人的"反文化"口号之间，一条精神的线索便十分清晰了。尽管道家"绝圣弃智"的主张是"小国寡民"理想的产物，而"反文化"则是现代化进程中反理性、反文明情绪的体现，但二者之间的精神相通还是一目了然的：都是"返璞归真"的需要，都是狂放情绪的证明。

另一方面，我们也应该注意到：新生代诗人"反文化"的姿态较之老庄，显然更粗鄙、更夸张。请看这样的文学宣言："我们天性逢佛杀佛，逢祖杀祖，逢人给人洗脑子。"④ "它所有的魅力就在于它的粗暴、肤浅和胡说八道。它要反击的是：博学和高深。"⑤ 还有这样的"诗句"："我们把屁股撅向世界"（默默：《共醉共醒》）；"真理就是一堆屎/我们还会拼命去捡"（男爵：《和京不特谈真理狗屎》）；"尽管处女一个一个从你的眼睛里流下新红/你还是要追问她身上的男人味是东方的还是西方的"（柯江：《孤独》）；"找一个男人来折磨/……无所恨无所爱/无所忠贞无所背叛/越是伤心越是痛快/让不可捉摸的意念操纵一切/毛烘烘的小鸟啄空了卑鄙的责任感"（唐亚平：《黑色石头》）；"整个夜晚/自渎着/我赤身裸体"（贝岭：《整个夜晚》）……这些"诗句"已经与传统的诗意相去甚远了。将"反文化"推向粗鄙的极端，是上述新生代诗人的共同主张，也是他们超越了道家"反文化"的特征所在。

这里，需要特别指出的是：新生代诗人的"反文化"实践也有文学

---

① 开愚：《中国第二诗界》，《作家》1989年第7期。
② 杨黎：《穿越地狱的列车》，《作家》1989年第7期。
③ 参见余英时《反智论与中国政治传统》，《历史与思想》，台湾联经出版事业公司1976年版。
④ 京不特：《撒娇宣言》，徐敬亚、孟浪、曹长青、吕贵品：《中国现代主义诗群大观（1986—1988）》，同济大学出版社1988年版，第175—176页。
⑤ 尚仲敏：《大学生诗派宣言》，徐敬亚、孟浪、曹长青、吕贵品：《中国现代主义诗群大观（1986—1988）》，同济大学出版社1988年版，第185页。

境界的高下之分。韩东的《有关大雁塔》、于坚的《尚义街六号》《罗家生》，李亚伟的《中文系》等"后朦胧诗"的名篇就在生动刻画世俗生活场景，深入感悟世俗人生意蕴方面达到了别开生面的文学高度，而没有沦为宣泄粗鄙情绪的容器。其中，尤以于坚更富有自己的继承古代士大夫生活态度和诗歌传统的意识。他曾经回忆道："李白、苏东坡的诗歌从来给我的感觉都是对生命的激励、人生世事的感悟，与优雅无关。李白其实是一个惠特曼那样的诗人，我记得青年时代，我和朋友们经常喜欢朗诵他的'将进酒'，一边喝酒，最后总是进入疯狂的状态。有好几次都是最后跳到桌子上砸酒瓶、号啕大哭。他的诗歌有一种嬉皮士的自由精神，这样说或许容易明白，李白的传统在中国文化精神里源远流长……"[1] 他一方面体验了狂放的诗人精神，另一方面也并不狂妄地拒绝传统诗魂，而是有意对传统的浪漫诗魂作出具有现代感的理解，并以有才情，有意境，有艺术感染力的白话诗歌显示了传统诗魂在当代复归的成就。相比之下，那些毫无诗意，甚至有意颠覆诗歌的粗鄙嘶喊尽管可以热闹一时，却终于如过眼云烟一样很快随风而逝了。事实上，20 世纪 80 年代的现代主义诗潮主要就是因为那些粗鄙嘶喊的泛滥而走向了衰落的。由此可见，新生代诗人的"反文化"诗歌也是有"生动的世俗"与"粗鄙的宣泄"之别的。那些"粗鄙的宣泄"早已成为过眼云烟，是新生代诗歌运动留下的重要教训：在文学创作中，"狂"与"粗鄙"的结合最终导致了"后朦胧诗"的一蹶不振。倒是"狂"的精神与营造"意境"的成功交融催生了一批优秀的世俗之诗歌。

然而，问题的复杂性还在于："狂"与"粗鄙"的结合为什么竟能成为"后朦胧诗"中相当强劲的一股情绪流？一切固然与西方现代派（尤其是美国"垮掉的一代"）的影响有密切关系，与虚无主义、存在主义思潮的流行有关，但更与当代青年的生存困境紧密相连。生存竞争的压力，对现实的不满（例如张锋在《在政府机关，一个人怀才不遇，久而久之就堕落了》中的句子："整党结束了/党风却没有完全好转/看完报纸后依然无事可干"），以及出版自由受到的限制（例如尚仲敏《关于大学生诗报的出版及其它》中记录的出版社领导劝阻大学生出版诗报的逸事）。这一切，是现代派思潮在"文化大革命"后的中国青年中持续盛行的现实

---

[1] 于坚：《答〈新诗界〉王晓生问》，《山花》2004 年第 8 期。

土壤。现实的挤压与个性的觉醒发生了剧烈的碰撞,青年们只好在狂放的心态中自我放逐。反文化,反理性就这样成了他们的旗帜。

细细辨来,20世纪80年代的反文化,反理性思潮又有着不同的发展走向:

一是在日常生活上的狂放。借酒浇愁,是传统文人的典型活法之一。新生代诗人常常在狂饮中自我麻醉。他们笔下的饮酒诗明显多于"朦胧诗"人,就在一定程度上显示了新生代诗人的风格。在《中国现代主义诗群大观》中,饮酒诗为数不少。例如默默就有《共醉共醒》一诗,黑大春也有《每天每一醉》一诗,诗中有"到彻夜通明的北斗酒楼狂喝"的句子;宋词有《人参酒》一诗,其中有"使尽浑身解数/注定要在瓶内淹死";老彪有《醉歌》一首;焦洪学有《独饮》一诗;蓝冰有《空酒壶》一首,表达了"空酒壶多想不空"的感想;……这些饮酒诗与那些狂放的宣言一起,共同表达了诗人们"但愿常醉不愿醒"的情绪。海子的好友骆一禾也在回忆海子时谈道:海子"后来喝酒太凶,已近于酗酒";[1] 李亚伟也曾经谈到自己十四岁时就喝醉过,在此后的二十多年时光里平均几天醉一次,"1986年左右……几乎是天天醉"的经历,对此,杨黎的感慨是:"从酒开始,沿着酒之路喝下去,这难道不就是第三代人的宿命吗?"[2] 杨黎则有过和柏桦一起"饮酒畅谈……超过二十四小时的纪录"[3]。酗酒是苦闷的象征,也是纵欲的象征。酒之外,是性。《中国现代主义诗群大观》中,柯江的《孤独》,唐亚平的《黑色洞穴》《黑色石头》和贝岭的《整个夜晚》是不多的几首表达性苦闷,描写性体验的诗。杨黎甚至在《灿烂》一书中记录了自己在1985年与以前的女友们失去联系以后突然在一家小旅馆里嫖娼的经历。[4] 这些诗和体验,是20世纪80年代"性解放"浪潮刚刚兴起的真实写照(小说界的"性文学"正好出现于1985年年末,以张贤亮的《男人的一半是女人》为标志,到1986年,王安忆的《小城之恋》、铁凝的《麦秸垛》等作品产生轰动效应,到1987—1989年间,刘恒的《伏羲伏羲》《黑的雪》《虚证》,苏童的《红

---

[1] 杨黎:《灿烂》,青海人民出版社2004年版,第18页。
[2] 同上书,第237—239页。
[3] 同上书,第181页。
[4] 同上书,第92—93页。

粉》、王安忆的《岗上的世纪》、铁凝的《玫瑰门》、于劲的《血罂粟》、林白的《同心爱者不能分手》，以及《作家》杂志1989年第6期《爱情故事》中的绝大部分作品……）。性也是苦闷的象征，是欲望渴望释放的象征。

二是在文化上的批判。文学评论家刘晓波成了这一思潮的代表人物。刘晓波成名于1986年的"新时期十年文学讨论会"之后。他在讨论会上发出的反传统、反理性、反文化，倡导感性的解放、非理性、本能的解放的呐喊，实际上是尼采和弗洛伊德非理性主义在当代中国的回声。在他看来，"中国文化的发展一直是以理性束缚感性生命，以道德规范框架个性意识的自由发展"，而"越进入现代，感性越不受理性束缚，生命的创造意识越强"。而他反传统的出发点就在于"感性、非理性、本能、肉"。他特别强调："肉有两种含义，一是性，一是金钱。"① 值得注意的是，刘晓波对非理性的提倡是以酒神精神为象征的。他写道："狂迷的酒神酩酊大醉，创造着最伟大的生命之舞。"② 在他对于中国传统文化的批判中，明显忽略了中国文化充满生命热情、狂放品格的另一面。但他的激烈言论又足以使人联想起"五四"先驱者对于传统的全盘否定，而且，因为他对于传统文化的激烈批判迎合了许多青年学生个性解放的情绪，他的激进言论在青年学生中产生了巨大的影响力。他因此成为20世纪80年代末思想文化界反传统思潮的代表人物。尽管他的批判经不起学理上的推敲，却影响巨大。由此也可以看出他的主张具有深刻的现实背景。

青年中狂放生活方式的流行为刘晓波的生命哲学提供了社会基础；刘晓波的生命哲学则为狂放生活方式的流行提供了理论依据。而在这两者的深处，我们都不难发现西方现代派思想的幽灵。同时，我们也可以从时代的狂放主题中发现传统名士风度的遗风。例如李亚伟就在《古代朋友》一诗中表达了自己对陶渊明的认同和因为"我今晚没钱"而发出的叹息；伊沙也在《李白的孤独》一诗中表达了自己对李白的理解，在《李白缘何而来》一诗中感叹了俗人模仿李白的可笑，从而也就感叹了李白的难以超越；于坚也为自己写日常生活的诗歌找到了传统的依据："世界诗歌的标准早已在中国六七世纪全球诗歌的黄金时代中被唐诗和宋词所确立。

---

① 《"危机！新时期文学面临危机"》，《深圳青年报》1986年10月3日。
② 《选择的批判——与李泽厚对话》，上海人民出版社1988年版，第19页。

这个黄金时代的诗歌……成为人们生活的普遍的日常经验"[①];"汉语在明清时期其实是相当肉感而柔软的,它更适合抚摸一个声色犬马、绫罗绸缎、红男绿女、小市民的、过日子的世界。这柔软也可能会与腐朽有关,但柔软更是人们生活的日常形式……传统的旧世界是为那种诗意而世俗化的人生而建造的。"[②] 这些作品和诗论都足以证明:在新生代诗人反传统的一般主张之外,其实还是有对中国另类传统的认同与继承、发扬的。

狂放的生活方式,狂放的话语,是思想解放、个性解放的必然,也是尼采哲学重返中国的必然,还是传统士大夫名士风度重返当代生活的证明。

三 20 世纪 90 年代的狂欢与自虐

20 世纪 80 年代是思想解放的年代。思想的解放必然导致欲望的解放。但当时一般人的生活条件还没有达到可以狂欢的程度。尽管那时已经有了"性解放",已经有了酗酒之风,但整个的生活背景还是比较寒酸的。这一点,不难从 20 世纪 80 年代的"全民经商"狂热和诗人常常叹穷上体现出来。

到了 20 世纪 90 年代,虽然中国有相当一部分人还没有摆脱贫穷的困扰,但社会发展的整体水平、市场繁荣的总体程度较之 20 世纪 80 年代,还是有了明显的起色。社会经济的发展改善了日常生活的质量,生活水平的提高也就自然为诗人、作家的生活和写作"名士化"提供了现实的基础。于是,人格的"狂放"演变为生活的"狂欢"。

"狂欢"是人欲横流的证明。"狂欢"是"后现代"的享乐主义取代"现代"精神危机的表现。而且,常常是在酒吧舞厅、灯红酒绿包围中的"狂欢"。

敏感的新生代作家发现了 20 世纪 90 年代与 80 年代的巨大差别。

徐坤在中篇小说《先锋》中写道:"1990 年到来的标志,就是艺术家

---

① 《棕皮手记·1999—2000》,《拒绝隐喻》,云南人民出版社 2004 年版,第 75 页。
② 《读诗札记》,《拒绝隐喻》,云南人民出版社 2004 年版,第 155 页。

脏兮兮的长发一夜之间全换成了油乎乎的秃头","有那么多的艺术家也都纷纷出走,归隐归进小黄裙,寻根寻得大尘根"。吴玄也在小说《虚构的时代》中写道:"进入90年代以后,大家都用身体生活,不过这种很深刻的心灵生活了。""身体写作"和"狂欢"就这样成了世纪末文化的两个关键词。

刘燕燕也在《阴柔之花》中写道:"嬉皮士时代已然过去,取而代之的是不战而胜的雅皮士时代,连崔健都温和起来,绿军装也换成了名牌T恤,演唱会的大红旗换成钱币的图案……曾那么痴迷摇滚乐的人,现在拜倒在古典的交响乐台下。是的,这也是所有先锋和前卫艺术的道路。"

邱华栋在中篇小说《手上的星光》中描绘了20世纪90年代的北京:"这是一座欲望之都","这座像老虎机般的城市""呼唤着人们下注"。这座城市也像一个"巨型的假面舞会,在这里,一切的游戏规则被重新规定,你必须学会假笑、哭泣、热爱短暂的事物、追赶时髦"。"这就是当代城市的情感,以当下为主流精神,以欲望为核心,迅速、火热、刺激、偷偷摸摸而又稍纵即逝。"怀揣着梦想来这里寻找成功的青年决心"像王朔一样靠写作发财和挣得爱情"。在娱乐圈、别墅区、圣诞舞会的背景中上演的一出出逢场作戏的性爱悲喜剧,是梦想注定被无情的现实击碎的证明,也是都市人身不由己地被"狂欢"浪潮席卷而去的真实写照。

卫慧在长篇小说《上海宝贝》中描绘了"上海特有的轻佻而不失优雅的氛围":这是"一座流光溢彩、浮华张扬中依然有淑雅、内敛之气质的城市",主人公"一直都像吸吮玉浆琼露一样吸着这种看不见的氛围,以使自己丢掉年轻人特有的愤世嫉俗,让自己真正钻进这城市心腹之地,像蛀虫钻进一只大大的苹果那样"。这是"在上海花园里寻欢作乐,在世纪末的逆光里醉生梦死的脸蛋漂亮、身体开放,思想前卫的年轻一代……他们无拘无束,无法无天"。他们在毒品、性开放、金钱、流行音乐和写作组成的世界中"狂欢"。在棉棉的长篇小说《糖》、姜丰的短篇小说《情人假日酒店》中,都可以使人感受到上海的浮华氛围。

缪永在中篇小说《驶出欲望街》《爱情组合》(一名《广梅小姐》)中刻画了深圳白领的生活方式:"都市人需要灯红酒绿的慰藉,需要虚情假意的爱抚。"在这里,"金钱是实实在在的,舒适是历历在目的"。随随便便的爱情游戏,各有所图的性与金钱交易,都是司空见惯的生活场景。"深圳人没有'家'的概念,酒吧才是人们热衷的活动地点,那是深圳人的第二个家。都市人对金钱、名利、情欲、成功刻骨的追求,使他们变得浮躁、功利和现实。"①

慕容雪村的长篇小说《成都,今夜请将我遗忘》这么记录了时代的巨变:"90年代初期,是大学生经商最为疯狂的年代,到处都在谈论卖茶叶蛋的应不应该比造导弹的赚钱多,大学生们好像一夜之间被尿憋醒了,纷纷抛下'为天地立心,为生民立命,为往圣继绝学,为万世开太平'的历史重任,把脑袋削尖,争先恐后、气急败坏地往钱眼里钻。"书中还描绘了20世纪90年代商品经济大潮中成都的繁华:"华灯闪耀,笙歌悠扬,一派盛世景象……物欲的潮水在每一个角落翻滚涌动……"袁远的中篇小说《出轨》也这么描述了成都的日常生活:"每一条街上都能找到饭店、面馆、小吃店。这是一个吃吃喝喝的城市……这个城市全天二十四小时都处在进食状态……"在这样的繁华氛围中,一出出纵欲狂欢的人间话剧此起彼伏。

现代化建设的快速发展就这样为欲望的迅速膨胀铺平了道路。酒吧、饭店、夜总会、舞会,这些在20世纪80年代的文学作品中还不常见的场景开始涌现于20世纪90年代作家的笔下,为寻欢作乐的男男女女的狂欢创造了条件。而新生代作家们在描绘这些都市生活场景时或静观,或欣赏,或无奈的眼光,也实在耐人寻味。虽然他们的作品中也不时闪烁出批判现实的锋芒,但更多的,是静观、欣赏与无奈笔触的杂糅。在新生代"无拘无束,无法无天"活法的深处,是不难使人联想到历史上那些目空一切的狂人与名士的狂欢人生的。在文学史和思想史上,狂人与名士的狂欢人生当然具有"反封建"的意义。但在"反封建"的另一面则常常是纵欲,也毋庸讳言。

而朱文也在小说《我爱美元》中坦陈了一位青年作家对金钱和性赤裸裸的渴求:"他们是为金钱而写作的,他们是为女人而写作的。""世界就是这样一桩做得越来越大的生意,我们都是生意人,这个向现代化迈进的城市……需要一种可以刺激消费的情感,需要你在不知廉耻的氛围中变得更加不知廉耻,以顺应不知廉耻的未来。"主人公不仅自己热衷于嫖娼,甚至为父亲拉皮条。这种惊世骇俗的无耻生活甚至连历史上那些名士也望尘莫及吧!毕飞宇的中篇小说《哥俩好》十分深入地刻画了兄弟之

---

① 《坚硬的都市》,《中篇小说选刊》1999年第1期。

间的精神冲突：图南因为经商而富有，而堕落，但他不希望弟弟图北学自己堕落，偏偏图北又不成才，也走上了堕落之路。而这一切都来自都市的繁荣与诱惑："某种意义上说，钱就是自由与尊严……对男人来说，钱是另一个意义上的女人，它是男性欲望的直接动因……但是越花钱越觉得穷，这就是钱的狰狞处和可恨处。玩潇洒与玩女人都是人体内部的上层建筑，它们都需要一个支撑的基础：钱。""花天酒地，多好的词，它给人一种富丽和颓废之点，那才是城市之根本，生存之根本，尘世之根本。"

《我爱美元》和《哥俩好》将当今青年人赤裸裸的金钱崇拜和狂欢欲望淋漓尽致也惊心动魄地展现了出来。在这两篇小说中，欲望强大到了无视传统父子之间、兄弟之间伦理禁忌的地步，就将狂欢的情绪写到了极致。狂欢，是为了冲淡莫名的空虚与苦闷；狂欢，是为了及时行乐的本能。尽管在世纪之交的中国学术界，俄国思想家米哈伊尔·巴赫金的"狂欢"理论具有"反系统、崇尚个别和特殊"的思想文化意义，[1] 但在向"占统治地位的意识形态"挑战之外，它的日常生活意义也是不应忽略的："在一个逐渐强化统治的时代，巴赫金书写着自由。在一个极权主义、教条主义和官方英雄的时代，他把大众写成了热情奔放的、多样化的和粗狂无礼的。在一个文学由强加的规范组成的时代，他写所有规范和法则的瓦解，嘲弄维护它们的那些权威人士。在一个人人都被告知要面向'更高'并且要否定肉体及其本能的时代，他赞美日常的价值，维护他所谓'低等肉体层面'基本功能的狂欢。"[2] 由此可见，巴赫金的"狂欢"理论与"后现代"思潮也有相通之处。在中国现代化的进程中，在"我不相信"的愤怒和"一无所有"的叹息之外，20 世纪 80 年代"跟着感觉走"的歌声流行和 90 年代"狂欢"氛围的扩散都为新生代作家书写"狂欢"人生创造了适宜的气候。

另一方面，值得注意的还有：狂欢的生活有时冲淡了问题青年愤世嫉俗的情绪，却没有也不可能使他们远离愤世嫉俗。事实上，我们常常可以在他们的作品中发现狂欢与狂怒、此起彼伏。他们笔下的主人公一方面纵欲狂欢，另一方面又是在纵欲狂欢中愤世嫉俗，并且自虐。如果说，在

---

[1] 刘康：《一种转型期的文化理论》，《中国社会科学》1994 年第 2 期。
[2] ［美］凯特琳娜·克拉克、迈克尔·霍奎斯特：《米哈伊尔·巴赫金》，中国人民大学出版社 1992 年版，第 365、379 页。

20世纪80年代，新生代的愤怒更多是冲着传统文化而来，"反文化"成了他们张扬个性的口号，那么，到了20世纪90年代，在"反文化"的浪潮已经波澜壮阔之时，他们的愤怒又从"反文化"扩展到了自虐和否定自我。就如同"非非主义"诗人杨黎指出的那样："从否定英雄到否定自我，仿佛是一个晚上就来到的。""我是谁？我又能是谁呢？""我既是万能的又是无能的。"① 自由的渴望与体制的制约，自信、自大与稍遇挫折就自我怀疑的复杂心态，在自我实现、自由竞争的道路上的磕磕绊绊，以及文学在商品经济大潮的冲击下迅速边缘化的无情现实，都促使了自我怀疑、自我否定甚至自虐情绪的增长。

　　陈染不就在中篇小说《只有一只耳朵的敲击声》中这么概括女主人公黛二（她是陈染许多作品的同名主人公）"自我实现也自我毁灭"、"破坏自己，令人兴奋"的可怕心态吗？"她那样长年地远离沸沸扬扬的外部世界，这简直是一种蓄意的自我慢杀……这个自虐的令人心碎的小暴君！"她不还在长篇小说《私人生活》中这么刻画了主人公倪拗拗从小就有的悲剧性格："我总是习惯在事物的对抗性质上膨胀自己的情绪，有一种奋不顾身地在死胡同里勇往向前的劲头，那种不惜同归于尽（的）毁灭感，很像一个有当烈士癖好的人！"而倪拗拗天然亲近的禾寡妇不也是"身体内部始终燃烧着一股强大的自我毁灭的力量"的奇人吗？在情感的混乱中，倪拗拗的渴望是"被勒在悬崖的边缘，往前一步即是深渊"。她有时在散步时甚至会"忽然产生了一个冲动，想扑到马路中央急驶的汽车轮胎底下去，我抑制不住地感到这是一种'投胎'，可以再生"。棉棉的中篇小说《啦啦啦》中的男主人公"把偏激和疯狂作为自己的唯一特征……他在有意识地颠覆自身"，让自己沉迷在毒品、酒精、施虐的性爱中；而他的女友也"喜欢他向我施虐，那给我带来无限快感"。长篇小说《糖》中的女主人公在爱的过程中竟然"必须得到他对我的伤害"，而且有意在吸毒的过程中体会"一种慢慢死去的方式"；她自道："我需要在暴怒中找到安慰，暴怒总是针对自己"；而她的一个男友也"经常被打伤躺在医院里。这是他自找的，我发现他喜欢把自己搞得很惨，他对痛苦很享受，他认为这是摇滚"！卫慧不就在《上海宝贝》中以"施虐与受虐"来描写女主人公倪可与德国男友之间性爱的体验吗？尹丽川不就在小说

――――――――――
① 《穿越地狱的列车》，《作家》1989年第7期。

《爱情沙尘暴》中这么描写"只相信身体"、相信"越堕落越快乐"的一群人一边喝酒一边唱歌时的心态吗:"所有的人都愿意唱怨妇的歌,愿意当受伤者,设想自己真心爱过却被无情抛弃。我不知道这是受虐心理还是对爱上谁的渴望"?还有"我们都是一种人,不会给他人解构自己的机会。我们宁愿自己把自己解构得乱七八糟"的想法;这位女作家不是还在小说《偷情》中这么描写同居生活的体验吗:"最腻的时候我们还想过自杀呢!"李修文在长篇小说《滴泪痣》的女主人公蓝扣子不也莫名其妙地"忍不住地想糟蹋自己",而且口口声声"糟蹋不了别人,我就糟蹋自己"、"我是个越好的时候就想越坏的人"吗?时而要男友骂自己是婊子、打自己耳光,时而把男友铐起来做爱,时而在身无分文时将亲戚接济自己的钱撕碎,然后饿肚子,时而自己想用被子憋死自己,时而又割腕自杀……显得相当变态、神经质。笛安的长篇小说《告别天堂》中纯洁可爱的女中学生宋天杨在得知自己的爱情被弄脏了以后开始"自我惩罚","把自己弄脏"。如果说《上海宝贝》的主人公的受虐心态只是偶尔在性爱中发作,那么,《私人生活》《啦啦啦》《糖》《滴泪痣》中的女主人公的歇斯底里则是经常爆发。《成都,今夜请将我遗忘》的主人公陈重因为风流成性而伤透了妻子的心,他自己也悔恨不已,重重地扇自己的耳光。但事过境迁之后,他依然在酗酒、嫖娼中自我作践,在狂欢,同时也在迷惘中打发无聊的光阴。须一瓜的短篇小说《雨把烟打湿了》讲述了一个人因为承受了竞争的压力而苦闷并最终杀了无辜的出租车司机的故事,值得注意的是:作家在作品中几度点化——杀人者杀人的动机之一是因为那司机长得很像杀人者自己。因此,这桩杀人案其实暴露了杀人者自弃、自杀的潜意识。在刻画"自虐"心态方面显得颇为独到。还有艾伟的短篇小说《迷幻》写几个"经常有一种毁坏自己的欲望"的问题少年,"很想让血液从身体里喷涌出来",甚至"经常觉得全身发痒,只有把自己的皮割破,流出血来我才感到平静"。直至以集体自残的方式宣泄变态的激情。这部作品因此而把自虐的主题写到了令人恐惧的极致。

是的,自虐,这种变态的情绪虽然并不专为苦闷的新生代人所赋有(我们可以在张贤亮的《土牢情话》、梁晓声的《这是一片神奇的土地》、张炜的《古船》、张承志的《心灵史》等作品中感受到在政治高压年代里的受难心态和牺牲精神——应该说,那也是一种自虐),却对于我们了解新生代的愤怒、狂暴具有特别的意义:对于他们,自虐,除了自暴自弃的意义外，还明显具有毁灭一切的可怕意义。那似乎是精神危机的表现，又何尝不是自己也不知道自己究竟需要什么的证明！当人性的解放、个性的解放发展到了自虐的疯狂地步时，就显示了解放的深渊，显示了现代化的迷惘，也显示了人性的迷惘。这世间有多少罪恶，多少悲剧，是由疯狂催生！

这样，我们终于发现：原来狂欢也拂不去虚无主义的悲凉！就像酒醉总有酒醒时一样，狂欢并不能彻底驱除现实的苦闷、人生的惶惑。它至多只能淡忘苦闷于一时，仅此而已。

这样，我们也终于发现：原来个性解放的激情也会冲入变态自虐的误区！当个性的极度膨胀在遭受了外界的制约而不得不扭曲为自暴自弃的蛮力时，就只能以自虐为归宿了吗？

而且，有多少狂放是产生于狂妄自大的利令智昏？又有多少狂放是产生于虚张声势的矫情？

有的人狂，但能在狂气的驱使下刻苦写出不错的作品，尚可理解。可有的人在发了一通狂妄的嘶喊以后却拿不出像样的作品，只成了文坛上的匆匆过客，就需要自省了。优秀的文学作品，绝非自我膨胀的情绪结果。狂是需要才气、才华作支撑的。

我注意到一部分新生代作家在饱尝了狂欢与自虐的滋味后开始注意自我控制的迹象。例如棉棉就在自己的作品中一再提及了"控制"这个词。在中篇小说《每个好孩子都有糖吃》中，她发出了"我们最大的弱点是不会控制。这代价似乎没完没了……我必须得控制了，也许现在还来得及"。在中篇小说《盐酸情人》中，主人公也发现："不知从什么时候起，我的生活成了一块彻底碎掉的玻璃……我开始懂得控制自己。"到了《糖》中，主人公在无数次想到自杀的同时常常会因为想到父母而"开始懂得一点点什么是'爱'了，'爱'的代价之一是'必须控制'"。虽然也常常有"突然就不想控制了"的疯狂，但，在疯狂过后，"这反常如何控制"的困惑还是会浮上心头。随着年龄的增长，随着青春期浮躁情绪在狂欢中得到了宣泄，随着对无节制纵欲的厌倦，狂欢的热情终究会被平常心代替。在棉棉的作品中，"控制"因此成为与"狂欢"互补的主题，在惊世骇俗的同时也发人深省。相对于棉棉的自我心理调节，卫慧的长篇小说《我的禅》则显示了传统文化在改变一个人的世界观与心态方面发挥的作用。小说讲述了一个女性从叛逆到温柔的转变历程：在大学时代，

"青春的愤怒、欲望的火焰似乎只能用西方的摇滚、垮掉一代的'大麻诗歌',还有没完没了交织着汗水与尖叫的性来表现",而到了二十九岁以后,"有一些东西似乎在悄悄改变"。出国以后,女主人公开始读《道德经》和禅故事集,开始读大学毕业后就丢掉的唐诗宋词。回国以后,她又专门去佛寺参禅,从禅师那儿悟得微笑看待生活的真谛,学会"对生命充满越来越多的理解与珍惜之情"。这部小说虽然仍然有对于性爱的津津乐道,但与《上海宝贝》相比,毕竟因为多了一些主人公了解传统文化,并因此变得豁达、淡定、从容的篇章,而使狂欢的色彩也冲淡了一些。《我的禅》因此成为"70年代出生的作家"写出的最具传统文化底蕴的作品之一。而慕容雪村不是也在《成都,今夜请将我遗忘》中真切刻画了主人公在因为狂欢而伤透了妻子的心,导致了家庭的破裂,并最终也因为"想想自己28年来的人生,苦苦折腾了半天,到最后什么也没抓住,连老本都丢光了"而悔恨不已的情感历程吗?这部小说因此而赋有了警世的意味。需要指出的是,慕容雪村也从古典文学中汲取了智慧。在《死了老婆,放声歌唱》一文中,他表达了对庄子的认同;在《双手合十》一文中,他又讲述了对佛教精神的认识;在《便是胡闹也成书》一文中,他还表示了对明代名士张岱的《夜航船》一书的欣赏:"《夜航船》这样没心没肺的书,适合以没心没肺的态度来读,但细细品味,其中也有酸甜苦辣",而且"始终都充满智慧"。[1] 而这,不也正好是《成都,今夜请将我遗忘》的特色所在吗?

　　青春毕竟是短暂的。青春期的骚动与疯狂也不可能长久。骚动与狂欢可以在短时间内忘却苦闷,却不可能从根本上消除层出不穷的麻烦。就像美国思想家丹尼尔·贝尔在《资本主义文化矛盾》一书中所指出的那样:在诸如"怎样应付死亡,怎样理解悲剧和英雄性格,怎样确定忠诚和责任,怎样拯救灵魂,怎样认识爱情与牺牲,怎样学会怜悯同情,怎样处理兽性与人性间的矛盾,怎样平衡本能与约束"这些问题上,人们会"不断转回到人类生存痛苦的老问题上去"。现代主义和后现代主义思潮没有能够解决那些问题。"今天,现代主义已经消耗殆尽。紧张消失了。创造的冲动也逐渐松懈下来……反叛的激情被'文化大众'加以制度化了。""各式各样的后现代主义(它们以幻觉拓展意识的无穷疆界)仅仅是在对

---

[1] 《遗忘在光阴之外》,时代文艺出版社2002年版,第229、232页。

个性的抹杀中努力地分解自我。"① 他因此呼唤"人道和友爱"的回归。这样的呼唤在多大程度上能够有效地填充当代人的精神空虚，还需要实践的检验。而对于中国的新生代来说，在经历了青春期的喧哗与骚动以后，在自我心理调节的作用下，重新面对生活的考验，学会自我控制，学会自审，已经成为成长过程中的必由之路。

（原载《文学评论》2005 年第 3 期；并被收入南京大学中国现代文学研究中心编选：《2005 文学评论》，中国人民文学出版社 2006 年版）

---

① 《资本主义文化矛盾》，生活·读书·新知三联书店 1989 年版，第 58—59、66、75 页。

第九章

改写经典的不同境界

一 改写经典：一个文学的传统

改写或重写已有的故事，是文学史上十分常见的现象。莎士比亚的《哈姆莱特》、歌德的《浮士德》、罗贯中的《三国演义》、施耐庵的《水浒传》、吴承恩的《西游记》都是在已有传说或史实的基础上进一步生发、开掘、挥洒，点石成金的著名范例。乔伊斯的《尤利西斯》、约瑟夫·海勒的《上帝知道》则是在改写或重写中颠覆经典的现代文学范例。中国当代文学史上，郭沫若的话剧《蔡文姬》写曹操的人情味，为曹操翻案，《武则天》写武则天的魄力与胸怀，为武则天翻案，都相当成功地颠覆了历史的陈见，还原了历史人物的丰富。① 但曹禺下大力气改写的话剧《王昭君》也力图想为昭君出塞的故事拂去悲凉的意味，写出崇高的新意来，却遭遇了耐人寻味的失败。"文化大革命"中，知识青年故意以恶作剧的方式改写"语录歌"、"样板戏"，将那些"革命歌曲"中庄严、豪迈、正气凛然的歌词置换成粗俗、油滑、插科打诨的"顺口溜"，以此宣泄对崇高（那个年代的崇高常常与僵化融为一体）的亵渎、对神圣（那个年代的神圣常常与压抑相伴共生）的调侃。② 那些"改歌"的游戏，已经开了后来新时期文化"狂欢化"的先河。

由此可见，如何改写经典，是一个值得认真研讨的问题。显然，在改

---

① 参见拙作《说"翻案戏"》，《艺坛》1999 年第 1—2 期。
② 有关知识青年"篡改""革命歌曲"的史料，参见知青作家乔瑜的中篇小说《孽障们的歌》（《当代》1986 年第 6 期）；冯水木、冯至诚的回忆录《长歌当哭》（《龙门阵》1988 年第 1 期）。

写经典的成败得失方面，有丰富的文学和文化意味有待揭示：它既昭示了作家从事"再创作"的可能性，也显示了作家质疑历史、颠覆历史或是游戏历史的冲动；既体现了历史文本与不同作家人生旨趣、文学追求之间的神秘联系，又在历史与今天的"对话"中拓展了人们不断去重新认识历史、探究历史的思路。

而在新生代作家"反传统"的喧哗声浪中，改写经典又呈现出怎样的意义呢？

二　颠覆经典：也算"推陈出新"？

在新生代作家"反传统"的呐喊声中，涌现了一批颠覆传统经典的作品——

在新生代作家中，李冯比较擅长通过对历史题材的改写表达自己"颠覆经典"或重新审视历史的思考。例如前面已经论及的长篇小说《孔子》和短篇小说《我作为英雄武松的生活片断》。现在，让我们来看看他的短篇小说《十六世纪的卖油郎》。

《卖油郎独占花魁》是明代文学家冯梦龙编著的《醒世恒言》中的名篇。小说歌颂了卖油郎秦重对花魁王美的纯真爱情。一个虽然身份卑微，却凭着一腔真爱赢得了花魁；另一个则从轻视"市井之辈"到饱尝风流贵公子的凌辱后被卖油郎的忠厚、痴情所打动，最终决心从良。在卖油郎与花魁之间的这一场姻缘，显然折射出平民美好的人生理想：超越了身份与地位的，以情为重，以义为重的爱情，应该善有善报。

李冯的短篇小说《十六世纪的卖油郎》对《卖油郎独占花魁》的改写仍然是从颠覆经典的立意开始的。在李冯的笔下，卖油郎对花魁的爱是充满了狐疑的："难道我竟然会傻到去暗恋上了一个妓女的地步吗？""不错，她长得是非常美，但是，我却不清楚这种美，会将我带向何方？"他甚至不知道"我对她的欲望，究竟是爱还是跟人们一样，仅仅是想来嫖一次呢"？为了积攒嫖资，他以假秤赢利；在他辛苦积攒着嫖资的同时，他甚至"找不到坚持下去的力量"。作家一方面描写了卖油郎羡慕暴富，同时还为花魁的赎资而烦恼的心理，从而突出了一个商人的功利心肠；另一方面还描写了花魁对卖油郎的失望，以及由此而产生的抱怨、歇斯底里。应该说，这样的改写是充满了恶作剧意味的。

　　李冯是擅长进行这样具有恶作剧意味的改写的。他的长篇小说《孔子》就有意写出孔子"只是想当一名一流政客"的一面，"想嘲讽孔子被人讴歌的那一面"。①他的短篇小说《我作为英雄武松的生活片断》也将《水浒》中的打虎英雄写成了一个"十足的酒鬼"。他的短篇小说《谭嗣同》甚至写出了谭嗣同"空怀有一身救世济国的理想，怎地为一个瘦骨伶仃的破皇帝枉送了性命"的荒唐。诸如此类的作品，无疑是 20 世纪 90 年代中国文坛"后现代""消解崇高"思潮的产物。这股思潮一方面开辟了"重新发现历史"的新路，启迪人们从经典文本中读出历史的复杂性、混沌感；另一方面也凸显了"新生代"作家叛逆情绪与游戏心态的奇特交织。

　　那么，又该如何评论他的电影剧本《英雄》呢？在世纪之交，好几位中国电影导演都对"荆轲刺秦王"的故事发生了浓厚的兴趣。从 1996 年周晓文导演的电影《秦颂》到 2000 年陈凯歌导演的电影《荆轲刺秦王》再到 2002 年李冯编剧张艺谋导演的电影《英雄》，相当热闹。其中，《英雄》将原来讴歌侠客义气的慷慨悲歌改成了侠客因为在最后时刻了解了秦王统一的宏图霸业而放弃了行刺，从而突出了英雄惺惺相惜、以"天下"为重的主题。看得出来，李冯是有意想在"推陈出新"方面偏离"恶作剧"的路子，开拓新的境界的。《英雄》的诗情浓郁透露出了这一点。然而，也许出乎他意料的是，《英雄》在评论界激起了相当强烈的批评。那批评多直指主题的苍白，给李冯的创新泼了一盆凉水。这样的结果也许纯属偶然。李冯也没有因此而中止在这条路上的继续探索。他后来编剧张艺谋导演的电影《十面埋伏》依然在"新武侠电影"的创作上有新的创意。但这样的批评也足以引出下面的思考：重写经典、改写经典，甚至颠覆经典，有没有不应该随意逾越的底线？文学的探索当然允许失败，但更需要成功。

　　在颠覆经典方面影响最大者，还有"文坛外高手"王小波。他的名篇《红拂夜奔》就将有名的唐传奇作品《虬髯客传》进行了具有"黑色幽默"风格的改写。原作中重情义的妓女红拂被改写成谈吐粗俗、遇事

---

① 张均：《迷失中的追寻——李冯访谈录》，《小说的立场》，广西师范大学出版社 2002 年版，第 226 页。

惊慌之人，英雄李靖被改写成了少年无行、色厉内荏、欺世盗名的混世魔王。而原作的天命论主题则被改写出了具有鲜明讽世锋芒的现代主题：反对"无趣"的人生。小说中那些关于知识分子喜欢"把性交的诀窍解释成数学定理，在宋词里找出相对论，在唐诗里找牛顿力学……这样的生活有啥意思"的议论，关于"当头头的要诀就是自我感觉永远良好"，"当头头的总是这样的，什么东西越不该有，就越要什么"的讽刺，都鲜明不过地体现了作家嘲弄不正常生活的思想。小说结尾甚至专门写明："我不过是写了我的生活……根本没有指望。我们的生活是无法改变的。"这样的绝望与调侃足以使人联想到美国作家约瑟夫·赫勒的"黑色幽默"经典《第二十二条军规》。这样，王小波就在颠覆经典方面写出了新的境界：变传奇为讽世，化无趣为有趣，再添加进自己针砭现实的议论，谐中有庄，"狂欢"中寓灼见，颠覆中有重建。这样的颠覆经典，已经超出了一般"恶作剧"的水平，而堪称"推陈出新"的典范了。

三 超越颠覆的另一种改写：演义

中国自古就有"演义"的传统：根据一些史料，或者根据一些若有若无的传说，通过文学的想象和加工，使那些影影绰绰的故事变得清晰、丰满起来。而这些"演义"的广为流传竟然也常常具有了比"正史"更强大的生命力，令人叹为观止。从《史记·项羽本纪》到《三国演义》《水浒传》那样的"历史演义"到《封神演义》那样的"传说加神话"，都显示了中国文学在"史实与虚构"之间若即若离、自由出入、不拘一格的特色。在新生代作家笔下，我们也可以常常看到这一传统的延伸。

例如慕容雪村的小说《李太白传奇》就通过李白的自述，还原了那位伟大诗人的放浪气质："我喜欢在城市之间流浪，过居无定所的生活。用一生来面对一个女人，这种生活一定很枯燥。我想上天安排我来到世上，一定是为了一个特别的目的，酒、诗或者，不朽的传奇。"事实上，李白的一生也的确是在浪迹天涯、嗜酒如命、率性而活中度过的。他的许多名篇都可以证明这一点——从《将进酒》《梦游天姥吟留别》到《答王十二寒夜独酌有怀》《庐山谣寄卢侍御虚舟》。但慕容雪村显然更想突出李白放浪形骸、粗鄙不堪的一面，时而描写李白见了杨玉环的小脚时脑海中没有佳句,只有"旁边若没人,我就摸摸它"之类屁话的烦躁;时而渲染李白与杨玉环偷情、逢场作戏时诗情涌动的感觉;时而又绝妙地写出了李白对自己风流个性的自省:"我在宫廷里时常醉酒,那一切,会不会是我酒后的幻觉?……"李白的轻浮与狂放,杨玉环的风流与惶惑,都写出了那个繁华盛世的轻薄风气,而且写得相当精彩。当作家借李白之口忽而感叹"那是一个轻薄的年代,但我终生都会为轻薄自豪,因为在那里,我最接近幸福",忽而又"怀疑我的青春岁月,那里的一切都美得不真实,或者丑陋得不堪入目"时,他又何尝没有抒发自己一言难尽的情绪!将这篇《李太白传奇》与作家的另一部描写现实生活悲剧的长篇小说《成都,今夜请将我遗忘》联系起来读,读者是不难感受到两者之间气质的相通的。

《李太白传奇》就这样演义了李白的故事,依然那么风流倜傥,依然那么狂放不羁,依然那么随心所欲,但显然,这个"李白"没有与历史上的李白相去太远。因此,这显然是不同于"颠覆经典"的另一种"改写",可以称作当代的"演义"吧。

此外,前面已经论过的李冯的长篇小说《孔子》也可以归入这一类:作家写孔子"周游列国"的故事,是史实。但他的弟子们对老师的腹诽以及对孔子困惑心态的描写,则显然在情理之中。

四 穿行在经典与当代生活之间

同样是改写经典,同样是脱胎于《卖油郎独占花魁》,叶弥的短篇小说《郎情妾意》就别有洞天。小说讲述了一个当代故事:下岗工人王龙官性格脆弱,妻子也跟着有钱人跑了。他的难兄难弟大毛叹息道:"我们这种人迟早都会变态的。"在这句平常的叹息深处,埋藏着在两极分化严重的当今社会,弱者的无限悲凉,难言辛酸。不过,弱者有弱者的追求。在王龙官与"最命苦的女人"范秋绵之间,也发生了令人感动的爱情。范秋绵凭着直觉感受到了王龙官的善良,王龙官也感应到了范秋绵的情意。作家关于二人心灵感应的描写是全篇最精彩的部分之一:"她身上散发出来的气息告诉王龙官:她是穷苦的,但是她对待爱情是无微不至的。她要尽力掩盖穷苦带来的卑微。她懂得享乐,像猎犬一样在她的时间里巡逸，不会放过一丝一毫的享乐机会。"而作家对于王龙官的描写也相当奇特："他最喜欢的书是《卖油郎独占花魁》，他愿意像古代那个卖油郎一样，把心爱的女人当宝贝一样供着。"这一笔写出了王龙官的不同凡响：他不同于大毛那样"有过无数的女朋友"的人，他"还有点诗情画意，对女人会付出真情"，追求"有一点远离庸常生活之外的高贵"。而这种精神追求显然与《卖油郎独占花魁》的影响有关。这样，作家就既写出了古典文学对一个下岗工人的深刻影响，也写出了当代平民故事与古代平民逸事的"重叠"，从而写出了人性的永恒。《郎情妾意》因此而赋有了深邃的历史感，也因此而超越了"原生态"笔法的平面感。王龙官的个性是丰满的：他一方面欣赏范秋绵的情意，另一方面又免不了因为范秋绵的善于勾引男人而产生了醋意，同时，他痴痴地像古代那个卖油郎一样，一丝不苟地经受着那个显然谈不上是花魁的范秋绵的考验。只是，当范秋绵因为众人议论她的妓女身份而搬家时，当她的搬迁在王龙官心中引发无限惆怅和烦闷时，当王龙官因为烦闷而被大毛拉去找小姐却无意间碰见了正在准备接客的范秋绵时，当范秋绵看见了王龙官而匆匆回避时，人生的五味便骤然搅在了一起。

与《卖油郎独占花魁》相比，《郎情妾意》的主题还是讴歌美好的爱情。只是王龙官显然不似卖油郎那么专一，也不像卖油郎那样终于如愿以偿；范秋绵远没有古代的花魁那样的美貌，也绝没有花魁在被卖油郎的真情感动以后那样的铁心从良，以及散尽积蓄只为赎身那么感天动地。叶弥有意要写出小人物的可怜、无奈、身不由己，有意要写出那可怜、无奈、身不由己深处的温馨、朦胧、欲说还休。与《卖油郎独占花魁》的"大团圆"结局相比，《郎情妾意》的结尾显然更具有缺憾的美感：一位身份卑微的妓女也知道以她独特的方式去守护那一点可怜的真情。永恒的爱情，昭示着永远的人性；但永远的人性，又在不同的时间与空间，不同的个性与场景中呈现出不同的命运。一切都似曾相识；一切又判然有别。

而从情节的曲折、刻画人物心理的曲尽其妙来看，《郎情妾意》对《卖油郎独占花魁》的改写是有所突破，有所超越的（这意味着经典又是可以超越的。改写本身就具有超越的意义）。《卖油郎独占花魁》对花魁的排场与富有的描写和全篇的"大团圆"结局显然有"媚俗"之嫌，倒是《郎情妾意》对两个小人物那份可怜情感的点染则自有感天动地的力量。

在新生代作家中，叶弥擅长刻画那些独自咀嚼着生活的苦涩的弱者形象：《明月寺》中那一对神秘又善良的居士的夜半饮泣，《霓裳》中那个在谎言中做着白日梦的可怜乞丐，甚至《云追月》中那个看上去十分豪爽，却因为追求不到近在咫尺的爱而痛苦一生，并最终饮弹自尽的云扣子……读后都令人感慨，过目难忘。弥漫在叶弥小说中的感伤氛围很容易使人联想到那些批判现实主义文学大师的作品。显然，叶弥是有意远离了新生代作家中十分流行的叛逆与游戏之风的。她以感伤中有诗情，灰暗中见亮色的风格，在新生代作家中延续了悲天悯人的人道主义传统，也显示了自己卓尔不群的可贵特色。

由此看来，对于经典的改写是有着多条途径和多个角度的：既可以以恶作剧的心态去"颠覆"原作，也可以用"演义"的笔法去给历史补充细节、上色添彩，还可以以怀旧的心情去"重构"现实生活与经典文本之间的深刻联系；既可以在游戏中发现经典的复杂性，又可以在回首历史时寄托、抒发自己的情怀，还可以在"重构"中揭示经典的不朽、人性的永恒。另一方面，经典在后人的不断改写中不断产生出新的意义；后人在不断改写经典的过程中也显示了经典与后人创作之间、历史文本与作家个性之间神秘的精神联系。当代作家与经典的丰富联系在这样旨趣各异的改写中得到了呈现。

而在新生代作家中"颠覆"经典的"后现代"风气已经过于流行时，去发现那些"重构"经典的作家作品就具有了特别的意义。因为，这一现象告诉人们：文学的传统还在当代文学中焕发出常写常新的神奇魅力。

（原载《理论与创作》2006年第1期）

第 十 章

"新生代"作家的方言小说

　　方言，是中国传统文化的宝贵遗产：它是地域文化的重要标志，是民间文化的鲜活结晶。中国地域文化的多元多样、多姿多彩，常常就体现在方言的百花齐放上。虽然，方言的差异常常成为不同地方人们交流的障碍，以至于人们需要普通话作为沟通、交流的桥梁，但方言并没有因此消亡。在全球化浪潮势不可当的年代里，在英语已经成为中国广大青少年学生升学的重要敲门砖，普通话也日益成为中国的流行语言时，"方言热"也在鬼使神差地悄然升温，堪称奇观：20 世纪 80 年代，"粤语歌"在对外开放的环境中渐渐流行于歌坛，以缠绵、感伤的爱情歌曲为主要特色的"粤语歌"对于"小资情调"的复归无疑起到了推波助澜的作用。20 世纪 90 年代，以赵本山、高秀敏、宋丹丹、黄宏、潘长江为代表的小品明星的涌现使得"东北土话"广为传播，那诙谐、搞笑的风格在相当程度上促成了民间幽默、狂欢文化氛围的形成，影响至今不衰。1992 年，电影《秋菊打官司》的成功直接影响了新世纪"方言电影"的悄悄走红：《美丽的大脚》《寻枪》《三峡好人》《疯狂的石头》……使得陕西话、贵州话、山西话、重庆话、河北话、广东话……纷纷响亮了起来，也使得当代电影的地方特色更加绚丽多彩。于是，英语、普通话、方言土语的"杂语喧哗"便成为当代文化多元共生的一个生动标本。尽管方言的地域特色有时成了传播的障碍，尽管有关管理部门专门下发通知，强调"一般情况下不得使用方言和不标准普通话"，[①]"方言小品"、"方言影视"、"方言歌曲"却越来越兴旺发达。这一现象耐人寻味。

　　而敏感的作家们，也早早就感受到了方言的特殊魅力，并在自己的作

[①] 转引自《南方周末》2005 年 11 月 10 日 D25 版。

品中融入了方言,从而使那些作品散发出了浓郁的地域文化气息和民间活力。方言有普通话代替不了的独特魅力。《红楼梦》《儿女英雄传》中的"京腔"、《金瓶梅》中的山东方言、《儒林外史》中的"长江流域的官话"、①《海上花列传》中的"吴侬软语",都为古典小说平添了地域风情,也对后来的文学创作影响深远。现代以来,从《骆驼祥子》到《京华烟云》再到当代"京味小说"(如刘绍棠的《蒲柳人家》、陈建功的《找乐》、王朔的《顽主》等),显示了北京方言写作的强大生命力。当年,沙汀的《丁跛公》《代理县长》《在其香居茶馆里》已经因为对"四川民间语言的纯熟运用"而成为"道地的四川故事"。② 到了20世纪80年代,当代"川味小说"也产生了乔瑜的中篇小说《孽障们的歌》《少将》那样讲述"文化大革命"中四川人苦中作乐的闹剧和善于调侃的心态的佳篇。还有流沙河的回忆录《锯齿啮痕录》中也写活了自己以"川味幽默"化解苦难的人生经历。当代文学中,从周立波的《山乡巨变》到韩少功的《马桥词典》、盛可以的《北妹》,显示了湖南方言写作的独特魅力。从李準的《李双双小传》《黄河东流去》到刘震云的《一句顶一万句》,是河南方言写作的成功范例。王安忆的《流逝》、程乃珊的《女儿经》、范小青的长篇小说《裤裆巷风流记》则堪称"新吴语小说"的可喜收获。③ 冯骥才的《神鞭》《三寸金莲》和林希的《相士无非子》《蛐蛐四爷》因为融入了天津方言而散发出"津味小说"的韵味;④ 方方的《落日》、池莉的《冷也好热也好活着就好》也因为添加了不少武汉方言而开辟出"汉味小说"的新园地⑤……这些作品足以表明:方言写作有着方兴未艾的生命力。写"一方水土养一方人",方言写作有无可替代的优势。

另一方面,方言也有其独有的泼辣、粗鄙风味。一部分"新生代"作家在作品中有意点染方言的韵味,使他们的作品富有了民间生活的烟火气。这里,需要特别说明的是,所谓"方言小说"并不是完全用方言写

---

① 胡适:《五十年来中国之文学》,《胡适文存》二集卷二,上海亚东图书馆1924年版,第174页。
② 杨义:《中国现代小说史》第2卷,人民文学出版社1988年版,第473、453页。
③ 樊星:《当代女作家方言小说特色初探》,《天津社会科学》2011年第1期。
④ 樊星:《"津味小说"的曙光》,《当代作家评论》1991年第4期。
⑤ 樊星:《"汉味小说"风格论》,《华中师范大学学报》1994年第1期。

成的小说（那样的小说很可能使人因为太多的方言而感到阅读的障碍），而是以普通话为基础，适当添加了部分方言的小说。

一　慕容雪村的"川味小说"：麻辣风味

2009年，在《长篇小说选刊》杂志社、中文在线主办的"网络文学十年盘点"活动中，经过海选，推出了十佳优秀作品，其中就有慕容雪村讲述都市白领生活悲喜剧的《成都，今夜请将我遗忘》。

慕容雪村在谈到《成都，今夜请将我遗忘》的主题时说："生活是一只易碎的罐子，尽管我们一直小心翼翼，但它总会因为某种原因碎裂。"[①]由此可见，作家是悲观论者。由此也可见，"网络文学"中有游戏之作，也有记录生命中不堪承受之重的作品。小说主人公陈重是一个"不想控制自己情绪"、率性而活的青年，生活放荡不羁，"宁愿为了一时的快乐抛下一切"。虽有娇妻（他和妻子赵悦还是大学同学），却无意拒绝花天酒地生活的诱惑。只是，在放纵欲望之余，他也会常常陷入迷惘："生活……看上去也并不像当初想得那么美，挺让人灰心的。""生活其实也是一个瀰，一直在慢慢残缺，永不可能完美。"他的放浪形骸终于导致了婚姻的破裂，而破裂以后才发现："苦苦折腾了半天，到最后却什么也没抓住，连老本都丢光了。"小说因此弥漫着颓废的气息。同时，小说中对于主人公常常怀旧、常常扪心自问的描写，又写活了一个在堕落与怀疑之间浮沉的痛苦灵魂。这样，比起有些一味渲染狂欢而显得肤浅，或者一味"恶搞"而显得油滑的作品来，就多了一些人生的感伤，多了一些能够使人感动的情愫。

除了这个看点，小说还写得很有成都地方风味。比如这样的描写："如果把城市比做人，成都就是个不求上进的流浪汉，无所事事，看上去却很快乐。成都话软得粘耳朵，说起来让人火气顿消。成都人也是有名的闲散，跷脚端着茶杯，在藤椅上、在麻将桌边，一生就像一个短短的黄昏。走进青羊宫、武侯祠、杜甫草堂，在历史的门里门外，总是坐着太多无所事事的人，花5块钱买一杯茶坐上一天，把日子过得像沏过几十回的

[①] 慕容雪村：《虚构之城》，《小说选刊·长篇小说增刊》2003年下半年号。

茶叶一样清淡无味。"众所周知，成都是个很适合休闲的城市。那里的茶馆永远是热闹的，充满了喧哗与闲适的氛围。到了慕容雪村的笔下，"成都话软得粘耳朵"、"一生就像一个短短的黄昏"这些话，就把成都人的闲适写得很有幽默感了。小说中有不少成都的方言，读起来很风趣，比如："像江青一样挥舞拳头"，"笑得脸都烂了"，"猪油蒙心了嗦"？"誓言的马桶冲过之后，依然光洁清新，可以濯足濯缨"，"脸阴得像个茄子"，"打麻将，我输到立正稍息"……这些方言非常生动、传神，传达出了成都人想象的夸张、比喻的奇特。《成都，今夜请将我遗忘》因此而成为一部有放纵也有自省、有调侃也有感伤的佳作。

四川作家素有在文学作品中渲染"川味"的传统。而善于写出四川方言的辛辣、俏皮味道，正是他们成功的绝招。当年，到了慕容雪村这里，这一传统得到了进一步的发扬光大。①

现在，让我们来看看一批女作家在自己描绘地域文化风情的小说中是怎样融入了各地的方言土语的。方言土语的烟火气、幽默感在一定程度上为这些女作家的作品增添了市井趣味，同时也使这一部分女性文学作品赋有了粗犷品格。

二　林白的"楚风小说"：口述实录的奇观

林白是以非常具有心理深度和抒情风格、神秘底蕴的"女性小说"为人熟悉的。可到了2004年，她写出了别开生面的"口述实录体"长篇小说《妇女闲聊录》，通过一个来自鄂东乡村的农妇唠唠叨叨的口述，十分生动地还原了当代鄂东乡民的生存状态：散漫、泼辣、开放、充满了喧哗与骚动，而绝无无奈的叹息。作品中有一段（第三十三段），写这个农妇木珍听相声节目的感受，就相当鲜活——

　　普通话说：他站着，滴水话就说：他伎倒。普通话说：他蹲着，我们的话就说：他苦倒。再就是：他躺着，我们就说：他困倒。笑死人了……滴水话一点不好听……

---

① 参见拙作《当代文学与地域文化》，华中师范大学出版社1997年版，第179—187页。

做饭，我们说捂饭，抽烟叫吃烟。自行车叫钢丝车，以前叫溜子车。撒尿叫打站。小孩子死了，叫跑了。

出来打工的，大多数都不会说普通话……

一番话，道出了鄂东人在方言上的微妙自卑感，也显示了一个农妇在比较语言方面的敏感与开朗。有了这开朗，她关于当代鄂东乡民活法的讲述才那么令人大开眼界！例如"第二十五段"关于妇女打牌的描述："打牌的时候，全是女的，就什么都说，那就不忌讳了。"说是"女的，只要前一天晚上，她男人碰了她，她手气就特别好。要是手气不好，没火的，就骂男人，说昨晚上，没搞那个事，这下手气不好了"，回去"要骂死他，骂死他的塞（往狠里骂的意思），有的就说，要骂得他的祖人翻跟头"。看，多么开放！多么奇特！多么厉害！又多么夸张、幽默！还有"第八十五段"中的奇观——

我们在家一天到晚打麻将。不睡觉，不吃饭，不喝水，不拉不撒，不管孩子，不做饭，不下地……两个孩子，一儿一女，从小就喝凉水，饥一顿饱一顿……

有两次打麻将都快打死过去了，不吃不喝不睡打了一天一夜，突然眼睛一片漆黑，什么都看不见，也说不出话来，全身发软没力气。当时以为快死了，睡了3天，没死，又接着打。

我们村女的都这样，天天打麻将，都不干活，还爱吃零食，每天不是瓜子就是蚕豆，不然就煮一大锅鸡蛋，一大锅花生，大家围着吃，全吃光。

王榨的人都挺会享受，有点钱就不干活了，就玩麻将，谁不会玩就被人看不起。

玩麻将在我们村有职称，最厉害的叫"泰山北斗"……第二名是"牌圣"……第三名是"大师"，第四名是"教授"，第五名是"教练"……还有"天光"，一打就打到天亮，也叫"东方红"。

这是怎样的狂热！是怎样的狂欢！又是怎样的泼辣！怎样的幽默！鄂东农妇的狂欢热情，绝不亚于都市青年"嗨歌"的狂热；鄂东农妇的幽默奇想，也绝不输于王朔调侃"崇高"的机趣！

在谈到《妇女闲聊录》的创作体会时，林白如是说："《妇女闲聊录》是我所有作品中最朴素、最具现实感、最口语、与人世的痛痒最有关联，并且也最有趣味的一部作品。""我听到的和写下的，都是真人的声音，是口语，它们粗糙、拖沓、重复、单调，同时也生动朴素，眉飞色舞，是人的声音和神的声音交织在一起，没有受到文人更多的伤害……我愿意多向民间语言学习。更愿意多向生活学习。"① 显然，在作家看来，"最朴素、最具现实感"的就应该是"最口语"的"粗糙、拖沓、重复、单调，同时也生动朴素"的"真人的声音"。这样的追求与毛泽东《在延安文艺座谈会上的讲话》中关于"人民生活中本来存在着文学艺术原料的矿藏，这是自然形态的东西，是粗糙的东西，但也是最生动、最丰富、最基本的东西；在这点上说，它们使一切文学艺术相形见绌"的说法一脉相通，但又显然远离了毛泽东有关"文艺作品中反映出来的生活却可以而且应该比普通的实际生活更高，更强烈，更有集中性，更典型，更理想"的设想。②《妇女闲聊录》中那些"最朴素、最具现实感、最口语"的讲述因为有更多原汁原味的欲望展示、矛盾暴露、狂欢气息而更具有"现实感"。林白就这样完成了从"小资情调"到"大众风格"（更准确些说："农妇风格"）的转移。

新时期以来，"口述实录体文学"已经产生了一批厚实的作品——20世纪80年代，张辛欣、桑晔合作的口述实录文学《北京人——一百个中国人的自述》是生动反映20世纪80年代普通百姓所思所想的宝贵记录，发表后就曾经轰动一时；冯骥才写于1980—1990年间的口述实录文学《一百个人的十年》是记录普通老百姓的"文化大革命"经历的力作，发表后也好评如潮。然而，大器晚成的《妇女闲聊录》在更贴近当今乡村的生存状态、当今农村女性的生活方式与心理状态、口语化、方言色彩浓厚方面令人刮目相看。如果说，在《北京人——一百个中国人的自述》中，我们感受到了20世纪80年代刚刚改革开放时普通人跃跃欲试的开朗与谋划，在《一百个人的十年》中，可以使人感受到普通人难忘历史悲剧的心绪，那么，《妇女闲聊录》则生动展示了改革开放二十多年后相当

---

① 林白：《后记：世界如此辽阔》，《十月》（长篇小说）2004年寒露卷，第100页。
② 毛泽东：《在延安文艺座谈会上的讲话》，《毛泽东选集》（一卷本），人民出版社1968年版，第817—818页。

一部分普通人放纵欲望的生存状态。特别值得注意的，是通过一个妇女的讲述去揭开那鲜为人知的底层一幕——在那放纵的心态中，体现出底层生活的另一面：虽然有时也有悲剧上演，基本的格调却是狂欢。在谈到"底层写作"时，评论界常常高度评价那些反映下岗工人和农民工生存艰难的作品，固然不错，而像《妇女闲聊录》这样传达出解决了温饱以后农民们得乐且乐、纵情狂欢生存状态的作品，其实也相当真切地写出了底层生活的另一面。

鄂东离武汉、荆州都不太远。当我们将《妇女闲聊录》与方方的《闲聊宦子塌》《黑洞》和《落日》联系到一起来看时，是可以明显感受到湖北方言的泼辣又粗鲁、幽默也油滑的特色，还感受到湖北普通百姓的性格特色的。尤其值得指出的是，对于湖北方言如此原汁原味，又丰富多彩的表现是由女作家完成的（虽然湖北的男作家中，也有彭建新的长篇小说《孕城》是以地道的"汉味方言"写成），我们是否可以由此窥见当代女性文学的某些新质呢？

三 盛可以的"湘方言小说"："凌厉狠辣"的文风

盛可以是"70后"女作家中很有个性的一位代表：她有过在社会底层打拼的经历，因此作品散发出浓烈的朴野气息。她写打工妹的欲望与挣扎，写人欲横流的社会上的那些传奇，都十分真切。而她也常常在作品中突出她的湖南方言的。例如她发表于2003年的成名作《活下去》（一名《北妹》），就在讲述两个湖南宜阳（益阳）女孩闯荡广东的故事中写出了"宜阳话"的风味：例如两个女孩南下时"不要再说宜阳话，普通话夹生夹白也比宜阳话强"，可到头来，她们仍然常常溜出了"宜阳话"，而且，故乡的方言有时甚至成为她们与广东人吵架的武器（"两个人使用各自的方言，驴唇不对马嘴地对骂起来。对方听不懂……觉得没趣"），还有形容两个女孩"结成死党"的土话："用当地话说，砍掉脑壳共得疤"；还有关于主人公钱小红的"眼睛东啄西啄"的描写（东张西望的意思）也何其生动！还有"人怕和（哄），卵怕搓"、"妈妈的尸"、"咸湿佬"这样粗俗的俗语、咒语，更有"何解"（哪里知道、谁晓得的意思，例如"何解医院才是爱情的归宿"）这样的常用语、"到么子山上唱么子歌"这样的俗语（么子，什么之意），以及"读书？冇得钱……读书冇用"这样的牢骚（冇，没有的意思）……在短篇小说《致命隐情》中，湖南方言更是俯拾皆是：从"咯久哒"（这么久了）、"冇看错不啰"（没有看错吧）、"你莫发气"（你别生气）到"堂客困觉"（老婆睡觉）、"搞点么子菜掐（吃）喽"（吃点什么菜）。还有短篇小说《无爱一身轻》①中"'你搞么子卯'（你搞么子鬼）……比一般的表达语气要强，情绪要浓，有时为戏谑，有时是恶毒"的介绍……读着读着，湖南的乡土气息就扑面而来了。在盛可以这里，"乡土气息"已经不再有沈从文的《边城》那样的宁静，也不再有周立波的《山那面人家》那样的欢快，也不似韩少功的《月兰》那么凄凉。在盛可以这里，有的是当代"三农"问题严峻、农民争相逃离乡村、去城市寻找新的出路的绝望、焦虑、无所顾忌，有评论家以"凌厉狠辣"概括盛可以的文风，②可谓准确。虽然，在盛可以的笔下，也常常有非常典雅、非常精致的描写。

在盛可以之前，周立波已经在长篇小说《山乡巨变》中渲染了湖南益阳方言的诙谐、幽默，何顿的中篇小说《生活无罪》《我不想事》则传达出了长沙土语的泼辣、油滑、朴野，韩少功也在长篇小说《马桥词典》中揭示了湖南方言的深刻历史文化底蕴，而盛可以则在她的一部分作品中写出了底层的粗鲁与刚烈。

近年来，"女性文学"中的"身体写作"思潮已经由盛转衰，而那些一直远离"身体写作"思潮、面向广阔世界的女作家（如方方、范小青、迟子建、毕淑敏、叶广芩……）则在关注底层，或探讨人生哲理，或描绘文化图景方面上下求索，不断有可观的收获。在关注底层的视野中，努力以方言去描绘"一方水土一方人"的活法，去还原普通话无力表现的那些具有特殊地方风味的禀赋、谈吐、精气神，是王安忆、范小青、方方、池莉从20世纪80年代就开始了的文学尝试。今天看来，这一尝试既是当代地域文化小说的重要组成部分，也体现了这些女作家对于"原生态"人生的另一种追求：不同于"新写实小说"对烦恼人生的"一地鸡毛"式刻画，而是在记录方言、用方言去表现百姓的粗鲁、俏皮、夸张、泼辣、油滑、幽默、生动方面还原他们五味俱全的人生体验。而当她们成

---

① 盛可以还有一部同名长篇小说。
② 葛红兵：《谁侵占了我·序》，时代文艺出版社2002年版，第3页。

功地做到了这一点时，她们也就为"女性文学"涂上了一些泼辣、夸张、喧闹、别具一格的色彩。

从这个角度切入，我们可以对当代女性文学风格的粗犷、泼辣、俏皮特色，进而对女作家审视生活的眼光的开阔、大胆，有进一步的认识。

（根据《当代女作家方言小说特色初探》一文改写，原载《天津社会科学》2011年第1期）

第十一章

新生代作家与武侠小说

武侠小说,是中国小说中的"国粹"。古代的武侠小说,"大旨在揄扬勇侠,赞美粗豪,然又必不背于忠义"[①]。这样的文学,一方面反映了中国民间的尚武民风,弘扬了江湖侠气;另一方面也体现出作者和读者"笑傲江湖"、"浪迹天涯"的浪漫情怀。到了当代,"金庸热"先兴于港台,后在内地的迅速传播,并一直从20世纪80年代热到21世纪,不能不说是文学的奇迹。影视界的"武侠热"(港台以李小龙和成龙的作品为代表,内地以张艺谋的《英雄》和《十面埋伏》为代表)影响甚至远波美洲。内地中学生中"写武侠"的热潮也在紧张的学习与考试中悄然流行开来。已有不止一位中学生写出了长篇武侠小说。[②] 武侠小说和武侠影视,已成为当今最受大众欢迎的文艺样式。

这里,我感兴趣的话题是:新生代作家在他们的武侠小说中发出了怎样的新声音?

一 余华的《鲜血梅花》:开发武侠小说的哲理内涵

1989年,余华发表了短篇小说《鲜血梅花》。小说在一个武侠故事的框架中揭示了人生如迷宫的哲理主题:一代宗师阮进武神秘死于黑道人物之手。其妻将复仇的希望寄托在二十岁的儿子阮海阔身上。可偏偏阮海阔没有继承父亲的威武和武艺,身体也虚弱不堪。正是在这里,《鲜血梅

[①] 鲁迅:《中国小说史略》,人民文学出版社1973年版,第239页。
[②] 《花季少年缘何热衷"写武侠"》,《文摘报》2005年4月3—6日(第2245期)。

花》偏离了传统的武侠小说套路：阮海阔注定无法演出"快意恩仇"的壮剧。可又偏偏还是他，在阴差阳错中借他人之手完成了复仇的使命。他按照母亲的指点，去寻找两名武林高手。他在茫然的漫游中偶然遇到了神秘的胭脂女和黑针大侠，又偶然避开了横死的厄运；在他找到了要找的白雨潇和青云道长时，他们似乎并没有告诉他仇人是谁。但胭脂女和黑针大侠偶然托他寻找的另外两个人却最终被证明是杀父的仇人，而且因为他如实向青云道长打听到了两人的下落并且转告了一直在寻找着两人的胭脂女和黑针大侠，才使得胭脂女和黑针大侠最终除掉了两个恶人。这个故事的主人公不是侠客，复仇的使命也是在阴差阳错间经别人之手才得以意外实现的。这样，这个故事就写出了命运的偶然神秘、诡谲多变。

在余华的小说中，此篇因为借了武侠的外壳而显得与他同时期的其他作品（例如《爱情故事》《故乡经历》《此文献给少女杨柳》等篇）风格迥异。小说中风格绚丽的江湖风景的描绘和主人公浪迹天涯的描写可谓颇得武侠小说的真谛，但没有对侠客豪情的渲染，也没有格斗场面的刻画。有的，只是朦胧神秘的氛围和阴差阳错的结果。也正是这最后一点，体现出了作家与他的同时代作家（如马原、格非等人）在表达人生与世界的偶然性、神秘性方面的共同感悟。这样一来，余华实际上就完成了对于武侠小说的改写与解构，而使一个"仿武侠小说"赋有了"哲理小说"的意味。

二 李冯的《英雄》《十面埋伏》：重新审视历史

在新生代作家中，李冯以擅长改写历史和古典名著而引人注目，是"新历史主义"的代表作家之一。他的长篇小说《孔子》就在还原了孔子的普通人本色的同时还写出了弟子们对孔子的怀疑；他的短篇小说《我作为英雄武松的生活片断》对《水浒》中的打虎英雄武松进行了漫画般的解构：武松"根本就不是什么英雄"，而是个"十足的醉鬼"。他的长篇小说《英雄》和《十面埋伏》也成功地借武侠小说的框架表达了他对于历史和"侠文化"的重新审视。

《英雄》重写了"刺秦"的历史：赵国的剑侠长空、残剑、飞雪、无名为了阻止秦国统一，保护赵国生灵而苦练武功，前赴后继，奋力刺秦。

秦王感慨于剑侠的悲壮，惺惺惜之："剑术之上，应是精神境界！他们三人，能为自己的赵国舍生取义，这才是做人的最高境界！就连丫鬟如月，小小年纪，也是死士，寡人自愧不如！"另一方面，残剑因为练习书法而悟得："一个人的痛苦，与天下人比便不是痛苦；赵国与秦国的仇恨，放到天下，也不再是仇恨！"他的感悟影响了无名的剑气，使无名在最后时刻放弃了刺秦，为秦统一大业甘愿牺牲了自己。"真正的英雄，不是武功无敌，也不是功盖过人，而是心中要装有天下，能找到人生的知己！"长空的这番感叹可谓全书的点睛之笔。作品中关于赵国三百名红衣弟子在秦军的围攻下凛然不动，握笔习书的场面，也充满了英雄气："他们在以这种方式，对抗着秦箭，捍卫着自己的书法。"伟大的"便是赵人的书法，赵人的倔强，赵人的精神！"于是，帝王、侠客、平民，都成了英雄。作家似乎有意引导读者思考"什么是侠"的问题，而书中的答案是："侠是精神，是一种传统。"这样，作家就寄寓了以天下为重的历史观，尽管这样的故事结局不免令人感觉牵强。无论如何，这样的故事是李冯有意改写历史思路的必然结果，也符合中国的侠士为"大义"而不惜牺牲自我的精神传统。

《十面埋伏》则在一个江湖险恶、人性叵测的故事中点化出人性之思：虽然在官府与江湖之间，在江湖各帮派之间，在帮派内部的争斗之间，处处有陷阱，面面有埋伏，但"过着风一般的日子，无拘无束，飘在江湖……"的浪漫理想竟能使小金那样的捕快毅然摆脱了使命的重负，使小妹那样的女侠勇敢超越了严厉的帮规，又显示了人性的伟大。"在人类那里，唯有一件东西可以与神媲美——爱！"另一方面，随着情节云诡波谲的变化，人心莫测，命运无常的主题也得到了应有的强化："究竟谁是老鼠，谁是猫……谁是老鹰，谁是鸡？""我迷恋的是柳云飞的人，还是他的飞刀绝技？但时间长了，我内心慢慢疑惑起来，我究竟是一个人，还是一把刀？我究竟是奉公守法的刘捕头，还是柳云飞麾下的影子杀手"之类困惑也足以使人联想到那个古老的问题："我是谁？""飞刀门"帮主柳云飞酷爱李白的诗篇，并从李白的诗句中悟出了豪放的刀意，又以那刀法去杀人如麻——在这样的描写中似乎揭示了"豪放"的复杂意蕴；刘捕快也喜欢李白的诗篇，向往浪漫的人生，可在实际生活中又常常难免咀嚼着人生的无奈与迷惘；当他终于因为自己的所爱小妹与小金生死相恋而变得疯狂无比、变态无比时，作家似乎也写出了"豪放"与凶残的微妙联系。小说全篇以李白的诗篇贯穿，让"抽刀断水"、"千金散尽"与刀法联系在一起；让《梦游天姥吟留别》与柳云飞的暗示联系在一起；让《行路难》与命运多舛的主题联系在一起："行路难，做人难，破案难，破案的时候选择方案更难"；让李白的诗句成为情人之间、友人之间彼此启迪、相知的共鸣媒介；此外，还让小金吟唱"天生我才必有用"时却激起了刘捕快的醋意："他的确是勾引女人的天才！"这样的插曲则在游戏之笔间透出了一丝"解构"的气息。这样，李白的诗篇就成为与江湖险恶、人性叵测的主题时而相交，时而相悖的"道具"。那些千古传诵的诗篇既烘托了作品的历史氛围，也意味深长地散射出时而飘逸，时而险恶的神秘意义。

由上述几例不难看出：新生代作家已经写出了不同于传统武侠小说的"新武侠小说"。

陈平原曾经将传统武侠小说的"基本叙事语法"概括为："'仗剑行侠'、'快意恩仇'、'笑傲江湖'和'浪迹天涯'"，并指出："仗剑行侠"是行侠的手段；"快意恩仇"是行侠的主题；"笑傲江湖"是行侠的背景；"浪迹天涯"是行侠的过程。[①] 在上述"新武侠小说"中，我们可以看到，"仗剑行侠"的手段没变，"笑傲江湖"的背景没变，"浪迹天涯"的过程也没有变，但有一点变了，就是"快意恩仇"的主题。《鲜血梅花》虽然也有"快意恩仇"的意思，但显然已不是"主题"了。命运无常，阴错阳差，才是作家的寓意所在。《英雄》和《十面埋伏》也以新的历史观和具有神秘氛围的人生观显示了与传统武侠小说注重惩恶扬善的主题的重要区别。显然，以武侠小说的套路去寄寓具有现代哲理意味的主题，是"新武侠小说"的特色所在。而新生代作家努力在武侠小说的写作中寄寓现代之思的尝试也开拓了武侠小说发展的新空间——以古朴的文体去容纳新潮的主题。这，也称得上"古为今用"吧。

三 "新武侠小说"与逃避心态？

除了上面提到的两位作家的几篇作品以外，近年来更年轻的作家们写

[①]《小说的类型研究》，《上海文学》1991 年第 5 期。

作"新武侠小说"的热潮越见高涨：步非烟、小椴都是有多部长篇引人注目的代表人物。

这里，我想特别提到上海作家陈丹燕的一篇纪实作品《陈海蓝》（《上海文学》1994年第6期）。作品记录了一位患有"广场恐惧症"的"新武侠小说"的写作者陈海蓝，他因为"文化大革命"中家庭受到冲击而恐惧喧哗，直至一离开家就会感到心慌、头昏，甚至晕倒，没有了心跳。只有待在家，才会感到正常。这样，他开始写"新武侠小说"。他这么介绍自己笔下的侠客："我的侠总在生活中遇到一些事，让你无法去施展，遇到一些靠英雄主义无法解决的问题，他的热血常常沸腾在无奈的静默当中，我的侠是现代人了，常常会有一些无法左右的事情缠绕，使得英雄也要气短。"另一方面，他又强调："我的侠……懂得如何去做一个热血沸腾的真正的人，他是一种人生观的体现。"十多年过去了，也不知道这位奇特的"新武侠小说"写家写出的作品运气如何。但正是这篇读过以后使我难忘的文章使我开始注意"新武侠小说新在哪里"的问题。

在世俗化浪潮高涨的年代里，"武侠热"的复兴无疑具有丰富的文化意义：它既是传统文化复兴的一个缩影，也似乎是人们逃匿于山林之间浪漫心态的绝妙体现。不过，相信也有不少读者从"武侠热"中继承了浪漫的英雄情怀。

余　论

未完成的研究

关于"新生代文学与中国传统文化"的研究，显然是远未完成的课题。这不仅是因为"60后"、"70后"作家的创作仍在发展中，还因为有许多可以展开的研究角度，由于资料的不足，只好留待来日。

例如地域文化。在中国传统文化的格局中，地域文化无疑是最丰富多彩的一部分。从现代文学史上的"京派"、"海派"、萧红的《呼兰河传》开始，到当代文学史上的"山药蛋派"、"荷花淀派"、汪曾祺的"高邮故事"、贾平凹的"商州世界"、张承志的"草原故事"、王蒙的"在伊犁"系列、马原的"西藏故事"、王安忆的"上海故事"、莫言的"高密东北乡"、方方和池莉的"汉味小说"、林希的"津味小说"、王朔的"新京味小说"、周大新的"南阳有个小盆地"系列、阎连科的"耙耧山系列"、陈应松的"神农架故事"……许多作家都在描写"一方水土养一方人"方面各有千秋。由这一部分文学体现出的地域文化魅力，凝聚了中国作家的故乡情怀、文学追求和历史反思，堪称20世纪中国文学中最具有民族文化底蕴和民俗异彩的部分。

这一传统在"新生代"作家这里，也得到了继续和发展——苏童的"枫杨树故乡"突出了苏州乡间的欲望气息，迟子建的"东北故事"渲染了北国的神秘与诗意，邱华栋的"新北京"和卫慧的"新上海"不约而同刻画出新都市的繁华气象，朱文颖笔下的苏州（例如她的长篇小说《水姻缘》）却依然那么安宁、舒适，毕飞宇笔下的"兴化故事"（例如中篇小说《叙事》《楚水》和《玉米》《玉秀》系列以及长篇小说《平原》）充满了作家对故乡的复杂情感，王刚的"新疆故事"（例如长篇小说《英格力士》）也因为回首"文化大革命"而弥漫着一股萧瑟的感觉……在上述作家的"故乡记忆"中，也有对于"故乡特色"的渲染，但格调常常已不是传统的"怀旧"情怀可以概括的。苏童的"枫杨树故乡"对欲望和死亡主题的突出显然更多受到了美国作家福克纳(他是苏童的精神偶像)的影响;邱华栋的"新北京"和卫慧的"新上海"更是立足对现代化进程中摩登青年男女急剧膨胀的欲望的刻画与渲染,并使之与"老北京"(以老舍的《四世同堂》《茶馆》,刘心武的《钟鼓楼》为代表)的淳厚、"老上海"的沧桑感(以张爱玲的《倾城之恋》、王安忆的《长恨歌》为代表)明显区别了开来,同时又在精神气质上令人不禁想起"老北京"的另一脉传统(例如邓友梅的《那五》)和"老上海"的另一脉传统(例如穆时英的《上海的狐步舞》、刘呐鸥的《礼仪和卫生》);毕飞宇的"兴化故事"和王刚的"新疆故事"还原了弱者无法摆脱的可悲命运,将"欲望"主题写出了苦涩的意味。这一切又都与前辈的"地域文化叙事"有了明显的不同。这样,我们感到了"新生代""地域文化叙事"的特色:欲望成了占据主导地位的基本主题。那欲望的强烈,那欲望的痛苦,都相当生动地传达出了"新生代"对人生与历史的独到理解:欲望是人生的基本动力(虽然巴尔扎克早就在自己计划描绘的法国社会"风俗史"中确定了欲望的重要位置:"编制恶习和德行的清单、搜集情欲的主要事实、刻画性格……"[①] 但在现代以来的中国文学史上,"欲望叙事"似乎一直因为现代化进程的曲折坎坷而受到了压抑);欲望是许多历史故事的导火线。就像有评论家概括的那样:"生在红旗下,长在物欲中","以享乐为原则,以个性为准绳",是"70年代人"突出的文化品格。[②] 其实,那又何止只是"70年代人"的品格?!当我们注意到兴起于20世纪80年代中期的"性文学"是以张贤亮那样的"右派"出身的作家(他的名篇《男人的一半是女人》就被认为是当代"性文学"的开山之作)和以王安忆、铁凝那样的"知青"出身的作家(例如王安忆的"三恋"系列——中篇小说《小城之恋》《荒山之恋》《锦绣谷之恋》和铁凝的《棉花垛》)为主要代表时,当我们注意到20世纪90年代最惊世骇俗的"性文学"是贾平凹(他出生于20世纪50年代)的

---

① 《〈人间喜剧〉前言》,伍蠡甫主编:《西方文论选》(下卷),上海译文出版社1979年版,第168页。

② 宗仁发、施战军、李敬泽:《"70年代人"创作的特征》,《南方文坛》1998年第6期。

《废都》时①，我们就不难发现：欲望，绝不仅仅是"新生代"的文化主题。在思想解放的后面，紧张跟着的就是欲望的解放：生命意志的张扬势必导致欲望的空前高涨。挣钱的欲望催生了经济的奇迹。自由恋爱的欲望使得"阴阳大裂变"（借用20世纪80年代一部非常著名的报告文学的题目），也使得"性解放"、"一夜情"、"同性恋"渐渐进入了当代人的生活。现代化的进程为人欲横流提供了广阔的天地。人欲横流也因此成为文学世俗化浪潮中的醒目主题。

然而，在前辈作家那里，欲望的主题毕竟不似在"新生代"作家这里这么具有"狂欢"的品格。《男人的一半是女人》和《小城之恋》《棉花垛》中"政治压抑欲望"、"政治扭曲人性"的主题充满了悲凉的意味；《荒山之恋》《锦绣谷之恋》也展示了"在欲望和伦理之间痛苦挣扎"的状态；《废都》中的性放纵也是与"名人的苦闷"联系在一起的。而在"新生代"笔下，在苏童的《红粉》那样的妓女故事中，在《平静如水》那样的"校园故事"中，在余华的《难逃劫数》那样渲染"性与死"的市民故事中，在朱文的《我爱美元》那样讲述大学生嫖娼的故事中，在卫慧的《像卫慧那样疯狂》《上海宝贝》《我的禅》和棉棉的《糖》那样渲染性爱狂欢的"布—波一族故事"中，② 在2000年问世的《下半身》诗刊中，充满了这样的主题："存在本身就是一种欲望"，"永恒的本能——我们的身体带领我们前进"。③

另一方面，"狂欢"又常常与迷惘、痛苦和死亡相伴相随。人有了迷惘和痛苦，才需要狂欢去冲淡那迷惘、缓解那痛苦。而狂欢的转瞬即逝又更加突出了迷惘与痛苦的根深蒂固。因此，中国才有了"得乐且乐"、"今朝有酒今朝醉"、"借酒浇愁愁更愁"的伤感传统。这一传统在毛泽东时代受到了无情的批判，却注定不会绝迹。一到思想解放、人欲横流的岁月，它又"野火烧不尽，春风吹又生"了。

还有武侠文化。

---

① 《废都》出版于1993年，而卫慧那部同样惊世骇俗的小说《上海宝贝》则出版于1999年。

② "布—波一族"这个词组，是兼有"布尔乔亚"的"小资情调"和"波希米亚"放浪形骸文化品格的"新新人类"的别称。

③ 葛红兵：《身体管理学》，《花城》2000年第1期；鲁迅：《中国小说史略》，人民文学出版社1973年版，第239页。

20世纪80年代被称作"启蒙"的年代。但知识分子和大学生大张旗鼓地启蒙宣传成效并不那么明显。倒是随着思想解放的滚滚洪流,娱乐性相当强的港台文化在内地遍地开花。清纯、缠绵的邓丽君流行歌曲,浪漫、感伤的琼瑶爱情小说和电视连续剧,还有金庸、梁羽生、古龙的武侠小说和电视连续剧,迅速占领了内地的流行文化市场。

还有什么比武侠小说更有"国粹"的品格呢?古代的武侠小说,"大旨在揄扬勇侠,赞美粗豪,然又必不背于忠义"。① 这样的文学,一方面反映了中国民间的尚武民风,弘扬了江湖侠气;另一方面也体现出作者和读者"笑傲江湖"、"浪迹天涯"的浪漫情怀。到了当代,"金庸热"先兴于港台,后在内地迅速传播,并一直从20世纪80年代热到21世纪,不能不说是文学的奇迹。影视界的"武侠热"(港台以李小龙和成龙的作品为代表,内地以张艺谋的《英雄》和《十面埋伏》为代表)影响甚至远及欧美。内地中学生中"写武侠"的热潮也在紧张的学习与考试中悄然流行开来。已有不止一位中学生写出了长篇武侠小说。② 武侠小说和武侠影视,已成为当今最受大众欢迎的文艺样式。

《鲜血梅花》因此而在内地持续不衰的"武侠热"中显得相当独特。

当代"武侠热"的长盛不衰耐人寻味:在一个文学新潮此起彼伏的文坛上,"武侠热"为什么能像古典名著一样长盛不衰?也许,在这个世俗化的年代里,生活中充满"一地鸡毛"的平庸反而刺激了人们渴望浪漫的情感?另一方面,渴望亲近浪漫的武侠,又何尝不是对现实的逃避?

写到这里,我想特别提到上海作家陈丹燕的一篇纪实作品《陈海蓝》(《上海文学》1994年第6期)。作品记录了一位患有"广场恐惧症"的"新武侠小说"的写作者陈海蓝,他因为"文化大革命"中家庭受到冲击而恐惧喧哗,直至一离开家就会感到心慌、头昏,甚至晕倒、没有了心跳。只有待在家里,才会感到正常。这样,他开始写"新武侠小说"。他这么介绍自己笔下的侠客:"我的侠总在生活中遇到一些事,让你无法去施展,遇到一些靠英雄主义无法解决的问题,他的热血常常沸腾在无奈的静默当中,我的侠是现代人了,常常会有一些无法左右的事情缠绕,使得英雄也要气短。"另一方面,他又强调:"我的侠……懂得如何去做一个

---

① 鲁迅:《中国小说史略》,人民文学出版社1973年版,第239页。
② 《花季少年缘何热衷"写武侠"》,《文摘报》2005年4月3—6日(第2245期)。

热血沸腾的真正的人,他是一种人生观的体现。"十多年过去了,也不知道这位奇特的"新武侠小说"写家写出的作品运气如何。但正是这篇读过以后使我难忘的文章使我开始注意"新武侠小说新在哪里?"的问题。

只是,有那么多的武侠小说,为什么唯有金庸名气最大,也被公认成就最高?答案也许与金庸的故事最扣人心弦有关,也许与金庸的故事最具有传统文化底蕴有关。而如果是这样,那么,金庸的小说就在相当程度上起到了唤起读者对传统文化的记忆、向青少年读者进行传统文化启蒙的作用。这样的启蒙,显然不同于"自由"、"民主"之类的现代话语启蒙,也不同于一般家庭教育和学前教育中要求少年儿童背诵古典诗文的传统文化启蒙。这里,是武侠精神、浪漫情怀的启蒙,而且是"寓教于乐"的愉悦化启蒙。

因此,"武侠热"的长盛不衰就与青少年中同样长盛不衰的对西方生活方式的追求(从"麦当劳"、"肯德基"、"可口可乐"到"进口大片")形成了十分有趣的对比(也可以读作:融合)。

而在"新生代"作家描绘地域文化风情的成就和"新生代"中普遍流行的"武侠热"中,我们是可以发现内在的精神联系的——应该说,那也是一种浪漫主义的精神吧。怀乡和浪迹天涯,都是浪漫主义的精神表现。现代化进程必然导致世俗化浪潮的高涨。与此同时,现代化进程不是也更有力地推动了浪漫主义的回归吗?这浪漫主义是人类在解决了温饱以后不甘平庸、努力超越现实的心灵证明。只是,到了"新生代"这里,它已经不再是"红卫兵""赤化全球"的狂热梦想(那梦想早已经灰飞烟灭),也不再是知识青年"改天换地"的雄心壮志(那雄心早已在贫困现实的迎头痛击下化作了叹息),甚至也不再是20世纪80年代初青年"做'四有'新人"的单纯追求,而是在饱经了社会转型的痛苦和现代主义寒风的扑打以后,已经相当个人化的梦想——在"武侠热"乃至后来的"玄幻热"中寄托自己的趣味,逃避现实的烦恼。

还有佛教文化。

无论科学知识多么普及,无论西方基督教的影响在青少年中已经多么广泛,当代青年对佛教文化仍然情有独钟。这种情有独钟常常不是研读佛经,而是为了在变幻莫测的竞争浮沉中求菩萨保佑自己,有明显的"临时抱佛脚"的功利心。而且这样的信佛与同时信基督教、道教(求得上帝和太上老君、天师的保佑)常常"和平共处",显示了当今青年在信仰方面"不拘一格"的混杂状态。

在文学作品中，另有一层境界，例如李弘的中篇小说《春江花月夜》和卫慧的长篇小说《我的禅》。这两部小说都显示了"新生代"作家从禅宗那里汲取了人生智慧和文学灵感的追求。

《春江花月夜》讲述了一个有传统文化素养的年轻"大款"以古典音乐和禅宗智慧培养一个舞蹈演员的故事。小说开篇写"大款"的生活体验："我谈恋爱谈得太腻了，不想谈了……我已经不喜欢用语言去进行感情的交流。一来太累……二来……说爱你的未必真的爱，说恨你的倒是真爱你，这一类颠倒是非的语言在我们身边比比皆是。""所以我不相信语言，特别是正儿八经的语言。"所以他尝试"从身体语言里面感受爱情"，同时努力启迪已被流行的舞蹈模式影响甚深的女演员"用心用感觉舞蹈，把那些狗屁标准法则扔掉，把你的身体放进去，爱怎么跳就怎么跳"。这样，作家就写出了在生活和艺术两方面都需要超越语言、超越法则的禅宗智慧："让自己的思维不被现实和功利左右。"为了进一步启发女演员，他以禅宗公案出题："如何出得三界去？……青山不碍白云飞。"他一方面用语言解释："青山本不是白云的障碍，白云拿青山来挡路，青山才真的挡了路，障碍都是自己设的。你的心没有进三界，又何须超越三界外？"另一方面进一步点化玄思："越用语言解释，就越表达不清楚。"苦心的启发与长达一年时间的古典音乐熏陶，终于使那女孩子的舞蹈超越了凡俗，达到了行云流水的境界。而当作家最后让那女孩子终于出山，以超凡脱俗的舞蹈风格震撼了舞坛，"大款"也兴尽而止，处之泰然。作家似乎又由此揭示了时代功利心的强大，道出了这样的感悟：禅宗可以成就艺术的奇迹，却难以从根本上改造世道人心。耐人寻味的是，作家本人对功利心本身并不轻视。他在其谈创作的《艺术与现实》一文中写道："是把艺术融进生命，还是把艺术用于现实功利。没有谁对谁错，活法不一样而已。"根本的问题是："你在玩一个游戏还是在被一个游戏玩，甚至自己发明一个游戏去玩……荡气回肠的古曲《春江花月夜》可以作为高雅的陶冶，也可以用于煽情的伴奏。爱恨交织的《青山不碍白云飞》可以由心而发随心狂舞，也可以成为名牌商品赢取名利，该怎么做，都在自己。"[①] 这种理解一切的淡漠心态，这种一切都取决于自己的相对主义人

[①] 见《中篇小说选刊》1999 年第 1 期。

生态度与禅宗"本自无缚,不用求解,直用直行"的思想应该说是一脉相承的。① 个性解放的主题,在这里已经没有战斗的,或崇高的意义,一切系于自己的率性而为。只是,当"大款"在尝试改造女孩子的艺术气质时,从世俗的角度看,是否又与"率性而为"的禅宗思想相矛盾了呢?

禅宗的玄妙,真是深不可测!

无论如何,小说《春江花月夜》的产生具有重要的意义:它是"新生代"文学中十分少见的、浸透了禅宗思想的佳作。它与"新生代"文学中那些沉迷于描写肉欲或渲染冷漠麻木情绪的作品形成了鲜明的对照。

几年以后,"美女作家"卫慧出版了长篇小说《我的禅》——这题目就突出了禅意。小说通过女主人公在海外的游历和体验,以及最终为了写作回国,并在普陀山感悟了禅宗智慧的故事,也写出了一个"新新人类"在冥冥中向传统的回归。从作品中频频引用的儒家、道家和佛家经典可以看出,作家是看了一些传统文化典籍的。而小说的题记"——给所有爱我帮助我的人们,你们是我的 Buddha",也可以说是蕴含了禅宗的精义的:众生皆有佛性。

不过,《春江花月夜》与《我的禅》在精神境界和文学风格上仍有明显的不同:前者宁静、玄远,有意淡化了欲望,因而更加突出了禅宗超越现实的精神意味;而后者则继续了《上海宝贝》的风格,浮华、狂欢,有意炫耀身不由己的感官享乐,进而凸显了禅宗融入世俗的特色。禅宗中本来就有"狂禅"之风。历史上士大夫就是在淡化佛教的"内心澄净"的需要中引入了道家的"逍遥"主张,从而在融合道、佛的基础上别开了禅宗这一颇符合中国人乐观、适意本性的信仰的。在禅宗"随缘"、"自心是佛"的说法中,已经打开了"纵欲"之门。关于这一点,葛兆光在《禅宗与中国文化》一书中已有论述。"狂禅之风包括语言上的胡说八道、行动上的放荡不羁、思想上的放任自流,从唐代后期起,到宋代尤甚。"② "狂禅之风"因此而成为对抗礼教的一股力量,成为古代士大夫思想解放、个性解放的一股思潮。而当我们注意到"狂禅之风"竟然在冥冥中与中国封建社会由盛而衰的转折同步时,我们是否也可以看出"狂

---

① 《大珠禅师语录》,转引自葛兆光《禅宗与中国文化》,上海人民出版社1986年版,第106页。

② 《禅宗与中国文化》,上海人民出版社1986年版,第107页。

禅之风"的消极一面呢？在个性解放与为所欲为之间，并没有一道泾渭分明的界限。

而《我的禅》因此就成为"新人类""狂禅之风"的一个证明：一方面，及时行乐，随波逐流；另一方面，在心情平静的时候也去问禅，学会慈悲，学会"圆满自足"，"学会即使孤身一人时也保持微笑，每一天都要过得充实"。这样一来，失恋也罢，孤独也罢，都可以淡然处之了。从这个角度去看，《我的禅》比起《像卫慧那样疯狂》和《上海宝贝》来，又显然褪去了一些浮躁之气，而显得有了一些平常心了。这是卫慧走向成熟的一个标志吗？

这两部小说可以证明：尽管"寻根"的思潮似乎早已成为往事，但仍然有"新生代"作家在冥冥中继续"寻根"的事业，虽然，那格调已有明显的不同。尤其是当像李弘和卫慧这样的"新生代"作家也从传统文化中找到了创作的灵感时，就更能使人感到传统智慧的魅力了吧。

然而，还有安妮宝贝的长篇小说《莲花》在凝视着悲凉和感动。小说通过一个带有浓厚的出世倾向的故事，宣示了佛家思想。虽然小说的开篇是一段《圣经·启示录》中的一段文字："我又看见一个新天新地，因为先前的天地已经过去了，海也不再有了"，但西藏的地域文化背景、女主人公苏内河在经历了情感的痛苦后，放弃了世俗的追求，像"跋涉苦行僧"一样在墨脱的艰难旅程中探寻生命的真谛，还有，她"不需要世俗价值的赞同"，相信"对一切都不需要执着太深，因为世间万物都有它独自轮回的系统，也许是由一种人类无法猜度的力量控制"，她想在这样的基础之上，建立起"新的生活"和"新的信仰"的追求，都蕴含着佛教精神。小说中强调她"知道自由和平静需要先付出代价，所以有好几年努力工作，从未懈怠。获得独立的经济基础，便可以遁世。遁世需要做事。两者调和，才能获得人生的冠冕。这是一个喜马拉雅山的圣徒的话"。在这样的活法中，揭示了一部分当代"白领"的生活哲学：先奋斗，后超脱；从世俗的成功起步，然后浪漫地遁世。小说题名《莲花》，也寓意深长：墨脱，在藏语中的意思是"花朵"，"至今与世隔绝，不通音讯。在古时候它被称作'白玛岗'，意思是隐秘的莲花盛地。大藏经《甘珠尔》称为'佛之净土白玛岗，殊胜之中最殊胜'。它是被向往的神秘圣洁之地。"在写过多本散发出唯美气息的"小资"故事以后，《莲花》标志着安妮宝贝走向了阔大的文学与人生境界：看淡了世俗的烦扰，走近了自然与浪漫，感悟了谦卑与敬畏。只是，仍有几缕感伤的气息萦绕其中，使人感动，耐人寻味。

是的，《莲花》是浪漫的，更是庄严的。《莲花》因此比《春江花月夜》博大，比《我的禅》崇高。

写到这里，我想起了梁启超在《清代学术概论》中写到的一段话："晚清思想界有一伏流，曰佛学……晚清所谓新学家者，殆无一不与佛学有关系。"这是因为以龚自珍、魏源、康有为、梁启超、章太炎为代表的"新学家"相信"佛教本非厌世，本非消极"。[①] 那一代人，是为了"救世"而研究佛学。

到了今天，在这个世俗化的年代里，绝大多数人已经顾不上"救世"，而努力于"自救"了。从这个角度看去，《春江花月夜》中那个借禅宗智慧实现自己的艺术梦想的故事和《我的禅》中"学会即使孤身一人时也保持微笑，每一天都要过得充实"的主题，也都相当地个人化、生活化了。也许，这，正是当代宗教渐渐世俗化的一个缩影。这一缩影在当代文坛可以上溯到汪曾祺的名篇《受戒》（那篇小说中关于乡村和尚的世俗生活描写充满了幽默、温馨的氛围）。在这样的缩影中，可以看出宗教与世俗、灵魂与肉体之间矛盾的化解。但是，《莲花》的出现也因此而更加难能可贵：它显示了当代人中仍然有人在追求着遁世的庄严。虽然，这样的人在滚滚红尘中只能是凤毛麟角。

读《莲花》时，我常常情不自禁地想到了一位"红卫兵"出身的作家礼平那部在1981年发表以后曾经引起过争议的中篇小说《晚霞消失的时候》。小说的女主人公南珊是在经历了"文化大革命"的磨难以后认同了泰山长老的话："痛苦与幸福的因果循环，才造成了丰富的人生。"小说的男主人公也是在泰山长老关于"我心即是我佛"、"宗教以道德为本"的一番宏论的启迪下开始发现了一片未知的世界——那是主人公"从来没有听过的崭新的思想"，是"充满理智的信仰"。《晚霞消失的时候》因此而将"红卫兵"一代人对于"文化大革命"的反思引入了信仰的天空，从而超越了"信仰危机"的世纪末寒流。

而《莲花》，则是在"新生代"已经饱经了激烈的生存竞争和世俗情感的打磨以后的"彻悟"之作。从这个角度看去，在1981年的《晚霞消

---

① 《清代学术概论》，《梁启超史学论著四种》，岳麓书社1985年版，第94—95页。

失的时候》和2006年的《莲花》之间，贯穿了一条两代青年精神探求的线索——重建信仰。

还有政治文化。

中国是政治文化特别发达的国度。无论是儒家"修身齐家治国平天下"的政治抱负还是道家"无为而治"的政治理想，都体现了人们对政治的格外青睐。到了近代以来，持续剧烈的社会大动荡更使各种政治力量的较量达到了空前激烈的程度。正如李泽厚指出的那样："社会政治思想在中国近代思想史上占有最突出的位置，是它的主要组成部分。其他方面的思想，如文学、哲学、史学、宗教等等，也无不围绕这一中心环节而激荡而展开，服从于它，服务于它，关系十分直接。"[①] 近代如此，现代如此，当代又何尝例外？虽然"文化大革命"终结以后，经济改革的浪潮在很大程度上已经改变了人们对政治的兴趣，但在改革开放已经三十年以后的今天看来，政治力量对社会发展的复杂影响仍然相当突出——从"政治体制改革"的长期难以展开到广大民众对"官本位"的强烈不满，都可以证明这一点。

新时期文学，是从摆脱被政治束缚的成功努力开始了巨大的变化的。然而，已经是多元发展的文学世界真的远离开政治的影响了吗？从"伤痕文学"、"反思文学"对"反右"、"大饥荒"、"四清"、"文化大革命"的血泪控诉，到"改革文学"对政治改革的呼唤（例如蒋子龙的《开拓者》、张洁的《沉重的翅膀》、李国文的《花园街五号》和柯云路的《新星》等小说），"政治抒情诗"和剧本创作中对政治特权的针砭（例如叶文福的诗歌《将军，不能这样做！》、王靖的电影文学剧本《在社会的档案里》、沙叶新的剧本《假如我是真的》等作品），再到一批深刻揭示历史悲剧荒唐底蕴的厚重作品接连问世（从张贤亮的《黄河的子孙》、韩少功的《爸爸爸》、张炜的《古船》、刘震云的《故乡天下黄花》和《故乡相处流传》、陈忠实的《白鹿原》、莫言的《丰乳肥臀》），还有1989年以来"官场小说"的十分流行（从刘震云的《官场》和《官人》到王跃文的《国画》、阎真的《沧浪之水》……），都显示了当代作家的政治情结：或者"为民请命"，或者怒斥特权，无不尖锐痛快，激起了强烈的社会反响。

---

① 《中国近代思想史论》，人民出版社1979年版，第475页。

到了"新生代"这里，虽然政治热情已经明显消退，虽然占据了主流位置的是"欲望叙事"和"私人写作"，但稍稍细致、深入的研究就不难发现：他们对政治的关怀的确不如前辈作家那么强烈，却并没有，也不可能消亡。无论是苏童的《罂粟之家》那样揭露紊乱的男女性关系如何影响了阶级斗争的展开的具有讽刺意味的小说，或者是虹影的《饥饿的女儿》、余华的《活着》、严歌苓的《第九个寡妇》那样反思普通人的正常欲望如何被政治运动压抑几十年的悲剧命运和默默抗争的作品，还是苏童的《黑脸家林》、余华的《一九八六年》和《兄弟》、韩东的《反标》《扎根》、王刚的《英格力士》、严歌苓的《青蛇》和《拖鞋大队》、毕飞宇的《平原》那样的"文化大革命"记忆之作，还有毕飞宇的《玉米》那样深刻揭示乡村少女日常生活中的政治因素的故事，都体现了他们，作为政治运动的边缘人、旁观者（因此而不同于"红卫兵"、"知青"那一代人的参与者身份），对那些政治悲剧的记忆与反思。在他们的记忆中，关于政治暴力如何窒息人们的生命欲望（例如《饥饿的女儿》《活着》），或者普通人的生命本能怎样在政治风暴的间隙顽强地表现出来（例如《英格力士》《青蛇》《第九个寡妇》）的故事更加突出了这样意味深长的主题：在政治高压的年代里，生命的本能与政治暴力如何周旋。应该说，同样的主题在张贤亮的《河的子孙》、阿城的《棋王》、王安忆的《"文革"轶事》和《长恨歌》、王小波的《黄金时代》、王蒙的《狂欢的季节》中已经有了相当深刻的呈现。那些作品写尽了中国老百姓与政治运动周旋的心机与手段，也写尽了政治强力企图改造人性的鞭长莫及。从这个角度看，"新生代"作家的政治记忆是继承了前辈作家不忘政治悲剧的传统的。只是，前辈作家对于政治悲剧的沉重思考，对于那些政治"逍遥派"如何力求自保的刻画还是令人感受到了政治风暴过去以后的心有余悸，而在"新生代"作家这里，笔调有了比较明显的变化：要么是对于主人公在政治风暴中朦胧、混沌的感觉的描写凸显了边缘人、旁观者对于政治的隔膜（例如《第九个寡妇》《反标》《扎根》《拖鞋大队》和《英格力士》中的主人公的生命体验），从而也就写出了政治运动与正常人性的格格不入；或者是对于主人公在政治风暴之外率性而活的渲染（尽管那率直与粗鄙是交织在一起的，例如《黑脸家林》《罂粟之家》和《饥饿的女儿》中的"欲望叙事"）。而无论是那"隔膜"还是"欲望叙事"，又都呈现得相当冷漠。在那冷漠中，是可以感受到"新生代"看透了政治狂热的虚伪与无聊以后的不屑和在接受了西方现代主义的虚无主义世界观以后"看破一切"的麻木的。也许,这种不屑和麻木是中国在走向现代化进程中告别不正常的政治生活的重要心理标志?

无论如何,我不同意这样一种说法:"新生代"、"新新人类"是不关心政治的。他们逃离"政治热情"的普遍心态其实已经显示出了他们的政治观。而上述"新生代"作家的政治记忆正是这一心态的生动表现。另一方面,当他们在变幻莫测的国际政治的影响下向世界发出"中国可以说'不'"的吼声时,当他们在美国轰炸了中国驻前南斯拉夫联盟共和国大使馆后立刻愤怒走上街头游行示威,掀起了一场张扬爱国热情的政治风暴时,当中国为了迎接奥运会传递的火炬在法国和美国遭遇了政治的干扰,又是他们在一夜之间积极行动了起来,为了捍卫火炬进行了有声有色的抵抗,并取得了成功时,当四川汶川大地震唤起了他们做抗震救灾的志愿者的热情时,他们不是也以自己特有的方式宣示了他们的政治关怀吗?只是这政治,已经不再是"文化大革命"那样的"窝里斗"了,也不再是以做"持不同政见者"为荣的姿态了。他们的政治,延续了当年"爱国救亡"的学生运动的光荣传统,将"中华民族到了最危急的时候……我们万众一心,冒着敌人的炮火,前进!前进!前进!进"的最强音一直唱到了新的世纪!另一方面,他们的政治,也常常与别出心裁的许多新时尚紧密相连。

因此,他们在中国的政治运动史上也写下了不会被磨灭的光辉篇章。

看来,在"世纪末情绪"中成长起来的"新生代",在日常生活中好像已经远离政治的一代人,其实并没有,也不可能离政治太远。他们有自己参与政治的兴奋点和路线图。对此,我们了解的其实很不够。

然而,虽然我常常会想到上述这些切入点,却又常常因为有关作品的数量有限而难以展开。尽管我努力想写出传统文化在"新生代"文学中的延伸,我同时又常常会感到研究素材的不足。也许,这与他们在成长的过程中更多接受了西方文学思潮的影响有关。他们在谈起西方文学思潮和哲学思想时的滔滔不绝与他们在谈及中国古典文化时的点到即止(像于坚那样谈起唐诗宋词能够如数家珍、滔滔不绝的诗人毕竟太少)形成了耐人寻思的对比,昭示着他们知识结构方面的明显缺陷。他们对于传统文化的了解显然不如"50后"中的"寻根派"(贾平凹、阿城和韩少功对传统文化的了解与熟悉既体现在他们意蕴深厚的小说作品中,也充分体现在他们那些随意挥洒的创作谈和文化随笔中），当然就更不能望"五四"那一代学贯中西的文学大师的项背了。这样的对比足以发人深省，是因为真正优秀的文学是必须建立在深厚的文化根基之上的。因此，那些常常不耐烦被大师的身影所遮蔽，念念不忘与传统"断裂"，甚至以公开的攻击去发泄莫名的怨气的作家，并没有，也不可能因此而实现对于前辈的真正"超越"。喊出"断裂"的口号不难，难的是写出众望所归的佳作来。

"新生代"作家的长篇小说创作常常给人力度不够的感觉，恐怕既与浮躁的心态有关，也与文化根基的不深有关。在"新生代"文学中，苏童的《米》、格非的《敌人》、李洱的《花腔》、余华的《兄弟》、迟子建的《伪满洲国》、韩东的《扎根》都是很有影响的长篇小说，但水准显然不能与《芙蓉镇》《浮躁》《古船》《金牧场》《玫瑰门》《白鹿原》《长恨歌》《马桥词典》《务虚笔记》《日光流年》相提并论，就很能发人深思。"新生代"的长篇小说中，似乎只有余华的《许三观卖血记》既显示了对于底层的深刻理解、对于"国民性"的新颖思考，又显示了文学上的浑然天成感，并因此而有口皆碑。这也可以表明：在文学的竞争中，人们并不那么强调"圈子"，而是讲实力的。有实力的作品，会不胫而走，为人称道；没有实力的作品，尽管有时会被"炒热"于一时，事过境迁，还是会被人们渐渐淡忘的。

受到这样的制约，对于这个课题的研究就不能不是容量有限的。

这，也许可以说是"新生代"文学的局限性所决定的吧。

我当然希望他们能通过艰苦的努力，去摆脱"自我感觉良好"的心态，去写出能与前辈的优秀作品比肩，甚至有所超越的力作来。

"新生代"也在一天天长大。事实上，"60后"一代人现在已经步入中年的行列。"70后"也已经进入了"而立之年"。紧接着，"80后"也在迅速成长起来。在现代化的快车道上，时光飞逝。正所谓："多少事，从来急；天地转，光阴迫。"

当我注意到，伴随着西方"遏制中国"的形势而高涨的爱国主义浪潮已经刺激了文化保守主义的复兴，思想界对于现代文化保守主义的研究与提倡，教育界关于"读经"的呼唤与争鸣，大众传媒对于古代文史知识的普及（例如中央电视台"百家讲坛"引起的"轰动效应"）……这一切，已经使得这个"世纪初"明显不同上个"世纪初"了。上个"世纪初"的"新文化运动"与这个"世纪初"具有空前规模的文化保守主义复兴运动形成了十分耐人寻味的对比。可以预期，这样的时代背景也许会对更年轻的未来作家们产生深远的影响。我注意到许多在欧美居留下来的中国移民在西方顽强地保留了对于本民族文化的兴趣，就很能说明问题：越是在多元文化的比较与竞争中，人们越是容易对自己民族的传统文化产生依恋。虽然，"全球化"的世界发展大格局已经催生了新的生活方式和新文化观念——按照个人的喜好，兼收并蓄，并尽可能地丰富多彩。但已经融化在人们血液中的民族记忆，是会代代相传的。

剩下的问题是，更年轻的一代（暂时还不知道人们将如何给他们命名）会在现在已有的文学基础之上，谱写出怎样既具有传统文化底蕴，又富有个性特色的文学篇章来？

因此，我会继续保持对这个话题的研究兴趣，将这个研究继续做下去。

附录 1

"新生代"作家与古典文学

不少"新生代"作家都在自己的创作谈中谈及古典文学给予自己的影响，这样就使得他们与那些狂妄地全盘否定传统的同龄人区别了开来。这样，研究这一部分作家与古典文学的联系就成了研究"当代文学与传统文化"的重要组成部分。这样的研究告诉我们：传统文化的火种已经传到了"新生代"的手中；"新生代"作家在继承传统并努力对之作出具有时代感和个性色彩的阐发的尝试，也丰富了我们对于传统文化精神的理解。

另一方面，还有一些"新生代"作家在自己别出心裁的创作中表达了自己对于历史、传统的"另类"理解，虽然与正统的、流行的解释相去甚远，却自有言之成理的新意，从而促使我们去探讨重新发现历史、重新发现传统的可能性。

以下就是笔者在阅读有关作家、评论家、诗人的作品与创作谈所作的笔记。

一 "新生代"作家与《易经》

胡河清的文学评论与《易经》

已故文学评论家胡河清是青年评论家中以中国传统神秘文化话语解读当代文学作品的优秀代表。他对于中国传统文化的深入浸润使他解释当代文学现象的角度显得既古朴又新颖。他曾经这么表述过自己的文学观："文学对于我来说，就像这座坐落在大运河侧的古老房子，具有难以抵挡的诱惑力。我爱这座房子中散发出来的线装旧书的淡淡幽香,也为其中青花瓷器在烛光下映出的奇幻光晕所沉醉,更爱那断壁颓垣上开出的无名野花。我愿意终生关闭在这样一间屋子里,听潺潺远去的江声,遐想人生的神秘。然而,旧士大夫家族的遗传密码,也教我深知这所房子中潜藏的无常和阴影。但对这房子的无限神往使我战胜了一切的疑惧。"在谈及自己的知识储备时,他谈到了《庄子》、古典诗词、《黄帝内经》、佛典,还有《周易集解》……他特别谈到自己与这部书之间的深刻缘分:"我一下子就被这部中华民族文化宝典的神异气氛吸引住了。并且预感到,也许我与这部古老的圣书存在着某种宿命的缘分。大概它就是我的文化星座的所在,将像北斗一样灿烂的星光照耀我的一生历程。"他还特别强调了《易经》的艺术价值:"六十四象中包含着极伟大与极细微的艺术境界。"可"人们往往只注意了《易》的功利性"。① 他的《贾平凹论》就是这样一篇以《周易》解读贾平凹小说的佳作:从贾平凹姓名的拆字妙解("平凹"有"阴阳"之意)到"在金狗与小水的名讳里,也藏着《周易》文化系统的密码谶语"的发现,从对《白朗》的星象解释到对《古堡》悲剧有违《周易》真义的文化剖析,从对《人极》中农民修智的局限性分析到对《浮躁》中韩文举深得"易理精义"的阐释,都在贾平凹研究中别开生面。文章的最后,他表达了对东方神秘文化的认同:"现代主义所描绘的精神文化景观,还远远不能达到《周易》文化系统那种精微知几的实验现量效果……当文学真正达到与东方神秘主义的同步操作时,就会显示一种'青青翠竹,皆是佛性,郁郁黄花,无非般若'的神性境界。"他的《论格非、苏童、余华与术数文化》也是剔发《周易》术数文化与格非、苏童、余华小说创作之间神秘感应的别致之作。该文由格非的喜欢蛇注意到他重复使用"诡秘"、"诡谲"等字眼的文学风格,由苏童小说中神秘象数与历史过程之间的对应关系揭示"神秘学→心理学→历史学交互作用的独特进程",还由余华的"一副猴腮,骨相古怪"联系到他的小说中交织的宿命论与自由意志冲突的矛盾,从而对这几位"先锋作家"的作品中隐藏的"一股来自中国古老文化的道山深处的灵气"进行了令人耳目一新的点化。这样的学术眼光,这样的解释功夫,使他终于提出了"中国全息现实主义"的概念:他预测 21 世纪的中国文学将产生出"中

---

① 《灵地的缅想·自序》,学林出版社 1994 年版,第 5、9—10 页。

国全息现实主义","这个流派将具有雄浑深厚的中国文化底气",使"雅文化和俗文化水乳交融、息息相关",① 同时包含了中华文化的博大传统:"中国文化传统历来把全息主义作为哲学基础,《周易》贮存着中华民族历史、社会、生命状态的深奥信息。《周易》象数的推衍,实际上就是中国历史绝对精神的独特演绎方式。《周易》中的政治哲学体系,在根本上制定了中国社会生存竞争的游戏规则。至于《周易》八卦六十四爻变化所揭示的生命法则,则是中华民族独特的存在哲学。以全息主义形态构成这些信息综合体的就是所谓'道'。'道'作为必然、作为永恒引导着中国文化星座的运行轨道。"② 这样的思考,是建立在对一部分当代文学作品研究的基础之上的;同时,这样的思考,也是对文学"寻根"思潮的深化。

胡河清就这样成功地显示了以《易经》解读当代文学现象的可能性。他的这一独特探索为从中国文化典籍中重新发现常谈常新的智慧,为建立具有中国文化根基和内涵的文学评论话语作出了积极的贡献。

走走的小说与《易经》

2003年,青年作家走走发表了长篇小说《房间之内欲望之外》。这是一部描写"新人类"情爱纠葛的作品。作品通过一个房间的拟人化目光,观察了一个女孩与几个男孩、男人之间的同居关系。男孩或不想安定下来的漂流心态,或迷信星座不和的神秘恐惧,使女孩陷入了困惑之中;女孩因为苦闷尝试"一夜情"的空虚与后悔,对于不知道如何引起情人的"性趣"和一直找不到真爱的惶惑,也写出了"新人类"的尴尬与迷惘。全篇分为八章,每一章都以《易经》的一个卦象作引子,再加上一段算命者的"卦语",从而使一个常见的情爱故事透出一股宿命的力量——第一章为"火山旅",卦象为"艮下,离上,流浪之象","卦语"为:"此恋人可谓郎才女貌,好一对神仙眷侣,羡慕死多少天下人,但姻缘路上必艰辛劳苦,不得善终。正应了'虽然先笑,后有悲啼'的卦语",就是故事中人情爱经历的宿命之谶。第二章"天雷无妄",卦象为"震下、

---

① 《中国全息现实主义的诞生》,《灵地的缅想》,学林出版社1994年版,第202页。
② 《贾平凹、李锐、刘恒:土包子旋风》,《灵地的缅想》,学林出版社1994年版,第196页。

乾上,他力之象","卦语"为:"女性有情感过于丰富的倾向。虽然也可视为与对象已有交情的情形,但是最好任其演变。"还有第三章"震为雷",卦象为"震下、震上,激动之象","卦语"为:"对恋爱的热度过高,往往有犯错之危险性,故须慎重处理。"第四章"山地剥",卦象为"坤下、艮上,脱饰之象","卦语"为"男女双方应以诚相待,一旦假面具被拆穿,反而因祸得福。"第五章"水天需",卦象为"乾上、坎上,隐忍待机之象","卦语"为:"占得需卦,大抵上均处于不利的情况中。有时对象为结过婚的人,或是嫁人为妾,均是不好的。"第六章"坤为地",卦象为"坤下、坤上,纯阴厚重之象","卦语"为:"亲事难于商量妥当,若有归结的话可算是良缘。"第七章"火泽睽",卦象为"兑下、离上,反省之象","卦语"为:"情侣会不明就里的分手,尝尽思念之苦。"第八章"天泽覆",卦象为"兑下、乾上、反省之象","卦语"为:"不可忘记谦虚之德,性要表现出贤淑的态度,才能把握坚实的爱。"将古老的卦象、术士的卦语与"新人类"的情爱故事紧密联系在一起,就写出了一种恒久的宿命感。只是,在走走这里,这宿命感既无《相士无非子》那样的市井情趣,也没有《蓍草之卜》那样的彻骨寒意。在《房间之内欲望之外》中,有的似乎只是对于宿命论的平静接受。这样,作家也就写出了"新人类"的一个突出文化特点:"信命!"无论是中国的算命,还是西方的星相学、血型说,他们都信。他们以此作为认识社会和自我的重要出发点。飘忽的感觉,紊乱的情绪,解不开的人生之谜,逢场作戏的好奇心,回头是岸的怅惘,一切的一切,竟然都逃脱不了卦语的"前定"、命运的"安排"!至少在作者的匠心中,透露出这样的主题。

在思想解放的环境中,在现代化的进程中,神秘主义思潮的回归实在耐人寻味。这是理性难以穿越的迷宫,是科学和唯物论哲学也祛除不了的心理奥秘。

二 "新生代"作家与《诗经》

毕飞宇的小说与《诗经》

在"新生代"作家中,毕飞宇的小说自成一格。他擅长写旧时代的故事（例如《上海往事》《叙事》《楚水》），也善于在当代故事中融入自己对传统文化的独特思考（例如《青衣》《玉米》《玉秀》《玉秧》）。他的故事常常具有相当浓厚的唯美色彩，而这与他受到《诗经》的影响是有关的。他就曾经谈道："我喜欢华美，用华美去展示悲剧，有一种说不出的凄艳，有异样的感染力，《诗经》里'昔我往矣，杨柳依依，今我来思，雨雪霏霏'。那种色彩，越看越叫人心碎。"①《叙事》通过回首家史的痛苦一页，表明了作家对中国传统文化华美却软弱的认识与批判。作家让他笔下的日寇说出了这样的话："中国文化确是美文化，但红颜薄命，气数已尽，不长久了……一染上暮世残败气，中国文化愈发韵味无穷。"这日寇一面学习中国书法一面奸污中国女子的形象，正可以作为他沉醉于中国文化又蔑视中国文化的典型象征。而这样的描写就显然与那些简单地彻底否定传统文化或片面地讴歌传统文化的见解有了明显的区别。《楚水》中的汉奸冯节中以宋词词牌作为妓女的新名字，日寇在下围棋时大谈"中国人如同酒一样孤独，茶一样寂寞……汉语历史上最不可思议的李后主。将天堂与人间的丧失歌唱得那样凄艳妖娆……"也都寄寓了作家对中国文化唯美性、脆弱性的批判与感慨之情。

从这个角度看，作家以自己的独特思路和风格继承了"五四"以来中国文学界、思想界批判国民劣根性的传统，同时，也使自己的批判与一些同龄人作家关于传统文化一无是处的攻击区别了开来。

麦琪的《日居月诸》：以《诗经》为题

2003年，青年女作家麦琪发表了长篇小说《日居月诸》。这是一部描写大学青年教师平淡日常生活的平实之作。这样的题材在出生于20世纪70—80年代的青年作家笔下十分常见，例如韩东的《三人行》《西安故事》等等。但《日居月诸》每一节也以《诗经》中的句子作为题目，就颇有点新意了。《日居月诸》就出自《邶风·日月》："日居月诸，照临下土！"（太阳啊月亮啊，光芒昼夜照四方）小说中青年教工居住的两栋楼也分别以"日居"、"月诸"为名，显得颇为别致。作品中人物柏舟的名字也来自《诗经》，亦十分新颖。小鱼的名字也得自《诗经·小雅·

---

① 姜广平、毕飞宇：《毕飞宇访谈录》，《青衣》，长江文艺出版社2001年版，第408页。

鱼藻》。

小说讲述了20世纪90年代几个大学青年教师充满鸡毛蒜皮烦恼的日常生活：从为开房票的奔波到住进筒子楼后发现硕鼠成群的惊恐，从公共厕所的清洁问题到宿舍经常停电停水的烦恼，从楼上楼下之间的矛盾到左邻右舍之间的较量，还有已婚者的重负和独身者的寂寞……一切都诉说着青年教师的烦恼人生，使人很自然会联想到池莉的《烦恼人生》、刘震云的《一地鸡毛》这些"新写实"小说的名篇。但那些《诗经》中的句子还是使这部长篇平添了一些古色古香和有趣的色调。例如《诗经》中的《伐柯》一诗原是写婚姻中媒人角色的重要性的，到了小说中却转而写戴菁在争取房间时用一条烟就打通了管理员的关节，而小鱼则因不懂"关系学"而进不了分给自己的房间，就写出了以烟为媒介的新意，耐人回味；《诗经》中的《伐檀》一诗原是表示劳动人民对统治者不劳而获生活不满的主题，到了小说中则用作描写民工在宿舍外施工，给青年教工的生活带来诸多不变的题目，也很有意趣；《诗经》中的《相鼠》一诗原是讽刺统治者的虚伪和无耻的，到了小说中则用来讽刺公共厕所因为男女不分而产生的尴尬；《诗经》中的《关雎》一诗原是歌颂男女之间的恋情的，到了小说中虽也是描写一对青年男女的爱情，却少了许多诗意，多了不少无奈……这样，作家就在古代的诗歌与现实的烦恼之间找到了千丝万缕的联系。这样的联系时而直接，时而则因为似有若无反而增添了不少趣味。

不知道麦琪写《日居月诸》是否借鉴了杨绛的《洗澡》。二者在引《诗经》作故事的导引方面如出一辙。而在老作家杨绛和青年作家麦琪讲述的故事中都可以看到《诗经》的影响，也足以表明《诗经》的魅力源远流长。

是的，有时仅仅是引了几句古诗作现代故事的引子，小说的意境和味道就不一样了。

三 "新生代"作家与《楚辞》

林白的小说与南方的"巫性"

林白是当代女性写作的代表作家之一。她的作品具有"某种神秘的或者巫性的东西",在她看来,这"可能是我们这种从南方边陲出来的人自身天然携带的。""我们南方老家那里确实是有一种巫气,很神秘的。"①林白是广西人。那里,也是楚文化的影响所及之处。②

例如长篇小说《一个人的战争》中对于故乡 B 镇的描写:"B 镇是一个与鬼最接近的地方,这一点,甚至可以在《辞海》里查到,查'鬼门关'的辞条,就有:鬼门关,在今广西北流县城东南 8 公里处。""出生在鬼门关的女孩,与生俱来就有许多关于鬼的奇思异想……"还有,"我天生对神秘的事物有浓重的兴趣":相信算命、缘分、鬼魂、神奇数字,而且,"容易接受暗示,一经暗示就受到强大的控制,把无变成有,把有变成无,把真正发生过的事忘得一干二净,把从未发生过的事情回忆得历历在目"。在这样的心态支配下,小说女主人公甚至渴望成为"女先知"。《青苔》中对于那个院落的描写:"农业局的院子使我感到不安……院子里弥漫着一种说不清的特殊的气味……栀子花白得很愣地在绿黑的树丛里隐隐发光,让人觉得有一张人脸就在那里。或者突然一阵风吹,满院子的树摇晃起来,真像藏匿着无数鬼魂,似乎一走动就会撞倒一个。"还有那些"闹鬼"的故事:"每隔几年就会轰动一次,先是有神秘的传说,接着就会有一个美丽而刚烈的女子在某处自尽,上吊或者投井……世世代代早夭的女子,被埋葬在黄麻地的尽头,在夜晚,磷火闪烁,飘忽不定,恰如女鬼们长袖飘舞。"小说第十一章"青苔与火车的叙事"中关于神秘女人的描写也充满神秘气息。还有中篇小说《回廊之椅》中对"放蛊"巫术的描写,《瓶中之水》里对于那间"奇怪的房子"的感觉描绘,《子弹穿过苹果》中对于"具有女巫特质"的蓼的刻画,都体现出浓厚的巫气。而作家本人在谈及自己的写作心态时也告诉读者:她常常是对镜而坐,从往事或一个幻想出发,开始写作的——一切"从幽暗的镜子中隐隐浮现,你从未见过的阳光,从你的前世散发出来……"③ 在那部"虚构的回忆录"《玻璃虫》中,她也坦言:"女巫……我很喜欢这个称号,我觉得她

---

① 《生命的激情来自于自由的灵魂——林白访谈录》,张钧:《小说的立场》,广西师范大学出版社 2002 年版,第 282 页。

② 萧兵就在《楚辞文化》中指出了楚文化"向湘西、湘南、川黔滇桂播迁"的轨迹,并认为"至今西南边疆民族还有许多与楚文化相似的因子"。(《楚辞文化》,中国社会科学出版社 1990 年版,第 119、168 页。)

③ 《室内的镜子》,《钟山》1993 年第 4 期。

不同凡响、先知先觉、诡秘飘忽"……这一切奇特的感受和思绪，都很容易使人联想到楚人崇巫的习俗。对于林白本人，这种"女巫"心态也许主要是一种奇特生命体验的表达与剖白，但这样的感觉却使她的作品富有了奇异的空灵感和想象力。林白的小说充满神秘感，也充满诗意，在当代女性文学中很有特色。同时，她作品中的神秘主义氛围又恰好成为相当一部分女作家和"新生代"作家中相当流行的神秘主义心态的集中体现。

是的，这是一股潮流：在相当一批女作家那里，我们都不难感受到与林白的"女巫"气质相通的精神素质。从陈染的小说《巫女与她的梦中之门》中的女主人公对单数的莫名其妙的热爱、对双数的同样莫名其妙的排斥，对因为恋父情结得不到满足而产生的渴望"世界末日"的疯狂情绪，到徐小斌的《双鱼星座》《迷幻花园》中弥漫的宿命氛围、《末日的阳光》中"女人们个个都会巫术"的神秘之笔，到竹林的长篇小说《女巫》对江南农村巫风的渲染（小说中对于那位女知青叶瑛扮山鬼、渴望成为"屈原笔下的山鬼"的描写令人难忘），都散发出浓郁的巫风。陈染、徐小斌一直生活在北方，竹林是上海人，她们虽然远离楚地，却仍然具有"女巫"气质。由此也可见楚风影响之深之广了。

是的，神秘主义正在世俗化、狂欢化的时代迅速流行。似乎是因为改革开放引入的西方非理性思潮唤醒了中国人对于本民族神秘主义文化传统的历史记忆，其实也不妨将当代作家笔下大量关于梦与幻想、直觉与感应、巫风与灵魂的描写看作民间根深蒂固的东方神秘主义信仰与风俗的自然结果——那些信仰与风俗不过只是由于政治的原因在一个比较长的历史时期受到了压抑而已，却没有也不可能从百姓的日常生活中消失。世事的无常，科学的局限，感觉的奇特，心理的暗示，都为神秘主义的信仰与风俗的存在与流行留下了不小的空间。这样，科学常识的普及就和神秘主义信仰与风俗的流行并存于当代人的生活中，成为当代文化的一大奇观。尤其是在"新生代"那里，来源于西方的"析梦"、"星座"与"血型"迷信是与来自本土的"占梦"、"算命"、"风水"习俗共处的。从这个角度去看林白小说中的"女巫"意识，并将这一意识与韩少功、陈应松对于楚文化神秘特质的强调联系到一起，就更能清晰地看出"楚风的复兴"是与当代神秘主义文化的复兴紧密相连的。

盛可以的小说与《楚辞》

作家李修文在评论盛可以的小说时写道:"在烟波浩淼的洞庭湖以南,必然会有一些巫气十足的所在,那是盛可以的故乡,她已经描述过那些阴郁的面孔和湿漉漉的街道。""楚人,尤其是湖南人,他们破冰船般的果敢,沉默的热情,以及丝毫不惧怕凄绝命运的决心,在盛可以的作品里尽展无疑。"[①] 盛可以的长篇小说《火宅》就弥漫着巫风的气息。

小说的"题记"这样写着:"从亡灵的隐秘深处/犹如从无比遥远的国度/时常隐隐约约地传来/凄凉的曲调和飘扬的回声/你不能将她遗忘/我不能将她遗忘。"小说讲述了一个少女的成长故事。懵懵懂懂的乡下少女在纷乱的生活中咀嚼了人生的五味。通过她恍兮惚兮的感觉,作家生动描绘出了球球的奇特感觉:"眼前的人一会儿变成猪狗之类的动物,一会儿又变成了鱼。有时觉得那些人都在玻璃缸里,有时又觉得自己在玻璃缸里。""她常常把梦和现实混淆了。"她在蒙受被遗弃的感觉是:"太阳里有火焰跳动,有枯枝噼里啪啦地燃烧并爆裂,将火焰冲散了,落下许多零碎的火花,火花如雪落街面,迅速熄灭了,或者是融入了麻石板里,麻石板像烙铁一样红,光脚的农民,脚板皮被灼烫得哑哑地响……她看见了,她被风翻来翻去。"她在算命老奶奶家的感觉也十分奇特:"耳朵捕捉黑暗中流动的声音。寂静的声音。老奶奶的气味,像蝙蝠飞行。竹椅冰凉浸骨。""球球,球球。讲故事的老奶奶这么喊着,喊着,声音忽然变成了'嗷嗷'的哼叫,还呼哧呼哧地喘气。白发黑衣的老奶奶,变成了一头花母猪,声音在球球耳边跳来跳去……最后花母猪呜呜咽咽地哭了起来。花母猪一哭,球球忽地变成了四岁的小孩,她也跟着哭……"在这些跳跃、变幻的描写中,体现出楚辞"周流观乎上下"的"流观"意识:"轻盈、婉转、流动而又不流于萎靡、软弱、柔媚","想象能自由地飞翔于天上地下"。[②]

另一方面,小说中贯穿全篇的主人公寻母的故事也催生了一系列的"天问":"那个故事,是梦境还是现实?老奶奶为什么要对她讲那么一个

---

① 《盛可以在她的时代里》,《火宅》,春风文艺出版社2003年版,第283页。
② 刘纲纪:《楚艺术美学五题》,《文艺研究》1990年第4期。

故事？许文艺这个名字，最初是不是从梦里得来？这个许文艺，这个县长，是不是故事里的许文艺？……心绪为什么被这个故事搅得乱七八糟？球球想半天，越想越不明白，她根本分不清楚，哪个是梦，哪个是现实。梦和现实已经混合，难分彼此。"这些"天问"既来自主人公的困惑体验，也烘托出神秘的氛围。

四 "新生代"诗人与魏晋文学

李亚伟、张枣与陶渊明

在当代诗人中，我也注意到了"莽汉派"诗人李亚伟与陶渊明的精神邂逅，在他那首《古代朋友》中："在烹调中相闻桃花源/姣好的浅唱把黑夜酿得酽酽的/陶渊明啊陶渊明我今晚没钱/今晚我的诗句在河边寻那渔人/想脱下破旧的想象换红烧鱼一二/……红烧鱼早就不是饮烈酒的下酒菜了老陶/……我的诗句正停在河边向着古代/哭泣啊。"在这首诗中，有向往，也有牢骚，还有感慨。诗人将自己渴望回到陶渊明的生活中又悲叹时过境迁的复杂心绪表达得令人思绪万千：在现代的浮躁之世，重返桃花源真的已成为一场不可能的梦想？李亚伟在酗酒方面也颇有阮籍之风。他曾经谈到自己十四岁时就喝醉过，在此后的二十多年时光里平均几天醉一次，"1986年左右……几乎是天天醉"的经历，对此，杨黎的感慨是："从酒开始，沿着酒之路喝下去，这难道不就是第三代人的宿命吗？"[①]

我还注意到诗人张枣也写过一首《桃花园》，那首开篇就是"哪儿我能够再找到你，唯独/不疼的园地"的愁思，就也点明了"桃源梦"难圆的现代焦虑。"良田，美池，通向欢庆的阡陌/他们仍在往返，伴随鸟语花香/他们不在眼前"，"日出而作，却从来未曾有过收获/因为从那些黄金丰澄的谷粒，我看出了/另一种空的东西"，在这样的烦恼与困惑中，诗人仍然期待着"那另一个/若即若离，比我更好的我"能"心中一亮，好比悠然见南山"。在焦虑与期待中彷徨，在桃源梦与现实之间徘徊，是许多当代人都有的人生体验。

---

① 见林舟《智慧与警觉——格非访谈录》，《花城》1996年第1期。

五 "新生代"作家与唐宋文学

格非的小说与李商隐

格非说过"我非常崇拜的李商隐"的话,[①] 还发表过一篇题为《锦瑟》的中篇小说。他对庄生梦蝶的寓言、李商隐的"无题"诗的理解更多侧重于李商隐与西方后现代主义世界观与人生哲学的神秘相通上。格非一贯偏爱表现世界如迷宫、时间混乱、人生充满偶然、偶然决定命运的哲理主题。在这方面,他深受阿根廷后现代主义作家博尔赫斯的影响。不过,他也努力在寻找着中国古典哲学与文学思想与西方后现代主义之间的通道。《锦瑟》就是一例。在这部时间混乱、人物身份混乱的作品里,庄生梦蝶的寓言、李商隐的"无题"诗所具有的神秘美意味被一个个恐怖的故事引入了幽暗的深处。主人公冯子存的身份变幻莫测,而他的所有厄运都与李商隐的《锦瑟》有关:无论是进京赶考遭遇那个奇怪的试题《锦瑟》,还是在夜读《锦瑟》时感叹"李商隐的这首诗中包含了一个可怕的寓言,在它的深处,存在着一个令人无法进入的虚空",或者是在临刑前想起庄生梦蝶的寓言,在"梦中之梦"中因"沧海珠明月有泪"而莫名其妙地产生了不祥之兆的感觉,格非都有意消解了庄生梦蝶的寓言和李商隐的"无题"诗固有的神秘美,而将其改写出恐怖、虚无的意味来。这是一种具有"后现代"意味的颠覆与改写。这种改写虽然与原作相去太远,但这种努力还是显示了格非从中国古典文学中汲取创作灵感,寻找中国古典文学的神秘感与西方"后现代"思维的神秘感的神似的玄远意义。是的,在李商隐的神秘感伤与后现代主义关于世界神秘、人生虚无的感叹之间,固然有审美风格方面的巨大差异,但在精神层面上,其实相去并不遥远。

[①] 见杨黎《灿烂》,青海人民出版社 2004 年版,第 237—239 页。

六 "新生代"作家与明代文学

慕容雪村的小说与张岱

慕容雪村擅长描写当代青年充满狂欢与迷惘的纵欲生活。在一篇题为《便是胡闹也成书》中，他谈到了自己喜欢读《笑林广记》《世说新语》《夜航船》之类"轻松愉快的书"的感受。其中，明末作家张岱的《夜航船》特别受到作家的青睐："说它有趣，主要是因为它的没心没肺。这本书包罗万象，从天说到地，从物说到人，没有逻辑，没有主题，就像雪夜煮茶，与二三知己围炉闲谈，只管慢慢说来，不愿听了就走开，不想说了就闭嘴，一切都发生在不经意间。""《夜航船》这样没心没肺的书，适合以没心没肺的态度来读，但细细品味，其中也有苦辣酸甜"，而且，"始终都充满智慧"。《夜航船》中的故事"充满了人生的哲理，读后你会感觉冥冥中一直有一只手在操纵着世界，但那些美好真挚的情感，永远都让我们感动"。① 慕容雪村的长篇小说《成都，今夜请将我遗忘》不正好就具有这样五味俱全的特色吗？那是一个白领在玩世不恭的潮流中身不由己地纵欲狂欢的故事，是在狂欢中体会到空虚仍然欲罢不能的非理性生活记录。然而，这样的故事与王朔笔下那些充满调侃意味的"痞子"故事和卫慧笔下那些充满疯狂激情的"小资"故事不尽相同之处正在于：慕容雪村写出了命运的惩罚，写出了主人公在受到命运的报复，最终付出了夫妻离异的代价、落得一无所有之时的痛悔，从而在一定程度上点化出了警世的意义。从渲染狂欢之趣到寄托警世之思，这不也正是许多中国古代世态小说的主题发展脉络吗？

上述作家继承古典文学的成绩或改写经典作品的尝试，显示了"新生代"作家超越模仿西方文学的积极心态。他们在研究、揣摩古典文学方面的有关心得与现代以来许多作家、诗人、评论家的有关论述常常不谋而合，显示着古典文学生命力的长久和后来人在继承、发扬传统文化方面不断创新的广阔空间，也显示着文心的永恒，代代相传。这实在是文化的奇迹。

---

① 《遗忘在光阴之外》，时代文艺出版社2002年版，第228—229、232、231页。

附录2

在当代文学与古典文学之间探索

一

我一直对当代文学与古典文学乃至古典文化之间的关系这个题目有浓厚的兴趣。这一方面是因为在读书的过程中,我常常与这方面的材料邂逅;另一方面大概还有这样的潜意识在影响着我的思考:我的小学和中学时代,是在"文化大革命"中度过的。那个空话充斥、狂热肆虐、文化蒙难的年代使我们那一代人从一开始就没有受到起码的传统文化和古典文学的教育。尽管如此,我们仍然凭着文化的本能,在冥冥中一次次接近了古典文学——从那些幸免于焚书之火的《唐诗一百首》和《三国演义》连环画,到因为毛泽东的号召而迅速普及的《红楼梦》《水浒传》,还有在"评法批儒"运动中出版的那些古典文学书籍(例如《法家诗选》《王安石诗文选注》等等)。这样的接近甚至使我一度产生过"填词"的爱好,与几个好友分享着赠、答之乐。虽然,那时我们只是出于好奇和求知的渴望,可谁又能否认我们这些人研究中国文学与中国文化的学术兴趣不是在那冥冥的接近中呢?我相信,我们的学术兴趣是与我们的生命体验紧密相连的。

"文化大革命"结束以后,我们走进了大学的校门,一面如饥似渴地读外国文学名著,并模仿着从事文学创作,一面自觉地补习古典文学的课,在每天的英语早读以后,我都背上一两首唐诗宋词。没有任何人指定任务,全凭兴趣,全凭"把被'四人帮'耽误的时间夺回来"的真诚心声。

但一直要到在阅读西方现代派作品中因为那中间弥漫着的绝望情绪、阴暗色调感觉到心理上的不舒服,一直要到文学界的"寻根"运动为我打开了一扇满目葱茏的窗口,我才将学术研究的注意力集中到了"当代文学与传统文化"的题目上。春去秋来,年复一年。我渐渐发表了总题为《当代小说与中国文化》的系列文章,① 出版了《当代文学与地域文化》的专著,并正在从事国家社会科学基金项目《新生代文学与传统文化》的研究。而现在这部《当代文学与古典文学》的书稿,也是一年多来的心血之作。从各个角度切入"当代文学与传统文化"的课题,从中发现文化传统生生不息又不断出新的神奇,发现传统对后人的强大影响以及后人对传统的新阐释,的确是一件乐事。

其实,早在20世纪20年代,鲁迅先生就以《魏晋风度及文章与药及酒之关系》表明了他与魏晋风度的精神联系;胡适以《白话文学史》揭示了"一切新文学的来源都在民间"的定律;② 后来,周作人也以《中国新文学的源流》证明了新文学运动与古代"言志派"传统的精神承传;……到了当代,许多学人(如季红真、陈平原、杨义、李庆西、胡河清等等)也以各自的论述进一步证明了新文学运动与传统文学之间的丰富联系。我从上述著述中获益匪浅,同时,也想在他们研究的基础上开拓新的园地。

二

在读书的过程中,当我发现不同年龄,有着不同经历的作家、诗人、剧作家和评论家在谈及自己喜爱的文学经典时,常常会不约而同地谈到同一部古典作品,但他们从同一部古典作品中又收获了不同的灵感与智慧之时,我找到了这样的角度:以经典为轴心,将喜欢该经典的作家、作品或思潮串联起来,通过作家的创作谈及其作品中显示的相关主题、内容,观察同一经典对当代文学产生的丰富多彩的影响,从而在揭示"古典文学对当代文学的影响"的同时也感悟文学的某些玄机:在不同的作家喜欢同一部经典,结果却又颇不一样的现象中,折射出"影响的裂变"、"个性化的接受"这样一些有趣的话题。在这些话题的深处,不是闪烁着经

---

① 连载于《文艺评论》1990年第2期—1991年第2期。
② 《白话文学史》,岳麓书社1986年影印本,第19页。

典可以常说常新的光芒吗？而当我注意到当代作家对经典的研读与理解常常体现出某种"综合性"时——不仅仅是对于不同时期文学经典的兼收并蓄，而且是对于中、外文学经典的兼容并包，我也就发现了今人在"综合"中超越古人影响的可能性。

另一方面，打破"小说评论"、"诗歌评论"、"戏剧评论"和"评论的评论"之间的壁垒，围绕着"经典的影响"这个核心，去展示在不同的文体园地里耕耘的作家、诗人、剧作家、评论家们相似的文学爱好、相通的文心，也可以算作一种"跨文体评论"吧。这样的评论足以昭示这样的文学真谛：文学的时代精神，文学的生动活力，常常是超越了文体的畛域的。而我们是可以在超越文体的局限同时追求更大气的"跨文体评论"的。

由这样的思考，就产生了相应的评论文体：不再拘泥于结构理论的框架，而是以"笔记体"去表现文学现象的丰富多彩、不拘一格。而这，不也是中国古典文论的一个传统吗？那些诗话、那些印象点评，是最自由、最具有文学性的评论文体。虽缺乏理论的严谨，却自有活泼的品格。（而文学的生命力不常常在于活泼——自由中吗？）我甚至觉得，当太多的理论已经使相当一部分文学评论失去了应有的活力时，重新从"笔记体"中发现评论的生命力，也许就很有必要了。实际上，钱钟书的《谈艺录》《管锥编》已经成为"笔记体"评论的当代经典，就足以表明这一文体的不可替代。这样，从"古典文论"中"寻根"，就成了值得一做的尝试，尤其是在西方理论话语已经在相当的规模上主宰了当代文学评论的时候。

三

当然，一切才刚刚开始。关于古典文学与当代文学之间的联系，有太多的角度可以切入，有太多的话题有待展开。

一　当代人与古典文学的种种缘分

与"五四"那一代人比起来，经历过"文化大革命"的一代人（当过"红卫兵"和"知识青年"的一代人）的知识结构显然要单一、肤浅很多。除了那个年代里流行的马列著作、毛泽东著作和鲁迅著作、雷锋故事，他们可读的书十分有限。不仅如此，从"文化大革命"之初的"破'四旧'"、"焚书"运动到"文化大革命"后期的"评法批儒"运动，不断开展的大批判一次又一次地将他们的头脑清洗得十分"纯洁"，使他们对一切"封建主义"、"资本主义"、"修正主义"的文化都保持了高度的警惕性。尽管如此，仍然有不少人在自学的道路上、在"地下读书"的活动中与传统文化悄然邂逅。舒婷不就是由老祖母在晚上讲故事的过程中对《西游记》《三国演义》《聊斋故事》熟悉到"滚瓜烂熟"程度的吗？她不是由朋友们的推荐而"有意识地读了一些古典作品"，并发现自己"最喜欢的是李清照和秦观的词，还有散文"的吗？①

贾平凹不就是在还看不懂《红楼梦》的年纪就觉得看得"很有味道"了吗？② 阿城不就是在下乡期间读了禅宗、庄子的书和《金瓶梅》的吗？③ ……这，就是古典文学的魅力吧，它的优美、典雅、感伤、狂放是那些政治著作所无法替代的。它在人们的精神生活中已经占有了根深蒂固的位置，以至于政治的高压、焚书的烈焰也难以将它斩草除根。它神奇地散布在我们日常生活的各个角落里，以至于不必刻意搜求，就可以常常在普通人家的床头、案头与它不期而遇。

不，不仅如此。当毛泽东的古体诗词在"文化大革命"中空前普及时，就在无意间保留了一扇了解古典诗词的窗口；当"评法批儒"运动带动了一批古典文史书籍的回归时，就在无意间促成了古典文学的重返当代生活；当毛泽东号召读《红楼梦》、批《水浒》时，他也就在无意间打开了重印古典文学经典的大门。历史就是这样在阴差阳错中曲折前行的。毛泽东是著名的革命家，以激烈的"反传统"姿态而闻名于世；可他同时又是一个深受古典文史传统影响，有着深厚的古典文史学养的诗人和思想家。他何曾想到：他著作中的古典文化知识会成为革命青年们窥探古典文学殿堂的一条曲径？而他在延安时期对文艺民族化、大众化的提倡，在"十七年"间提倡要在中国古典诗歌和民歌的基础上发展新诗的设想，不也为古典文学的影响延伸作出了积极的贡献吗？

---

① 《生活、书籍与诗》，《心烟》，上海文艺出版社 1988 年版，第 145、149 页。
② 《读书示小妹十八生日书》，《贾平凹散文自选集》，漓江出版社 1987 年版，第 563 页。
③ 王明逸：《生活经历和心理经历——访钟阿城》，《中国青年》1985 年第 8 期。

传统就这样无孔不入。古典文学的活水就这样滋养了在"文化大革命"的荒漠中跋涉的人们。

因此,尽管这一代人在自学中接受的古典文学知识只能是支离破碎的,他们对古典文学的天然亲和仍然昭示了古典文学的强大生命力——它注定会在"文化大革命"这样的浩劫中顽强地生存下来,像凤凰那样在火中重生!

二 "文化寻根":新时期文学的一个主题,也是现代世界文学的一个重要主题

到了思想解放的新时期,对传统文化的深刻反思又是与对传统文化的浪漫追寻相伴而行的。一方面,几代思想家(从黎澍、李泽厚、金观涛到刘小枫)都将批判的矛头指向了封建专制主义的传统,同时热烈地呼唤着启蒙精神的回归;另一方面,另一些思想家、作家(从梁漱溟、冯友兰这样的"新儒家"到宗白华、高尔泰、萧兵这样光大中国古典美学传统的美学家和孙犁、汪曾祺这样对古典文学情有独钟的老作家)则从中国古典文化中寻找着民族的自尊、不朽的传统。就像"五四"时期曾经有过的一幕那样,虽然"反传统"的声势浩大,但仍有一批思想家、文化人勇敢作了传统文化的守护者。"文化寻根"的思潮因此而在20世纪80年代高涨起来。值得特别一提的,是文学界的"寻根派"中,有好几位都有过当"知青"的经历——韩少功、李杭育、阿城、郑义、王安忆。他们都是因为"文化大革命"而失去了学习文化的大好时光,又几乎都是在思想解放的疾风暴雨中开始了控诉"文化大革命"、反思历史的文学创作,稍后又都是在1985年前后开始了"文化寻根"的事业。他们的事业上承沈从文、汪曾祺,下启苏童(他的"枫杨树故乡"系列小说)、余华(他的《活着》《许三观卖血记》那样重新认识"国民性"的作品)、毕飞宇(他的《叙事》《楚水》那样的"家世小说")这些"新生代"作家。我们很容易在这三代作家的相关创作中发现一条清晰的精神线索:重新认识传统文化,重新发现民魂,重新估量民族的生命力与适应力。他们没有像延安过来的作家们那样将"民族"、"大众"理想化。在他们的创作中,或敢于暴露民族文化的痼疾(如《爸爸爸》《叙事》),或真切揭示民族文化的混沌性(如《小鲍庄》《马桥词典》),或从新的

角度理解"国民性"的必要与合理（如《活着》《许三观卖血记》），当然，也自然有泣血的颂歌为民族的苦难与伟大做证（如《棋王》《老井》）……而在他们谈论自己的知识背景时也常常会在坦言自己喜欢的外国作家的同时，不忘表达学习我们民族的古典文学经典的体会。韩少功对《楚辞》《老子》《庄子》、禅宗智慧的叹服，[1] 李杭育对《楚辞》《老子》《庄子》和"神话传统"（"从《山海经》开始，志怪、传奇、神魔小说一直不绝如缕，直到清代还有《聊斋》这样的大作品问世"）的浓厚兴趣，[2] 阿城对"《易经》的空间结构及其表达的语言，超出我们目前对时空的了解"的认识，[3] 郑义对"作为民族文化之最丰厚积淀之一的孔孟之道"的肯定，[4] 苏童对《红楼梦》、"三言"、"二拍"语言的喜欢，[5] 毕飞宇对《水浒》的反复研读[6]……都足以显示一种时代精神：从古典文学经典中汲取灵感与智慧，使自己的文学创作获得古典文化的支撑，从而在对于西方文学和古典文学的融会贯通中有所创造，有所超越。这样的精神，正是"五四"以来新文学运动中许多优秀作家在冥冥中共同书写的基本主题。这样的精神，不也是 20 世纪许多民族的文学家、思想家在经历西方文化冲击中不约而同遵从的圭臬吗？从印度的泰戈尔、日本的川端康成、苏联的艾特玛托夫、美国的阿历克斯·哈利、墨西哥的奥·帕斯、哥伦比亚的加西亚·马尔克斯到中国的沈从文……都是各自民族"文化寻根"思潮的代表人物。由此可见，"文化寻根"是现代人的一种精神需要。在这精神的需要中，体现了人类文化多元共存、彼此互补的历史意志。而当代中国作家们纷纷在自由的探索中对古代文化精神、古典文学经典作出了各有千秋的理解和阐释，并将这些理解成功地融入自己的创作中时，他们也就为古代文化精神和古典文学经典的常说常新，为那贯通古今的中华文学之魂的重放异彩，作出了应有的贡献。

---

[1] 见林伟平《文学和人格——访作家韩少功》（《上海文学》1986 年第 11 期）；韩少功《答美洲〈华侨日报〉记者问》（《钟山》1987 年第 5 期）。
[2] 见李杭育《理一理我们的"根"》（《作家》1985 年第 9 期）；李庆西、李杭育：《小说的哗变：现象学的叙事态度》（《上海文学》1988 年第 5 期）。
[3] 见《文化制约着人类》（《文艺报》1985 年 7 月 6 日）。
[4] 见《跨越文化断裂带》（《文艺报》1985 年 7 月 13 日）。
[5] 林舟：《永远的寻找——苏童访谈录》，《花城》1996 年第 1 期。
[6] 姜广平、毕飞宇：《毕飞宇访谈录》，《青衣》，长江文艺出版社 2001 年版，第 395 页。

三 发现中国古典文学的人类意义

另一方面，当我们注意到当代作家对古典文学的重新发现是与他们努力在外国文学和中国古典文学遗产之间找到某些相通之处的尝试结合在一起时，我们又不难发现中国古典文学中蕴含的"人类性"。汪曾祺就谈到过："我觉得归有光是和现代创作方法最能相通，最有现代味儿的一个中国古代作家。我认为他的观察生活和表现生活的方法很有点像契诃夫。我曾说归有光是中国的契诃夫"；① 王蒙就认为：西方的"意识流"手法强调联想，这就与中国古典文学传统中的"兴"一脉相通了。他因此认为，李商隐的无题诗，在写感觉的意义上，与西方"意识流"手法没什么区别；② 莫言在谈及读福克纳小说的体会时说："我觉得他的书就像我的故乡那些脾气古怪的老农的絮絮叨叨一样亲切……"③ 他还受到马尔克斯和蒲松龄的启发，注意到"文学中应该有人类知识所永远不能理解的另一种生活，这生活由若干不可思议的现象构成"，并因此而写出了一些"具有神秘色彩的小说"；④（贾平凹也说过："看福克纳的作品，总令我想到我老家的山林、河道……有一种对应关系。"⑤）马原曾经自道："信庄子和爱因斯坦先生共有的那个相对论认识论。"⑥ 他还说过："我喜欢简单的、明确的事物，喜欢《圣经·旧约》那种讲故事方式，《庄子》也是我最爱读的故事。这类故事的一个共同特点是充满弹性。"⑦ ……将这些别具慧识的议论与外国作家们发现中国古典文学与西方智慧的相通或互补联系到一起，我们就会对人类文心的悠然相通产生无比的震惊与感动！（例如罗曼·罗兰在读了《陶潜诗选》后惊讶地发现了陶渊明诗歌"和那最古典的地中海——特别是拉丁——诗的真确的血统关系"⑧；又如博尔赫

---

① 《谈风格》，《塔上随笔》，群众出版社1993年版，第115页。
② 《关于"意识流"的通信》，《王蒙文集》第7卷，华艺出版社1993年版，第71—73页。
③ 《福克纳大叔，你好吗?》，《什么气味最美好》，南海出版公司2002年版，第213页。
④ 《好谈鬼怪神魔》，《作家》1993年第8期。
⑤ 贾平凹、张英：《地域文化与创作：继承和创新》，《作家》1996年第7期。
⑥ 《马原写自传》，《作家》1986年第10期。
⑦ 许振强、马原：《关于〈冈底斯的诱惑〉的对话》，《当代作家评论》1985年第5期。
⑧ 梁宗岱：《忆罗曼罗兰》，见《诗与真·诗与真二集》，外国文学出版社1984年版，第213页。

斯的崇尚玄学,"崇拜休谟、叔本华、庄子……"① 还有尤金·奥尼尔对老庄神秘主义的兴趣。他说过:"老庄神秘主义比任何别的东方思想更能引起我的兴趣。"② 更有布莱希特对墨子的推崇、③ 庞德对《论语》的"深为叹服"④。他们两位从中国戏剧和中国古典诗歌中汲取了丰富的创作灵感,也早已为人熟知)同时,在这些颇具作家个人创意的读书心得中,我们也可以明显感受到中国古典文学和哲学所具有的不可思议的开放性和与世界文学智慧对话的丰富可能性,感受到中国作家的深刻民族意识——在走向世界的同时牢记祖先的文化遗产,从而保持必要的民族品格。那是从小耳濡目染、长大后血肉相连的民族文化影响的必然结果。

特别令人感动的还在于:在兼收并蓄了外国文学和中国古典文学丰富影响的同时,有的中国作家还能进一步思考这样的问题——怎样发扬中国古典文学独有的某些优势,以抵消外国文学中的某些负面影响?例如王蒙就在借鉴西方"意识流"手法时提醒自己:"我当然不能接受和照搬那种病态的、变态的、神秘的或者是孤独的心理状态","我们的'意识流'不是一种叫人们逃避现实走向内心的意识流,而是一种叫人们既面向客观世界也面向主观世界,既爱生活也爱人的心灵的健康而又充实的自我感觉"。⑤ 因为王蒙相信:"孔夫子时代已经奠定的中国式的'乐而不淫,怨而不怒,哀而不伤'的诗意、诗美、诗教确实是一种理想的力量,美善的力量,健康的因素","真正的艺术(有时还包括学术)是具备一种'免疫力'的,它带来忧愁也带来慰安与超脱,它带来热烈也带来清明与矜持,它带来冷峻也带来宽解与慈和……"⑥ 以中国古典的诗教去化解西方"意识流"作品的晦涩、阴暗、枝蔓,王蒙的"意识流"小说因此而

---

① [墨西哥] 奥·帕斯:《弓手、箭和靶子——论博尔赫斯》,《世界文学》1989 年第 1 期。
② [美] 詹姆斯·罗宾森:《尤金·奥尼尔和东方思想》,辽宁教育出版社 1997 年版,第 24 页。
③ 吕龙霈:《布莱希特与中国古典哲学》,《读书》1983 年第 8 期。
④ [美] Spence(史景迁):《文化类同与文化利用》,北京大学出版社 1990 年版,第 109 页。
⑤ 《关于"意识流"的通信》,《王蒙文集》第 7 卷,华艺出版社 1993 年版,第 71—74 页。
⑥ 《雨在义山》,《王蒙文集》第 8 卷,华艺出版社 1993 年版,第 359—360 页。关于文学可以"调节情感、意志和理性之间的冲突和张力,消解内心生活的障碍,维持身与心、个人与社会之间的健康均衡关系,培育和滋养健全完满的人性"的有关思考,参见叶舒宪主编《文学与治疗》一书(社会科学文献出版社 1999 年版)。

富于诗情画意、民族风格。贾平凹一方面在福克纳与沈从文之间发现了"一种对应关系",① 另一方面在追求文学的民族风格方面,他也一再探索"如何在形式上不以西方人的那种透视办法去搞结构主义而运用中国画的散点透视法来"表现"自己民族文化的裂变",并且"有意识"在写作中"修我的性和练我的笔",② 他的宏愿是:"在整个民族振兴之时振兴民族文学",③ 从而写出了《浮躁》《废都》《怀念狼》那样具有浓郁的现实感与民族文化底蕴的作品。高行健在"自觉地去找寻东方现代戏剧的新路子"方面也发现东方传统戏剧独有的魅力:"回到传统戏曲的那个光光的舞台上去。当西方的当代戏剧去追求剧场里的强烈的真实感的时候,我想要追求的却是一种全能的表演达到的一种精神境界。"④ 他因此而创作出了具有禅宗智慧的"现代禅剧"(如《八月雪》《生死界》《对话与反诘》等等)。⑤

中国哲学,中国文学,中国艺术,都具有与西方哲学、西方文学、西方艺术迥然不同的风采。中国智慧的空灵、玄远、圆融、神秘,是中华民族对于世界文化的巨大贡献。中国智慧一方面追求完美人生,一方面也能正视人生的缺憾;一方面有进取、救世的热情,一方面也有退隐、逍遥的准备;既向往"刚柔兼济"的境界,又立足于"以柔克刚"的基础;既"明于礼义"又能"知人心";可以"温柔敦厚",也可以"叱咤风云";可以"载道",也可以"言志"……因此而上下求索,因此而达到"万物皆备于我"的高远境界,正是中华民族自强不息精神的具体体现。当西方现代文明引发的精神危机、生存危机已经成为普遍的问题时,中国智慧就再次放射出了夺目的光芒;当西方文学中的荒诞意识、苦闷感已经严重影响了人们的心态健康时,中国文学中乐观、旷达的气质正可以治疗人们的精神疾患。事实上,许多西方文学家已经或正在从中国智慧中汲取创新的灵感。在这个世界文化大交流、大融合的年代里,中国智慧注定会大放异彩。

当然,中国文化也有自己的致命弱点。偏执的政治功利性、迂腐的伦

---

① 贾平凹、张英:《地域文化与创作:继承和创新》,《作家》1996 年第 7 期。
② 《浮躁·序言之二》,《收获》1987 年第 1 期。
③ 《变革声浪中的思索》,《十月》1984 年第 6 期。
④ 《京华夜谈》,《对一种现代戏剧的追求》,中国戏剧出版社 1988 年版,第 156、212 页。
⑤ 赵毅衡:《建立一种现代禅剧》,《今日先锋》(7),天津社会科学出版社 1999 年版。

理说教性、盲目的随波逐流、怪诞的多神崇拜、不可思议的党同伐异……这一切都妨碍了中国文化的前进步伐，给中国文化发展史投上了一片浓浓的阴影。有思想、有使命感的作家，是应该在发扬民族文化智慧的同时努力避免那阴影的。尽管如此，在当前这个社会转型、中国经济和中国政治改革都渐渐与西方接轨的年代里，在这个西方文化对中国文化的影响已经达到了十分普遍和深刻的程度的时期，有志气的思想家、文学家是应该在积极探索当代文学与古典文学的融合方面有所作为的。

中国文学应该为世界文学作出较大的贡献。

四 在综合中融会古典文学的影响，有所创造

古典文学给予后人的影响是十分深刻的。然而，这并不意味着后来者在面对经典时只能发出"高山仰止"的浩叹。事实上，即使在古代，优秀的文人也是常常在继承中寻求着创新之路的。而这条路常常就在对前人已有成就的兼收并蓄上。兼收并蓄，就孕育着文化的新质。正像龚自珍在《最录太白集》中写道的那样："庄、屈实二，不可以并，并之以为心，自白始；儒、仙、侠实三，不可以合，合之以为气，又自白始也。"[①] 亦如钱穆指出的那样："中国人好求通。"[②] 古今相通、中外相通、文史相通、儒道释相通，一切都存乎一心。一切也因此而变化无穷。

于是，我们才可能看到这样的文学景观：汪曾祺将学习《世说新语》《梦溪笔谈》《容斋随笔》的心得融为一体，并将那心得与鲁迅的《故乡》和《社戏》、废名的《竹林的故事》、萧红的《呼兰河传》、沈从文的《长河》，以及屠格涅夫、契诃夫、都德那些散文化的小说再融合在一处，从而创造出了当代散文化的小说的一批精品[③]。王蒙喜欢李商隐的忧伤而不颓唐，李白、苏东坡的洒脱，白居易的华美而干净，也喜欢鲁迅《野草》中的《秋夜》《雪》那样富有想象力的篇章，并将这一切融入了他的"意识流"小说创作中，从而写出了具有"诗情词意"风格的"意

---

① 转引自游国恩、王起、萧涤非、季镇淮、费振刚主编《中国文学史》（二），人民文学出版社1963年版，第64页。
② 《现代中国学术论衡》，岳麓书社1986年版，第231页。
③ 参见《晚饭花集·自序》（人民文学出版社1985年版）；《小说的散文化》（收入《塔上随笔》，群众出版社1993年版）。

识流"小说。① 贾平凹从陶渊明、司马迁、韩愈、白居易、苏轼、柳宗元、曹雪芹、蒲松龄风格各异的创作中发现了"一脉相承"之处,那便是"反映的自然、社会、人生、心灵的空与灵",②将这样的体会与学习鲁迅、废名、沈从文的心得,接受泰戈尔、川端康成、海明威、福克纳的影响再融化在一起,③他的"商州世界"因此古朴又空灵。无论是《商州三录》那样的"笔记体",还是《废都》那样的"当代《金瓶梅》",或是《瘪家沟》《龙卷风》那样的"志怪体",他都写得左右逢源,成为当代在古典文体的试验方面取得了最丰硕成果的作家。顾城说过:"我喜欢古诗……喜欢屈原、李白、李贺、李煜,喜欢《庄子》的气度、《三国》的恢弘无情、《红楼梦》中恍若隔世的泪水人生。""那风始终吹着——在萧萧落木中,在我的呼吸里,那横贯先秦、西汉、魏晋、唐宋的万里诗风;那风始终吹着,我常常变换位置来感知他们。"④ 他那多变的诗风显然与他吸纳"万里诗风"的胸怀有关——《生命幻想曲》的瑰丽、《一代人》的奇崛、《感觉》的清新、《永别了,墓地》的感伤……不一而足。红柯既崇拜李白,又喜欢"三言二拍"、《金瓶梅》和关汉卿的作品,就因为他相信"小说是放纵的野性的"。⑤ 他因此写下了《美丽奴羊》《库兰》《跃马天山》那样充满浪漫野性、异域风情的作品。就这样,作家们依照自己的趣味、爱好,依照自己的感觉、理解,将不同年代、不同风格的古典文学养分水乳交融在了一起,并将其与新文学的传统、与外国文学的相关影响,连同自己的生命体验再融化成一体,他们因此而超越了对于古典文学的简单继承,并进而写出了既得古典遗风,又有个性特色的作品。

由此看来,兼收并蓄、综合吸纳,就成为在继承中超越模仿、有所创造的重要前提。无论是在继承古典文学遗产方面,还是在接受外国文学影

---

① 参见《诗情词意》《旧体诗的魅力》《关于"意识流"的通信》(均见《王蒙文集》第7卷,华艺出版社1993年版);《雨在义山》(见《王蒙文集》第8卷,同上)等文。
② 《变革声浪中的思索》,《十月》1984年第6期。
③ 参见《读书示小妹十八生日书》(《贾平凹散文自选集》,漓江出版社1987年版);《关于小说创作的答问》(《坐佛》,太白文艺出版社1994年版)。
④ 《诗话录》,《黑眼睛》,人民文学出版社1986年版,第205页。
⑤ 参见《李白:天才之境》(见邱华栋、洪烛主编《一代人的文学偶像》,中国文联出版公司2002年版);《真正的民间精神》(见林建法、徐连源主编《中国当代作家面面观·寻找文学的魂灵》,春风文艺出版社2003年版)。

响方面，兼收并蓄、综合吸纳都是当代作家有所超越、有所创造的必由之路。

中国新文学避免跟在前人的后面亦步亦趋的希望，正在于此。

(原载《江汉论坛》2007年第1期)

附录 3

当代小说中的"鞋"
——当代文学的意象研究之一

"鞋者谐也"·鞋与性

中国人崇尚"和谐"。这一心态也体现了对于"鞋"的文化隐喻中。在《管锥编》第二册中,就有"鞋者谐也"条,引述了唐传奇和唐诗中有关"鞋者谐也"的记载,指出此为"唐人俗语"。① 既然"鞋者谐也,夫妇再合",鞋也就有了性的意味。叶舒宪就在《高唐神女与维纳斯》一书中引述了古典小说和民歌中关于"鞋"作为乱伦、偷情的象征的材料,证明"从原型批评的视野上看,鞋在中国古代文学中以其特有的性象征意义而占据着引人注目的地位"。"鞋与性的隐喻关联也同暗示性行为场所的'床笫之间'密切相关。发现某人的鞋在床下,这自然喻示着某种非婚的两性关系,这是鞋喻原型在古典叙事文学中常见的表现手法。"② 在中国,"破鞋"作为水性杨花、放荡堕落、道德败坏的女人的代名词,也十分流行。有趣的是,按照弗洛伊德的论述,在西方,"鞋和拖鞋则有女生殖器的意味"。③ 英国心理学家霭理士也在《性心理学》中指出:"在少数而也并不太少的男子中间,女人的足部与鞋子依然是最值得留恋的东西,而在若干有病态心理的人的眼光里,指导留恋的不是女人本身而是她的足部或鞋子,甚至于可以说女子不过是足或鞋的一个无足重轻的附

---

① 中华书局 1979 年版,第 679—680 页。
② 中国社会科学出版社 1997 年版,第 558、560 页。
③ 《精神分析引论》,商务印书馆 1984 年版,第 118 页。

属品罢了。"① 潘光旦在对该书的译注中也引证了不少中国古代小说、诗歌中的足恋、履恋现象。② 彭卫在《另一个世界——中国历史上的变态行为考察》一书中也述及了中国古代的恋履癖。③ 如此说来,以鞋喻性,已经成为人类的一种文化象征。

从这样的角度来看当代小说,我们会注意到:"鞋"作为一种文化象征,在当代作家笔下也呈现出十分丰富的意义——时而印证着上述人类文化学的研究成果,时而又突破了有关的论述,从而拓展了我们对于"鞋"这个意象的认识。

冯骥才的《三寸金莲》:文化批判的证明

在1984—1988年间,在"寻根"的浪潮中,冯骥才发表了系列小说《怪世奇谈》:《神鞭》《三寸金莲》和《阴阳八卦》,旨在寻找"中国文化心理的问题"。其中,《三寸金莲》就意在"表现当时妇女这种缠放、放缠的自我束缚"。④ 小说通过一个女性幼时被迫裹脚,后来的所有不幸都因此而生的故事,从容刻画了裹脚的历史与风俗(小说开篇有一句话:"人说,小脚里头,藏着一部中国历史";小说中也引述了有关小脚的史料),男人欣赏裹脚的病态心理与种种讲究,女人在"缠放缠放缠放缠"的"瞎胡闹"中挣扎的可怜与可叹。有趣的是,尽管作家的本意是批判,但小说中以天津方言讲故事的有趣口吻仍然给全篇平添了许多幽默色彩。这样,就在有意无意中冲淡了批判的主旨,从而使《三寸金莲》的批判意义较之韩少功的《爸爸爸》《女女女》那样弥漫着悲凉之雾的批判呈现出不同的色调。

裹脚是道鬼门关,可"受苦一时,好看一世"的说法却能化"苦"为"乐";裹脚有许多的讲究(有"七字法"为证:灵、瘦、弯、小、软、正、香),于是也就有了许多"说不清道不明"的把戏(如小说中关

---

① [英]蔼理士:《性心理学》,潘光旦译,生活·读书·新知三联书店1987年版,第206页。
② 同上书,第266—267页。
③ 陕西人民教育出版社1993年版,第44—45页。
④ 《冯骥才谈民俗系列小说创作》,《文学报》1989年12月21日。

于赛脚大会前在鞋内做假的手脚），有了精明人在真假之间折腾的空间；因为"莲癖"有相当的市场，于是就有了穷家小女因小脚出众而顿时身价百倍的奇事；此外，小说中对佟忍安恋足成痴、众"莲痴"以鞋为杯传酒尽兴的描写也写尽了"莲痴"的无聊与荒唐；小说最后写小足被时代淘汰、被"天足"打败，也传达出"落花流水春去也"的虚无意味。这样，小说就通过《三寸金莲》写出了传统畸形文化、变态人生的难以理喻，荒诞莫名。

刘庆邦的《鞋》和红柯的《靴子》：柔情的证明

1997年，刘庆邦发表了短篇小说《鞋》。小说通过一个村姑为没见过面的对象做鞋写出了中国农村相当流行的一种风俗。小说中写道：

> 这似乎是一个仪式，也是一个关口，人家男方不光通过你献上的鞋来检验你女红的优劣，还要从鞋上揣测你的态度，看看你对人家有多深的情义。画人难画手，穿戴上鞋最难做……给未婚夫的第一双鞋，必须由未婚妻亲手来做，任何人不得代替，一针一线都不能动。让别人代做是犯忌的，它暗示着对男人的不贞，对今后日子的预兆是不吉祥的。为这第一双鞋，难坏当地多少女儿家啊！

在这样的描写中，虽然也有性的意味（例如做鞋与"贞洁"之间的联系），但更多的，似乎是"责任"。女主人公在做鞋上的万千思绪，也曲折折射出村姑的复杂心态："俗话说大脚走四方，不知这个人能不能走四方。她想让他走四方，又不想让他走四方。要是他四处乱走，剩下她一个人可怎么办。""待嫁的姑娘不怕笨，就怕婆家有个巧手姐……她说什么也不能让婆家姐姐挑出毛病来。""她想入非非，老是产生错觉，觉得捧着的不是鞋，而是那个人的脚。她把'脚'摸来摸去，揉来揉去，还把'脚'贴在脸上，心里赞叹：这'脚'是我的，这'脚'真不错啊！既然得到了那个人的'脚'，就等于得到了那个人的整个身体。"……在这样的描写中，作家传神地写出了村姑的淳朴、可爱和对爱情的渴望。

在小说的"后记"中，作家告诉读者：此篇其实是一篇伤怀之作。作家年轻时的对象曾为作家精心做了一双鞋。可后来，作家进城以后，觉得那鞋太土，回家探亲时，就将鞋退给了那个对象。这样当然伤害了那个村姑的心。"我辜负了她，一辈子都对不起她。"一双鞋，就这么牵出了一个动人的故事，而在那故事的深处，则是无限感伤的情怀。

红柯以擅长写西域的浪漫故事而知名。他发表于1998年的短篇小说《靴子》，也是通过一个戈壁女孩面对一个醉酒男人的靴子产生的紊乱心绪，写出了新疆的风俗："天山南北，有家有室的男人都是让女人脱靴子。""她听那些结婚的女人说：脱了马靴的男人更像男人。"她为那客人脱了靴，又把那脏兮兮的靴子洗刷得干干净净。于是，小说中有了这么一段有趣的描写——

  骑手总是在草原深处，在鲜花盛开的地方，不由自主地滚下马鞍，一手牵马，迈步向前。在草原丰美的大腿的根部，马靴一下又一下，马靴那么结实那么有劲儿那么棒，马靴每动一下，草原和骑手都要发出惊天动地的喘息和粗重的呼吸。骑手和骏马跟着靴子，穿过牧草穿过花丛穿过草原之花最有生命气息的蕊部，一下子出现在辽远的地平线上……骑手呜咽，骏马呜咽，在他们的呜咽与歌声里，靴子不再是靴子，是他们与草原共创的一个新生命。骑手抱着自己的脚，骑手感到脚才是男人的一切，男人的灵魂和智慧在他伟岸的躯体上打个结，把他与大地绾在一起。

  ……靴子成了大地的神物……骑手向靴子膜拜、靴筒里装着一个高贵的灵魂。

在上面的描写中，明显具有性意味。不过，在此，性的隐喻充满了诗意，浪漫的诗意。这诗意属于草原，坦然而又充满力量。这诗意当然不同于刘庆邦笔下的诗意。在刘庆邦笔下，吹拂着的，是中原女孩的温柔心情；而在红柯这里，则涌动着西域少女的浪漫想象。

就这样，一双男人的靴子使一个女人充满了感动和爱的渴望。

这里，需要特别指出的，是从20世纪80年代的"寻根派"李杭育到20世纪90年代的红柯，都对中原文化进行了激烈的批判。在李杭育看来，"纯粹中国的传统，骨子里是反艺术的"。"重实际而黜玄想的传统，与艺术的境界相去甚远。""中原文化便是中国文化之规范。"他因此而赞美吴越文化的传统:"幽默、风骚、游戏鬼神和性意识的开放、坦荡",因此而认为:"我们民族文化的精华,更多地保留在中原规范之外。"① 红柯也在赞美西域新疆的浪漫风情,"大美、戈壁之美、群山之美、大漠之美"的同时,常常不忘针砭中原文化的"内向腼腆"、"工于心计"。他认为:"生命力、生命意志这种终极大美,这种创世精神是西域最本质的东西,也是中原文化所缺少的。"② 他欣赏唐人的强悍,认为许多唐人投身边塞是因为"中原大地无法容纳他们强悍的生命力"。中原人缺乏血性。只有"胡羯之地的精悍之血"才能"滋养""诗人的任侠与狂傲"。③ 诸如此类的批判当然言之成理。然而,无数展现中原人顽强生命力和道德美的作品,仍然显示了中原文化不容贬低的精魂——例如李準的《黄河东流去》、郑义的《老井》、阿城的《棋王》对坚韧民魂的讴歌;又如莫言的《红高粱》对百姓火热生命力的礼赞;还有贾平凹的《天狗》、苗长水的《冬天与夏天的区别》、刘玉堂的《温柔之乡》对淳朴民风的赞美⋯⋯中原民魂的瑰丽,又岂是"礼教"、"理学"能概括得了的?何况"礼教"、"理学"也不完全是僵化、猥琐的同义语。

刘庆邦的《鞋》也因此而别具深长的韵味。它与红柯的《靴子》风格迥异但各有千秋。

苏童的《回力牌球鞋》与朱文颖的《高跟鞋》:时尚的证明

鞋,具有性的意味。

鞋,又不仅仅具有性的意味。

不同的时代,流行不同的鞋。于是,鞋也就自然有了流行时尚的象征的意味。

例如苏童的短篇小说《回力牌球鞋》,就追忆了一段由一双回力牌球

---

① 李杭育:《理一理我们的"根"》,《作家》1985年第9期。
② 李敬泽、红柯:《群山草原和大漠的神性之美》,《跃马天山》,长江文艺出版社2001年版,第391—398页。
③ 《李白:天才之境》,邱华栋、洪烛主编:《一代人的文学偶像》,中国文联出公司2002年版,第25、29页。

鞋引发的悲剧:"那双白色的回力牌球鞋在一九七四年曾经吸引了几乎每一个香椿树街少年的目光。"只有经历过那个时代的人才知道回力牌球鞋曾经是20世纪70年代青年的时尚。在物质匮乏、文化单调的年代,也自有特别的时尚(例如"文化大革命"中的军装、武装带、毛主席像章和回力牌球鞋)。不过,小说中交代:"这种鞋很少见,不是谁都能买到的。"小说中的陶因为叔叔从外地给他带回来一双回力牌球鞋而兴奋无比,到处炫耀。他的朋友则因此而受到刺激,变得沮丧。一双鞋,使得友情破裂。同时,这双鞋也成了大家觊觎的目标,并最终引起了一场误会,一场血案。此后,"不管走到哪里,陶总是喜欢观察别人的脚,观察别人脚上穿的鞋子"。在这场悲剧中,鞋与性没什么关系。那双回力牌球鞋成了特殊年代里欲望与匮乏、炫耀与嫉妒尖锐冲突的证明。

朱文颖的长篇小说《高跟鞋》以"高跟鞋"作为流行时尚的象征,可谓十分准确。高跟鞋是女性的鞋。小说开篇就写出了高跟鞋的女性意味:"高跟鞋总是一种兴高采烈的东西",而"大多数女人都是物质的动物"。小说提请读者注意:那些生活在社会下层、成天为生计所累的中年妇女是"从来不穿高跟鞋的"。但那个过着富足生活的"时髦姨妈"则因为穿了一双"非常古老而经典"的高跟鞋而显得"高贵","每个细节都是经得起推敲的,都是极为精致的"。还有像王小蕊、安弟这样的小资女性也常常穿着高跟鞋在繁华的大街上追逐着现代生活,捕捉着享乐的机遇。这样,"高跟鞋"就成了时髦、消费、情调的集中体现。新时代的小资们是上海滩上的"彻底现实主义者"。她们在浮躁与享乐的浪潮中载沉载浮,她们在爱情和性的游戏中寻找着刺激,也体验着被欺骗、被改变的滋味。一切都琐细而平庸但在这琐细和平庸中,时代在飞速发展中发生了剧烈的变化。人们的命运和观念也发生了飞速的变化。《高跟鞋》写出了这时代的某些本质特点。在这部小说中,高跟鞋与性也没有多少直接的联系。它是时尚、身份的证明。高跟鞋在当今女性中的普及,正如回力牌球鞋在"文革"中的稀少一样。

韩少功的《鞋癖》:历史心理的证明

韩少功是"寻根文学"的代表作家。他一直在寻找着楚魂遗风。

1991年发表的短篇小说《鞋癖》是他在20世纪90年代继续"寻根"的成果。小说通过母亲热心做鞋，总是催儿女们买鞋的怪癖的描写，引出了一个"天问"："妈妈的鞋癖到底是怎么来的？"小说中交代，在《澧州史录》中，记载了一段悲惨的历史：清朝乾嘉年间，澧州土民一齐发癫，披头散发，狂奔乱跑；男女裸舞三日，皆自称皇上、皇亲，是为"乡癫"。朝廷派兵剿办，断"癫匪"六百余人双足。"我十分想知道，断足的男人中，是否有一个或几个就是我的祖先？而母亲奇特的鞋癖，是否循着某种遗传，就来自几百年前那些大刀砍下来的人脚？"这当然是无法证明的猜想。而作家的意思则在揭示"人真是最说不清楚的"。是的，有无数的人生之谜，历史之谜，是人类的实证研究永远也解释不清的无解之谜。作家只能猜想：母亲的鞋癖，也许由于"乡民断足太多，鞋稀而贵，便对鞋子产生了一种特殊心理"，由此形成了这样的风俗——

> 以前家乡人送礼，不送酒不送钱，就最喜爱送鞋的……那时候到某家去，只要看床下鞋子的多寡，便可辨别这户人家家底的厚薄。收媳妇嫁女，新娘子最要紧的本事就是会做鞋。给死人送葬，很重要的一项仪式就是多烧些纸鞋让亡灵满意。连咒人也离不开鞋，比如"你祖宗八代没鞋穿的"之类。这种嗜鞋习俗确实有些特别。

这也是历史。是与癫狂、杀戮联系在一起的历史；是不大为人熟知的地方历史；是在血痕被时光冲淡以后已经积淀在了民俗中的变形的历史。而这一页历史，也集中体现在了非理性的"鞋癖"中。有多少习俗、多少怪癖、多少集体无意识就是这样形成的呢？

这也是历史。是非理性的历史；是由偶然事变和莫测心理变化交织而成的历史。又有多少习俗、多少怪癖、多少集体无意识因为没有得到类似的关注与研究而湮没在了滚滚红尘中呢？

我一直觉得：优秀的文学作品，经典的文学意象，常常具有超越理论的意义。理论对作品的分析，理论对意想的阐释常常受到了理论框架的束缚。从这个意义上完全可以说，歌德的名言"理论是灰色的，生命之树常青"在此也完全适用，只需把"生命"二字改成"文学"就可。而注重对那些常见的文学意象的研究，注意开掘那些文学意象的丰富人生与文化意义，也就自然具有了还原文学世界的丰富性、超越文学理论的理念性的意义。文学的意象研究，因此而自成一格。

（原载《襄樊学院学报》2004年第6期；后为中国人民大学报刊复印资料《中国现代、当代文学研究》2005年第3期全文转载）

附录 4

新生代文学与酒

——当代文学的意象研究之二

酒与中国文化

在中国传统文化中,在中国人的日常生活中,酒具有相当重要的地位。酒常常用来助兴,也常常用来浇愁;酒是交友的重要媒介,也是公关的常用武器;酒是文人灵感的催化剂,也是市民笑话的不竭源泉;酒与无数英雄的传说联系在一起,也与许多罪恶密切相关。因此,通过对中国作家文学作品中关于酒的意象的分析进而探讨酒在中国文化和中国文化人人生观中的丰富意义,就自然成了一个饶有兴味的话题。当年,鲁迅先生不就在《魏晋风度及文章与药及酒之关系》一文中对酒与魏晋文人心态进行过相当精彩的分析吗?

中国文化重理性,讲礼仪。但另一方面,中国人被理性、礼仪压抑的生命热情、非理性冲动又常常会忍不住喷发出来。而酒就常常充当了中国人宣泄苦闷或狂欢的媒介。于是,酒与诗歌、酒与文章就结下了不解之缘。从《诗经》中的《既醉》到《楚辞》中的"奠桂酒兮椒江"(《九歌》)、"华酌既陈,有琼浆些"(《招魂》),从曹操的名句"对酒当歌,人生几何?……何以解忧,唯有杜康"(《短歌行》)到陶渊明的《饮酒》二十首,从李白的《将进酒》《月下独酌》四首到杜甫的《醉时歌》,从苏东坡的"明月几时有,把酒问青天"到辛弃疾的"醉里挑灯看剑"……多少豪情、多少忧愤、多少欢乐、多少感伤,都与酒紧紧联系在一起。酒,因此成为民族性的一个证明:谁说中国人就只有温柔敦厚的品格？想想那些借酒浇愁、以酒助兴的士大夫，想想那些花天酒地的权贵，想想那些揭竿而起的义军，再想想"无酒不成席"的俗语，就知道中国人其实也是有着率性而活的酒神精神的。平时温柔敦厚，谦和处世；关键时刻却挥洒真情，敢歌敢哭。这，便是中国人性格的二重性。

新生代诗人与酒

在新生代诗人的生活和创作中，酒已经成为一个常见的主题。随着生活水平的改善，人们喝酒的机会增加了。随着喝酒机会的增加，人们的酒量也见长了。处于青春期的人们，更是常常放开了胆子喝酒，同时，写下了与古代诗人写酒很不一样的诗篇。

请看海子的嗜酒。出生于1964年的诗人海子在青年诗歌爱好者中间享有崇高的地位。他的《面朝大海，春暖花开》不仅入选当代中学语文课本，而且广被传诵。可就在他写完此篇两个月以后，就以卧轨自杀的方式结束了自己的生命。他的死也成为当代诗歌史上的一个事件。有评论家认为："海子的自杀昭示了个体生命存在的悲凉意味。""就海子自身而言，他又未尝不是幸运的。既然死亡为生存提供了'最极端和最不确定'的黑色的背景，那么，唯有自杀才是同死亡宿命的主动的抗争。因而海子之死，也许意味着永恒的解脱，同时更意味着诗人形象的最后完成。"[①]这样的说法固然是对死者的理解与咏叹，却不能代替对诗人紊乱心态的洞悉与批评。事实上，酗酒便是直接导致诗人之死的原因之一。

海子写过这样的诗句："两万只酒杯从你诞生／万物的疾病从你诞生"，"那是花朵那是头颅做成的酒杯／酒杯在草原上轻轻碰撞／盛满酒精的头颅空空荡荡"，"疾病中的酒精／是一对黑眼睛"，"我要抱着你／坐在酒杯中"（《酒杯，情诗一束》）。还有："你的泪水为我洗去尘土和孤独"，"酒杯，你这石头的少女，你这石头的牢房，石头的伞"（《酒杯》）。这些颇有些怪异的诗句显然表达了诗人在醉酒状态中产生的幻觉。再看他写俄罗斯诗人叶赛宁的作品——他在组诗《诗人叶赛宁》中专门写了《酗酒之一》《酗酒之二》《醉卧故乡》等诗，其中有这样的句子：

---

① 吴晓东、谢凌岚：《诗人之死》，《文学评论》1989年第4期。

"坐在酒馆／像坐在一滴酒中／坐在一滴水中／坐在一滴血中。""我醉了／我是醉了／我称山为兄弟、水为姐妹、树林是情人／我有夜难眠,有花难戴／满腹话儿无处说／只有碰破头颅。"在这些写于1986年和1987年的句子中,明显传达出了海子对叶赛宁的命运的认同(叶赛宁就死于自杀)。海子还写过一组《不幸——给荷尔德林》,开篇便是《病中的酒》,表达了对"纯洁诗人、疾病诗人"、"不幸的诗人"的同情,对诗歌的绝望:"诗歌黑暗诗人盲目。"就这样,酒的意象在他的生活中、诗歌里不断出现。在海子那里,诗歌与酒已经融为一体了:酒催生诗的灵感;诗也因酒的作用而呈现出疯狂的风格。他还有过这样的体验:"故乡的夜晚醉倒在地",诗人也"醉倒在地,头举着王冠／举着故乡晕眩的屋顶／或者星空,醉倒在大地上!／大地,你先我而醉／你阴郁的面容先我而醉／我要扶住你／大地!"(《醉卧故乡》)由此可见,诗人常常醉酒。

关于海子的死,他的好友骆一禾写道:"他说他生前有吐血迹象、幻听及思维混乱、头痛征兆。故他会感到这对他的宏大构思的创作是致命的。我和西川认为他是为诗而死的诗歌烈士。""另外他后来喝酒太凶,已近于酗酒,这在他要赈济家庭、生活清贫的情况下是很伤身体的。"[①]他的另一位好友西川也在《死亡后记》中告诉读者:"海子是一个有自杀情结的人……我们从海子的大量诗作中(如发表于1989年第一、二期《十月》上的《太阳·诗剧》和他至今未发表过的长诗《太阳·断头篇》等),也可以找到海子自杀的精神线索……我想海子是在死亡意象、死亡幻象、死亡话题中沉浸太深了,这一切对海子形成了一种巨大的暗示。"[②]据苇岸的回忆:海子的房间里有一堆空酒瓶。"他每日大量饮酒,须发绕脸一周。他告诉我,前几天在城里餐馆喝酒,与同桌发生争执,对方的拳头打碎了他的眼镜,他的脸上留下了血痕。伤反而使他感觉舒畅一些,他仿佛从某种极端状态中得到了解脱。"因为常常醉酒,有时在醉酒时说了许多与女友有关的事情,"醒后大为懊悔。他觉得这是对女友的最大伤害,非常对不起她,特别是讲给了那些他平日极为鄙视的人听,罪不容恕",从此"发誓从今以后永不再喝酒"。而这时离他弃世已经没几天时

[①] 《骆一禾致万夏》(1989年4月15日),引自杨黎《灿烂》,青海人民出版社2004年版,第17—18页。

[②] 《死亡后记》,《诗探索》1994年第3期。

间了。"依据海子留在校内的遗书中说他出现了思维混乱、头痛、幻听、耳鸣等征兆,伴有间或的吐血和肺烂了的幻觉",可以看出诗人在生命最后的时刻是非常痛苦的。[1]

慕容雪村也在《想起海子》一文中披露了一些鲜为人知的情况:"海子死前给家人留下一封遗书,说有人要害他,要家人帮他复仇。"如果情况属实,这一情况是可能与上面骆一禾关于"幻听及思维混乱、头痛征兆"的说法相参的。此外,还有这样一些说法:"据称海子爱上了自己的学生。""据说海子临终前神经出了问题。"[2] ……联系到这些回忆与介绍,我们不难感受到海子极度苦闷的灵魂,感受到他"借酒浇愁愁更愁"的颓唐与绝望。因此,他的自杀才格外令人同情、格外令人痛惜。

因此,我觉得海子的死对于容易被青春期苦闷纠结的青年也是一个提醒:酗酒足以戕害生命!

在20世纪80年代的"新潮诗歌"中,写酒的作品十分常见。例如四川"莽汉派"的代表人物李亚伟就在《硬汉们》中写道:"我们这些不安的瓶装烧酒/这群狂奔的高脚杯","我们去繁华的大街/去和大街一起匍匐着、吼着/狼似的朝向酒馆",就生动写出了酒徒的疯狂。他的名篇《中文系》也记录了大学同学虽贫仍热衷喝酒的趣事:万夏"和女朋友一起拍卖完旧衣服后/脑袋常吱吱吱地发出喝酒的信号";杨洋"精辟地认为大学/就是酒店"。李亚伟从十四岁开始喝酒,经常喝醉。据他自己说:"1986年左右,那一段几乎是天天醉。"并且说:"我要写好诗,我就肯定专门弄点酒来喝。""我那个《硬汉们》就是那样写的,一瓶酒就是喝完写完。"[3] 而万夏也在一组题为《给 C. Summer 的五首诗》中写下了"用酒泼掉一代人的革命"的句子。[4] 又如"海上诗群"的成员默默也写过一首《共醉共醒》,宣泄"把屁股撅向世界"的情绪;"圆明园诗群"的成员黑大春写了一首《每天每一醉》,喊出了"我要骑着白酒那飘飘的仙鹤,/去到彻夜通明的北斗酒楼狂喝"的心声;黑龙江诗人宋词的《人参酒》表达了"使尽浑身解数/注定要在瓶内淹死"的冲动;北京

---

[1] 见《诗人是世界之光》《怀念海子》等文,收入《大地上的事情》,中国对外翻译出版公司1995年版,第125、139、141页。

[2] 《想起海子》,《遗忘在光阴之外》,时代文艺出版社2002年版,第233—236页。

[3] 杨黎:《灿烂》,第237—239页。

[4] 上述诗歌见唐晓渡选编《灯心绒幸福的舞蹈》,北京师范大学出版社1992年版。

诗人老彪的《醉歌》记录了"豪饮"的体验；内蒙古诗人蓝冰的《空酒壶》里盛着这样的渴望："空酒壶多想不空　仔细地／斟酌时间！"①

"70后"女诗人尹丽川也是"下半身"诗派的代表人物。她写过一首《花天酒地》——

> 我的男人在花天酒地后
> 成了我的男人；情人也大多如此
> 每一场花天酒地，都不想回家
> 让我的皮肤粗糙，好久没见过早晨
> 深夜是谁和我爱过一次
> 中午我实在想不起来
> 下午我立誓做个良家妇女
> 晚上我更加花天酒地
> 反正总得回家，我真的不是
> 故意勾引你。我早就打定了主意

在这里，酗酒与性开放是紧密相连的。此外，她还写过《呕吐的男人》，描绘一个男人在呕吐、大家满意地围观的场景；在《中式RAP》中，还有"把酒杯坐穿"的呓语。

另一位"下半身"诗人沈浩波也多次描绘过人们纵酒狂欢的场面："呵，这是我大学四年即将终结的时候，宿舍里还横七竖八地躺着六个兄弟，／昨天我们还在一处喝酒歌唱，过不了几日便将各自为前程奔忙"（《雨中抒情》）酗酒是出于感伤；而那个疯狂的音乐会现场则是当代娱乐界的一个常见场景："台下是黑压压的尖叫着的人群／他们的啤酒倒在桌子上／精液般流淌"（《现场》）；那个酒吧中的场景也在当代酒吧中颇有典型性："红灯挂满屋檐／酒吧里坐着／目光迷离的女人／啤酒从口腔灌下／一直湿到阴阜。"（《后海》）还有"晚上喝啤酒／三百杯后／见人才不再是人"、直到"一切都被搞恶心了／因为纵欲和疲倦"的体验（《福州、福州》）；还有"从早上开始／躺在茶楼里／舒服啊／一群人喝酒／

---

① 上述诗歌见徐敬亚、孟浪、曹长青、吕贵品编《中国现代主义诗群大观（1986—1988）》，同济大学出版社1988年版。

喝完了再喝／酒量变得特别大"的经历(《成都行》),以及"谁配与我对饮／使我烂醉如泥"的狂叫(《饮酒诗》)……沈浩波把酗酒与苦闷、疯狂的体验表达得淋漓尽致。

"非非派"诗人杨黎曾经写道:"从酒开始,沿着酒之路喝下去,这难道不是第三代人的宿命吗?"①

还有一位诗风粗野的诗人伊沙则在《喝高的女人》《像老人那样喝酒》《妻在酒吧》《酒·鬼》等诗中记录了生活的四个片段:一个女人喝高了,吐得一塌糊涂;两个少年"坐在马路牙子上喝酒／喝的是老酒／就的是蚕豆";还有妻子在酒吧饮酒的"无限优雅",以及几个酒鬼在听了诗人对酒的批判以后"都陷入／可爱的沉思"的场景,都相当生动地写出了世人喝酒的众生相。现代化进程在改善了人们生活水平的同时也理所当然促成了酒风的盛行。多少人因为酗酒而失态?多少人因为醉酒而误事?又有多少人因为贪酒毁了自己的一生?

诗人与酒有不解之缘。但值得注意的是,虽然"朦胧诗人"也有过饮酒的体验,但他们却很少写酒、写醉态。也许,这与那个时代的生活贫乏有关?据张郎郎回忆,当年在他们的"太阳纵队"聚会中,也"玩秘密写诗、画画、游戏,喝酒。没有钱,只能喝廉价酒。下酒菜往往是咸菜,或生拌大白菜"②。北岛写过一篇散文《饮酒记》,其中就回忆了自己在"文革"中醉酒的经历:"飘飘欲仙,豪情万丈。我猜想,所谓革命者的激情正基于这种沉醉,欲摆脱尘世的猥琐生命的局限,为一个伟大的目标而献身。"这样的解释别具一格。需要革命者的回忆录佐证。后来,诗人"漂泊海外,酒成了我最忠实的朋友,它安慰你,向你许愿,告诉你没过不了的关"。③借酒浇愁,但不酗酒。诗人多多也因为抽烟酗酒而几乎毁掉了自己的健康,还葬送了友情。④尽管如此,他们还是很少写酒。相比之下,"后朦胧诗人"大写特写酒,写酗酒的体验,就格外引人注目了。古人喝酒写诗,常有飘逸之气;"后朦胧诗人"的写诗,就明显

---

① 杨黎:《灿烂》,中华工商联合出版社2014年版,第237页。
② 《"太阳纵队"传说及其他》,廖亦武主编:《沉沦的圣殿》,新疆青少年出版社1999年版,第45页。
③ 《失败之书》,汕头大学出版社2004年版,第174—175页。
④ 周舵:《当年最好的朋友》,廖亦武主编:《沉沦的圣殿》,新疆青少年出版社1999年版,第213页。

多了些市井酒徒的放纵躁气。个中意味,耐人寻思,也令人担忧。

新生代作家与酒

酒吧是现代时尚的标志之一。有学者指出:"酒吧正是新人类上演欲望戏剧的经典场景。""酒吧不仅成为了70年代出生的年轻人生活方式的组成部分,而且也成为了新人类作家的主要写作对象。"[①]

因此,酒吧自然就成了新生代作家作品中常见的生活场景。就像卫慧在《蝴蝶的尖叫》中写的那样:"所有的酒吧都能在城市的最阴暗的一隅,呈现出一派歌舞升平的肥皂剧气氛。"而酗酒也就成了新生代作家笔下常见的生活景观。

在棉棉的小说《啦啦啦》中的男女主人公"都具有那种惹是生非的气质",并常常在酒和毒品中寻欢作乐。在女主人公的体验中,"酒最大的作用是可以令我放松让我温暖。我开始寄情于酒精。我的酒量越来越大,我几乎从不会喝醉了,我还研究出几种不会让人闻出我酒鬼气味的配方"。但另一方面,"酒精已开始令我有生理反应。我有时也会为酗酒而内疚,同时又操心下一次何时再喝。酒精给我一种伙伴的感觉……每天我从睡醒后开始喝起,酗酒的生活让我变得越来越沉默寡言"。她困惑:"我不明白为什么我们的生活注定会失去控制。"有时他们"终于下决心摆脱已经严重影响我们自由和健康的毒品和酒精",可结果还是欲罢不能。《啦啦啦》就这样写出了醉生梦死的"新人类"在狂欢中自戕的变态生活。酒在这里,已经全无豪情,而只是散发出堕落的颓废气息。

卫慧的《上海宝贝》也常常写到女主人公在酒吧的体验:"酒会越喝越多,沙发越坐越陷下去,经常可以嗅到麻醉的味道。不时有人喝着喝着就头一歪靠在沙发上睡着了,然后醒过来再喝,再睡一会儿……总而言之,这其实是一个非常危险的温柔乡,一个人想暂时丢失一些自我的时候就会坐车来这儿。""酒精真是个好东西,温暖你的胃,驱除你血液中的冷寂,无处不在地陪伴着你。"她常常在醉醺醺的状态中体验性放纵的

---

① 包亚明、王宏图、朱生坚等:《上海酒吧——空间、消费与想象》,江苏人民出版社2001年版,第65、142页。

快感。

缪永的《爱情组合》写深圳的白领青年在酒吧中勾引女人，以此为乐。因为"都市人需要灯红酒绿的慰藉，需要虚情假意的爱抚"。他们都"越来越身不由己"。

尹丽川的小说《偷情》记录了女主人公多次醉酒直至后来困惑："我怎么连醉都不会醉了，只是喝得手脚冰凉"的奇异体验。渴望醉生梦死的心态也跃然纸上。

慕容雪村的长篇小说《成都，今夜请将我遗忘》也弥漫了酒气：主人公的大学时代，是在"酒、麻将或者泪痕"中"一闪即过"的；参加工作以后，常常在花天酒地中沉浮，一边恣意狂欢，一边在醉醺醺中自问："这就是我们曾经热烈盼望过的未来生活？"在寻欢作乐中，他毁掉了爱情和家庭；在醉生梦死中，他感受到"在繁华背后，这城市正在慢慢腐烂"。

明知酗酒对身体有害也欲罢不能；明知醉生梦死就是堕落却乐此不疲。这，是相当一部分青年人自甘沉沦心态的真切写照。而且，在他们的笔下，酒已经全无诗意，而只是自我麻醉的媒介；在他们的生活中，酒也不再与豪情相连，而是狂欢的重要伴侣。

现代化必然带来生活方式的丰富多彩，带来生活质量的提高。而伴随着这一切的，就一定是纵欲？

时代在巨变中。

中国人对酒的爱好没有变，也不会变。

当那么多的诗人和作家已经写出了无数讴歌酒的诗篇时，当那么多的作家也不断发现了酒的复杂意义时，后来的诗人和作家如何写出新的境界，就成了一个具有挑战性的话题。且看他们怎样去应战的吧！

附录 5

新生代文学中的"血"
——当代文学的意象研究之三

在读当代文学作品时,常常会与"血"的意象相遇。是因为近代以来的中国历史就是一部血写的历史的原因,才使得当代作家在描绘历史中常常会有意无意地渲染血的氛围?还是因为在久远的古代,"血流漂杵"的恐怖记忆就深深融入了中华民族的集体无意识,以至于中国历代政权的更迭史一直充满了血腥的气息,一直到"文化大革命"那样的"内战"也血光四溅?中国文化的词汇中有许多与"血"紧密相连的成语——从"呕心沥血"、"满腔热血"、"热血男儿"、"歃血为盟"、"血脉相连"、"血浓于水"、"血亲复仇"、"血海深仇"、"浴血奋战"、"碧血丹心"、"甘洒热血"、"血肉丰满"、"杜鹃啼血"到"刺刀见红"、"一针见血"……是否也与我们这个民族有太多痛苦与感人的血泪记忆有关?甚至在我们的国歌中,不是也有这样震撼人心的强音吗:"用我们的血肉筑起我们新的长城!"那是抗日战争期间一个民族发出的悲壮怒吼;那也是在和平年代里仍然不断提醒人们不要忘记血写的历史的旋律!甚至在我们当年加入少先队接受的关于红旗的教育中,不是也有这样的生动句子吗,"红旗是革命先烈的鲜血染红的。红领巾是红旗的一角……"而小说《红旗谱》《红日》《红岩》,回忆录《红旗飘飘》,戏剧《红灯记》《红色娘子军》《红嫂》《洪湖赤卫队》……这样一些深深影响了两代人的革命文艺作品,不是也都证明了革命与热血的紧密联系吗?从这个意义上看,"文化大革命"的"红海洋"(无论是红旗汇成的狂欢的"红海洋",还是武斗死难者的鲜血汇成的苦难的"红海洋")在一定程度上也可以说是"十七年"革命理想主义与英雄主义教育的必然产物吧。

那么,"血"意象在当代文学作品中的大量涌现又具有怎样的文学与文化意义?如果说,在参与过"文化大革命"的作家那里,郑义的《枫》、顾城的《永别了,墓地》、老鬼的《血色黄昏》、都梁的《血色浪漫》、邓贤的《中国知青终结》等作品是浪漫青春、革命激情与牺牲悲剧的集中体现,那么,到了新时期,当革命已成往事、世俗化浪潮高涨、当代人的人生观、价值观已经发生了翻天覆地的变化时,更年轻的一代作家在书写自己的血色记忆时,会表达出怎样的人生感悟?

新时期作家在冲破了"阶级斗争"的思想牢笼以后,回归了人道主义的传统。对人性的探讨成为许多作家的自觉追求。这样的探讨最终导向了神秘主义,因为人性实在是个深不可测的话题。

20世纪80年代,日本电视剧《血疑》在中国的风靡一时更开启了从血型、血缘的角度追问人性与命运的思路。当代人已经习惯从血型、血缘的角度去猜想人生之谜了。"新生代"作家在这方面的探索因此引人注目。

苏童:对血气的感悟

苏童是20世纪60年代出生的作家。这一代人普遍具有相当浓厚的神秘主义倾向。他们一方面相信算命、预感、求神、拜佛之类传统民间迷信;另一方面对"血型与性格"之类来自海外的神秘学说也笃信不移。这股神秘主义的思潮一方面是现代社会人们在变化万千的生活中感到惶惑、企图把握自己命运的心态显现;另一方面对于探讨人性的神秘也具有一定的意义。从这个角度看,不妨将苏童小说中对神秘血气、血缘的点化看作新生代作家走近神秘主义思潮的证明。而苏童的上述猜想也的确开阔了读者探讨人性的思路。

苏童在他的中篇小说《1934年的逃亡》开篇,就有主人公"我想探究我的血流之源"的主题。祖父陈宝年是地主,祖母蒋氏是长工,将他们联系在一起的,是陈宝年的性欲。而蒋氏生下的孩子也继承了陈宝年的残酷暴虐,使她"顿时联想到人的种气掺满了恶行,有如日月运转衔接自然"。而小说中描写陈宝年进城靠经营竹器发迹时,也点化了事业与血缘的神秘联系:"我只是想到了枫杨树人血液中竹的因子。"此外,小说中还有关于地主陈文治有一白玉瓷罐，专采少男少女的精血作绝药的描写，也进一步渲染了小说的神秘意味。到了中篇小说《罂粟之家》中，苏童更描写了恣意纵欲的地主刘老侠"血气旺极而乱，血乱没有好子孙"，结果几个后代都是畸形儿。"传宗接代跟种田打粮不一样。你把心血全花在上面，不一定有好收成……人的血气不会天长地久，就像地主老刘家，世代单传的好血气到沉草一代就杂了，杂了就败了，这是遗传的规律。"这样的议论表达了作家对神秘血气与家族命运的思考。中国从来就有"君子之泽，五世而斩"、"富不过三代"等说法，昭示着宿命的难以抗拒。而苏童的《罂粟之家》则将这宿命论与血气之思联系在了一起：难道血气真的也有盛衰的节律？如果答案是肯定的，那么，那节律形成的原因是什么？除了与纵欲有关（纵欲足以戕害生命）以外，还有没有别的原因？那些显赫一时的大家族会很快败落，那些名不见经传的小家族经过几代人的奋斗终于成为赫赫有名的豪门，除了政治谋略、军事实力、经济原因以外，有没有血气方面的因素？……谁能回答这样的问题？

人的命运与血气的神秘有关。这是苏童在探索人性之谜方面得出的结论。

另一方面，苏童的"文化大革命"记忆也不同于参与过"文化大革命"的那一代人。在他一系列追忆"文化大革命"的作品中，都记录了在"文化大革命"主流的边缘，那些懵懵懂懂的孩子浮躁又无所寄托的残酷青春。他有一部小说集《少年血》，就是残酷青春回忆的真切写照。其中，《刺青时代》就记录了少年帮派之间一场"大规模的血殴"，"疯了，那帮孩子都疯了，他们拼红了眼睛，谁也不怕死。他们说听见了尖刀刺进皮肉的类似水泡翻滚的声音，他们还听见那群发疯的少年几乎都有着流行的滑稽的绰号，诸如汤司令、松井、座山雕、王连举、鼻涕、黑X、一撮毛、杀胚。那帮孩子真的发疯了，几个目击者摇着头，举起手夸张地比画了一下，拿着刀子你捅我，我劈你的，血珠子差点就溅到我们砖窑上了"。一拨斗殴者被一网打尽后，另一拨又在那里歃血结盟了。《回力牌球鞋》也讲述了少年之间为了一双球鞋而发生的"血祸"。《午后故事》还记录了一场少年之间的打斗与凶杀，少年血"是紫红紫红的，又黏又稠，颜色异常鲜艳"。这些关于少年斗殴的故事与王朔在《动物凶猛》中关于少年斗殴的描写一起，写出了"文化大革命"中的社会的另一道伤痕：不是为了"保卫毛主席的革命路线"而武斗，而是为了少年懵懂、无知、争强好胜的血性而斗殴。少年之间绵绵不绝的斗殴在今天也常常发生。这样的斗殴是人性恶的证明。

余华：血腥故事与民族性之思

余华也曾经是"文化大革命"的旁观者。他的中篇小说《一九八六年》就散发出浓烈的血腥味：一位中学历史老师在"文化大革命"中失踪。当他在"文化大革命"结束十年后重返故地时，已经精神失常。他的自残显然出于精神病人的妄想，可他却在阴差阳错中起到了提醒世人，勿忘"文化大革命"的作用！因为，"十多年前那场浩动如今已成了过眼烟云，那些留在墙上的标语被一次次粉刷给彻底掩盖了。他们走在街上时再也看不到过去，他们只看到现在"。余华显示了将精神病人的奇特感觉文学化的才华：在这位精神病人的眼中，太阳是"一颗辉煌的头颅，正在喷射着鲜血"；路灯里也"充满流动的鲜血"；燃烧的垃圾是"一堆鲜血在熊熊燃烧"；他"用钢锯锯自己的鼻子，锯自己的腿"，在疯狂的自残中把自己伤得"满身都是斑斑血迹"……这些文字，读来令人感到惨不忍睹，又惊心动魄。

他的长篇小说《许三观卖血记》则是一部描写当代社会底层平民靠卖血为生的艰难生活的力作。在卖一次血就抵得上种半年地的贫困年代里，在"没有卖过血的男人都娶不到女人"的生存环境中，人们不得不去巴结血头，去争相卖血。虽然小说中许三观的老婆许玉兰牢记父亲的教导："身上的血是祖宗传下来的，做人可以卖油条、卖屋子、卖田地……就是不能卖血。就是卖身也不能卖血，卖身是卖自己，卖血是卖祖宗"，但许三观"除了身上的血，别的什么都没有了"。为了养家糊口，他不得不将自己身体里的血当成了"摇钱树"。在这样的描写中，作家揭示了老百姓因为生活所迫对于传统禁忌的远离，因此也就写出了生活的无情，生命意志的强大。为了尽可能多卖血、多挣钱，他甚至不顾卖一次血要休息三个月的禁忌，不怕"把自己卖死了"。这样，小说又将一个自身生命意识淡漠的可怜人对于家庭的悲壮责任感写到了感人至深的境界。读这部作品，使人不禁对中国的民族性产生新的思考：在社会的底层，有些看似活得浑浑噩噩的人，其实是有着不为人知的坚韧意志的；他们似乎不知道自己生命的可贵,但他们知道自己应当承担起的对于亲人的责任,为此,他们可以牺牲自己。这样,《许三观卖血记》就还原了民族性的混沌状态,写出了麻木与坚韧、可怜与顽强、卑微与伟大的水乳交融。比起那些常常以"勤劳、勇敢"或"麻木、卑怯"去以偏概全的空洞议论,《许三观卖血记》显然更富于生活的混沌感和深刻的哲理感。

一直到今天,还有一部分没有脱离贫困的人在靠卖血为生。有相当一部分人因此感染了"艾滋病"。因此,《许三观卖血记》也具有关注底层社会弱势群体的深刻意义。余华在为这部小说的英文版写的前言中就告诉读者:"在中国,这只是千万个卖血故事中的一个……卖血在很多地方成为了穷人们的生存方式,于是出现了一个又一个的卖血村,在那些村庄里几乎每个家庭都在卖血。卖血又带来了艾滋病的交叉感染,一些卖血村又成为了艾滋病村。"[①] 因此,《许三观卖血记》就成为"底层"叙事的一部经典。由于作家在作品中融入了对于国民性的重新认识,所以作品中同情、理解、悲叹、肃穆交织在一起的复杂情感也明显不同于那些一般常见的"为民请命"之作。《许三观卖血记》因此能够成为"60年代出生的作家"重新思考"国民性"问题的杰作。

血缘之谜与自虐心态

林白的中篇小说《子弹穿过苹果》是一个"暴力故事",而这个故事与恋父的苦闷有关。主人公在苦闷中产生了自虐的妄想——

……我开始拿起那片刀片,我已经睁着眼在黑暗中看了很久了,我把那刀片看得成了精,紫莹莹地闪着薄薄的光,很妥帖地游到我的手上……

只要把刀片压住。

再一拉。

腥红的血就会很美丽地飞到白墙上,中间一道流星般奇妙的弧线,又灿烂又优美,足以消解所有痛苦……

[①] 余华:《这只是千万个卖血故事中的一个》,《读书》2002年第7期。

虽然是妄想，却写出了女性的痛苦："爱情能要了女人的命。"恋父，当然是不伦之情。可它却在相当一部分女性心中根深蒂固。这不能不说是血缘之谜。

到了长篇小说《守望空心岁月》中，林白也写到了女主人公在公园里凭对于血缘的信念寻找亡父墓地的体验："我是否在繁茂的草木中感到过血缘神秘的亲和力？"（但结果却不得而知。）一切都不那么虚无缥缈，但也同样不那么切实可信。

陈染的《私人生活》中的女主人公倪拗拗也自认为自己强烈叛逆的个性来自"血液中那种把一般的对抗性膨胀到极端的特征"。在这样的描写中，不难看出女作家从血缘中寻找命运的谜底的神秘之思，不过，神秘的信念与现实的纷乱之间的出入又使她们常常陷入惶惑与迷惘。尽管如此，她们也似乎无意因此而放弃对于一切神秘现象的猜想。这，也是一种难以理喻的宿命吗？

再来看看另一种变态的情感：自虐。

2002年，"70后"作家盛可以发表了小说《快感》，相当生动地写活了当今一部分年轻人的变态心理。小说开篇写"我""对利刃莫名其妙地兴奋"——

> 利刃划过肌肉，就像农人犁开泥土。肌肉绽开真实的花瓣，就像恋人表露心怀，袒露鲜红的本质，毫无疼痛感，有的只是极度的灼热到极度的冰凉的转变。多年前我试过用锈钝的裁纸刀对着手腕磨来磨去，也试过用自己的肌肤尝试新刀子的锋利。我看到鲜血首先像豆子一样崩出来，冒着热气……汩汩流淌并大面积地漫延。专注于血液的审美，脑海里稀奇古怪的沉重如云絮轻悠，这是妙不可言……我说不疼，你肯定不信。

这段文字，将一个无所事事的人的无聊、苦闷、嗜血、变态情绪表现得淋漓尽致。在与女友的争吵与打斗中，女友挥刀削去了"我"的小拇指，"我"却感到："鲜血滴答滴答往地下掉，节奏无比优美，像远古传来的跫音，冲击耳膜，产生不逊于交响乐狂轰的巨响。"甚至，"我缓缓地接过剁骨头的刀，在灯光下晃了两晃，像在鉴别某类古玩，几行红色的血迹像蚯蚓一样在刀面上爬行,它们是刀的血管"。"我"甚至不急于去医院,而是乘兴与女友做爱!小说最后写他的"命根子"被女友割掉,将女友的变态也写到了惊心动魄的程度。

2004年,"60后"作家艾伟发表了短篇小说《迷幻》,也生动刻画了几个少年自残的悲剧:先是小罗"经常有一种毁坏自己的欲望",额头被父亲砸出血以后他"竟然感到畅快。当血液从身体里出来的那一霎,他没感到痛苦,不,痛苦也是有的,但幸福竟然从天而降,他感到饱胀的身体有一种释放的快感,快感过后,身体变得宁静如水"。"他很想让血液从身体里喷涌出来。他闭上眼睛,幻想着血液从肌肤里喷射出来的情形,血液会在阳光下闪耀。"他因此而烦躁,继而咬自己的手臂,"尝到了咸咸的温热的味道,他知道,那是血。快感和幸福感又一次降临……"他藏有三把刀。他用刀自伤。"血像是有自己的欲望,它迅速把刀子包围了,那一瞬间,像火吞噬易燃物,热情奔放。他感到他的身体是那么渴望刀子,对刀子有一种无法遏制的亲近感……刀子成了他身体的一部分,血液因此在欢呼刀子的光临。"他后来在同学中找到了知音。他们在打架中体会着变态的快感;在自伤中体会那快感,甚至"把彼此的血滴入瓶子里,再分成两份,然后把血喝了下去",然后体会"灵魂好像已升上半空,在微风中飘荡"。他们陷入了"对血的迷幻之中",他们甚至"开始强迫另一部分人自残"。他们还彼此"炫耀着伤痕"。而在疯狂过后,他们仍然感到空虚。

这样的作品发人深省:现代化在改善了人们生活的同时也莫名其妙地扭曲了人们的心灵,使人们或者感到压抑,或者渴望疯狂;或者易怒,或者自虐。

这也是一种异化:生命被虚无主义、莫名苦闷扭曲的异化。

冷血与犯罪

新时期小说已经产生了许多犯罪的故事。这正是现代化进程中因为社会失范而产生的犯罪剧增的体现。刘恒的《杀》和《黑的雪》、余华的《现实一种》和《河边的错误》、王安忆的《遍地枭雄》、陈应松的《马嘶岭血案》……都是证明。

"60后"作家须一瓜是报社记者,在了解到许多"罪与罚"的悲剧以后,写下了一批有影响的剖析犯罪心态的小说:《蛇宫》《雨把烟打湿了》《毛毛雨飘在没有记忆的地方》《淡绿色的月亮》《第三棵树是和平》《太阳黑子》……她擅长写犯罪题材,通过写犯罪剖析剧烈社会矛盾冲击下普通人心理的扭曲与变态。像《第三棵树是和平》就剖析了一个性工作者杀夫的心态:孙素宝的丈夫生性脾气暴躁,因为失业而虐待妻子,不仅砍烂了妻子的二十条内裤,而且常常在痛打妻子后泄欲,甚至用刻刀在妻子的腹部刻字,甚至咬掉了妻子的半只耳朵!在这样的刻画中,一个虐待狂的变态灵魂惊心动魄地暴露无遗。而他的妻子孙素宝在饱尝了虐待之苦、忍无可忍的压力下突然一时性起,杀死了虐待狂丈夫——

> 血喷到了孙素宝的下巴、脖子和前襟。这三个地方都感到了杨金虎的血有点烫。杨金虎站不起来,因为他的一只胳膊被孙素宝绑住了。孙素宝看到他被绑住,忍不住笑了,拣起掉在地上的剃刀。杨金虎想用手来抓,但是,手伸了一半,就软了下去。血啊,非常多的血像山泉一样带着泡泡,从杨金虎的脖子里噗噜噗噜地冒出来。整个床马上就湿透了。孙素宝有点困惑,没有想到一个人有这么多的血,这使她有点不耐烦。但后来想到,只有血流光,杨金虎才会彻底死去,所以,她就心情比较愉快地等那些血噗噗噗地往外冒。

以暴抗暴——这,也是底层生活的一部分:那些心理素质糟糕的人渣,常常在虐待弱者中宣泄着疯狂的罪恶能量。在急剧的社会转型中,许多人因为心理失去平衡铤而走险。须一瓜写出了这一点,写出了家庭暴力对女性的戕害,也写出了弱者在忍无可忍中犯罪的无奈,读来令人叹息。类似的悲剧,在生活中经常上演。

尽管在须一瓜的作品中,常常回响着对罪犯未泯人性的理解情感,可在实际生活中,冷血罪犯数不胜数。那些令人发指的罪行,是人性恶的无情证明。

新生代文学：热血的证明

其实，新生代文学中不乏热情谱写的篇章。

"60后"作家姚鄂梅就写下了许多热切关注现实的作品。中篇小说《女儿结》通过一位连续遭受丧母、婚变、重病打击的女青年叶小昭突发奇想，在报上刊登征母广告，并奇迹般顺利赢得了新的母爱的故事，相当集中地刻画了在社会发生剧烈变化，传统的伦理亲情在巨变中失去平衡的社会现实（例如"空巢"家庭、"单亲"家庭、"丁克"家庭的大量出现，以及由传统的"尊老"传统向"重幼"风气的演变，等等），同时又意味深长地揭示了在传统伦理亲情遭遇危机时新的人伦关系的产生，这样，就在呼唤人间真情的同时也产生了对于建立新型人伦关系的独到思考，在悲凉与悲凉的"相濡以沫"中升华出温馨的主题。母女情深。深就深在血缘亲情的根深蒂固、源远流长。但《女儿结》中因为亲生女儿出国而独守"空巢"的秦爱霞和因为亲生儿女不孝而寂寞独居的唐世芬，却集中体现了血缘亲情在社会变动中常常难免的分离隐痛，体现了母爱的无所依托。二人争当叶小昭的义母，直至在看护叶小昭时争相表现又彼此调侃，正是渴望亲情、母爱伟大的证明，同时又何尝不是母爱具有排他性的心理流露。而农妇张妈与叶小昭的邂逅、对叶小昭的关爱则显然具有更普泛意义上的同情与关爱的色彩，从而成为人间自有真情在的证明。因此，《女儿结》中对于非血缘的母女亲情的描绘，也显得不拘一格了。另一方面，叶小昭虽然渴望母爱，却在发现自己得了重病之时而不愿给义母添麻烦的心态，以及两位义母为了看护叶小昭不辞辛劳的描写，也使新型的母女之情超越了一般意义上的情感寄托，而在互相体贴、"相濡以沫"的精神层面上得到了升华。作品颇有些传奇色彩，但也折射出当代生活中奇事、奇人层出不穷的现实。

长篇小说《像天一样高》有一个令人心动的副标题"谨以此篇献给80年代"。小说描写了几个因为纯洁而向往自由、独立的生活的青年诗人的浪漫生活：小西、康赛、阿原。他们在父母的眼里，是"长不大的孩子"。他们没有钱，却浪漫而快乐；他们清高，却不狂妄。他们生在都市，却去新疆寻找自己的生活。他们追求"精神的高贵，内心世界的高贵",满足于"做一个单纯的诗歌爱好者",在"那样一个乱糟糟的环境里,却写出了纯净的诗歌"。他们的"天真无邪",与许多同龄人的世故、颓废、狂放形成了鲜明的对比。他们热爱《吉檀迦利》和《瓦尔登湖》,向往梭罗那样自由自在的生活。就像小西所说的那样:"我从来没有对生活采取消极的态度,我只是喜欢躲到一边去独自逍遥,所以我不仅不消极,我甚至是积极的。"他们因此"能把贫穷无奈的生活升华成优闲",一边劳动,一边写作。他们在那片土地上找到了自由的乐园。然而,作家好像无意重建一个"乌托邦"。小说后半部讲述了自由乐园的瓦解:他们之间也常常会发生不快;他们中有人终于没有抵抗得了功利生活的诱惑(如阿原,他终于发现"不堕落就无路可走";而康赛在经历了婚姻的失败和自杀的体验后,也被迫承认"诗歌其实跟诗人一样软弱无力",然后心灰意懒地回归了世俗化的生活),甚至连小西也最终不得不放弃了坚守乐园的生活。但她不断走向内蒙古、东北的人生足迹,还是显示了精神的力量。小西是当代文学中不多见的理想主义流浪者的形象。她不像张承志笔下的理想主义流浪者那么愤世嫉俗,她显然更多了一些长不大的阳光少女的单纯色彩。作家以这样的形象为21世纪初的文坛,为当代的青年文学增添了一抹可贵的亮色。也足以使人想起英国作家毛姆的长篇小说《刀锋》和《月亮和六便士》那样具有理想主义和浪漫主义气质的杰作。

还有一位"60后"作家、音乐人张广天。在20世纪80年代的大学生活中,他曾经热衷于学习嬉皮士,酗酒、玩恋爱游戏,直至配制兴奋剂。后来,经过三年的劳教农场生活,他变了。他说:"我开始告别与我们的处境无关的各种西方理念,在情感上越来越靠近劳动阶层。"他谱写了一些"肯定了人民的作用和抗议的必然性"的歌曲,流浪、卖唱,"和知识分子的阶层告别,为精英的躯体默哀","在人民中间,开始了自觉的文艺劳动",并"下定决心去做一个永远在人民中歌唱的歌者"。[1] 他参与策划的现代史诗剧《切·格瓦拉》因为缅怀革命在20世纪末的剧坛引起了聚讼纷纭。他对格瓦拉的怀念与当年的老红卫兵对格瓦拉的怀念颇有相似之处:"格瓦拉为弱者拔刀为正义献身的精神在世界各地点燃了一颗颗心灵。剥削压迫社会的长夜已经在酝酿下一次革命。"[2] 且不谈这样的

---

[1] 《行走与歌唱》,《天涯》2000年第5期。
[2] 《切·格瓦拉》,《作品与争鸣》2000年第6期。

预言与世俗化的社会如何格格不入，它至少表明：民粹主义的精神在"新生代"这里并没有被世俗化浪潮窒息。这里，特别值得注意的还有：张广天的深入民间与当年"右派"、"五七干部"、知识青年的深入民间很不一样——他的采风性质的流浪与创作、他在充分利用现代文化传媒传播自己的文艺作品方面取得的成功，都是当年在文化专制主义高压下沉默的"右派"、"五七干部"、知识青年所不可能做到的。他表达了当代底层人民的不满情绪，以"新生代"特有的方式。对于他，民粹主义是与标新立异的个性紧密相连的。在这方面，他与张承志的特立独行颇有相通之处。而他们之间的区别则在于：他不似张承志那么绝望。《切·格瓦拉》与《左岸》《圣人孔子》共同构成了张广天的"理想主义三部曲"。《左岸》讽刺了"肉身比理想要坚强得多……可是金钱和权势的力量比肉身还要坚强"的世风，发出了这样的声音："当集体理想主义缺失的时候，个体的爱情实践是否可以给自由的理想主义一次启示？'爱情是如今通向真理的唯一出路'。"① 这样的思考显然已经与正统的理想主义相去甚远。剧中一句"之所以会疼痛，是因为还有血有肉"令人感动；还有"在我里面，血液的更里面，/红的光芒正向外飞旋"的歌声一再响起，也进一步凸显了真诚之爱的主题。"《左岸》讲情爱主义的实践，《圣人孔子》讲亲爱主义的实践。都是理想主义。""儒家希望从小家到大家，描绘一幅有可行性的理想主义蓝图。你爱你的血亲，这是天性人道，无须论证，于是，你爱血脉相连的全人类，也是顺理成章的天经地义。这就是亲爱主义。"② 这样的主旨使《圣人孔子》汇入了当代儒家文化复兴的文化热潮。

张广天是"新生代"中少见的具有革命倾向的理想主义者。这样的民粹主义者在"新生代"中，显然是凤毛麟角。不过，张广天能在20世纪末的音乐界、戏剧界成为一个聚讼纷纭的人物，似乎也隐含了这样的意义：尽管民粹主义已经式微，但时代还是需要这样的声音。在多元化的思想格局中，民粹主义不应缺席。一方面，民主化的时代潮流呼唤着民众不断提高参政意识和自身的素质；另一方面，民主化的时代潮流也呼唤着民众的代言人。因此，民粹主义具有卷土重来的潜力。张承志、张炜、张广天等人拥有的文化空间就是证明，虽然他们常常显得不合时宜。

---

① 《先锋导演手记》，《人类的当务之急》，东方出版中心2006年版，第179页。
② 同上书，第185页。

《天涯》杂志曾经开辟过"1970年代人的底层经验与视野"的专栏，发表了一批"70后"作家关注底层的作品。其中就发表过历史纪实文学《蓝衣社碎片》的作者丁三的文章《我在图书馆的日子里》。作者失学以后开始了在图书馆的自学之路：读《马克思恩格斯选集》、读鲁迅，渐渐形成马克思主义的思维方式，并开始思考国家的命运："一个后来席卷了一个古老国家，并且改变了这个国家几乎全部面貌的运动，在其崛起时，居然是那么弱小！这当中，有什么规律？而新社会出现后，又迅速地回到旧世界曾经有过的最可怕的方面，旧世界以新世界的名义还魂，这背后，有什么必然？"他由此走向"认识真实社会，追求理想社会"的道路。①

　　"70后"作家梁鸿在"非虚构文学"《中国在梁庄》中通过大量事实记录了故乡的颓败现实——乡村已成废墟，环境已被污染，少年犯罪，青年背井离乡，乡村政治深陷困境……作家把故乡当作了"中国的病灶"、"中国的悲伤"去剖析，揭示了被遗忘的底层、不为人知的苦难。另一方面，作家也在书中表达了一个"70后"学者对于乡土的真挚情感："作为一位人文学者，拥有对乡土中国的感性了解，那是天然的厚重积累，是一个人精神世界中最宝贵的一部分，它是我思考任何问题时的基本起点，它决定了我的世界观中有土地与阔大的成分。这是我的村庄赋予我的财富。我终生受用。"②读着这样的文字，是很容易使我们想到当年梁漱溟先生"救活旧农村"的呐喊，③想到费孝通先生在《乡土中国》一书中对于乡土社会流弊的剖析。《中国在梁庄》曾获2010年度"茅台杯"人民文学奖非虚构作品奖、《亚洲周刊》2010年度非虚构十大好书、新浪2010年度十大好书和《新京报》2010年度文学好书，产生了相当广泛的影响。"三农"问题专家温铁军评论道："梁庄，只是最近30年'被'消灭的40万个村庄的缩影。"④

　　还有"70后"作家慕容雪村揭露传销的纪实作品《中国，少了一味药》。作家以一个身家百万"老板"的身份，潜伏在狂热而扭曲的地下传销世界中达二十多天。据此向公安机关报案，并协助公安机关捣毁了这个

---

① 《天涯》2003年第6期。
② 《中国在梁庄·后记》，江苏人民出版社2010年版，第209—210页。
③ 参见朱汉国《梁漱溟乡村建设研究》，山西教育出版社1996年版，第5页。
④ 引自王海圣《〈中国在梁庄〉：梁庄是被消灭的40万个村庄的缩影》，《河南商报》2011年1月25日。

团伙，解救出157名传销人员。然后，写出了《中国，少了一味药》，揭示了传销狂热深处的国民性病灶："这就是一片适合传销的土地。所有传销者都有相同的特点：缺乏常识，没有起码的辨别能力；急功近利，除了钱什么都不在乎；他们无知、轻信、狂热、固执，只盯着不切实际的目标，却看不见近在眉睫的事实。这是传销者的肖像，也是我们大多数人的肖像。传销是社会之病，其病灶却深埋于我们的文化之中，在空气之中，在土壤之中，只要有合适的条件，它就会悄悄滋长。"① 作家的这一经历足以使人想到当年的"体验派"报告文学作家贾鲁生混入丐帮，写出《丐帮漂流记》的往事，还有作家邓贤揭秘一群炎黄子孙漂泊异国他乡的惨痛历史的纪实力作《流浪金三角》，也是作家"以生命做赌注换来的作品"。②

《像天一样高》《切·格瓦拉》《我在图书馆的日子里》《中国在梁庄》和《中国，少了一味药》足以表明：在新生代作家中不乏远离了颓废、冷漠的浪漫之士，不乏"为民请命"、"批判现实"的热血之士。也许，在新生代中，他们的上述作品的名气远远不如那些渲染颓废、冷漠情绪的作品大，但它们的问世毕竟是热血的证明。中国从传统士大夫到现代知识分子一向有弘扬正气的传统，这一传统在一部分新生代作家那里也已经开花结果了。

---

① 《人民文学》2010年第10期。
② 解玺璋：《〈流浪金三角〉问世之日访作者邓贤》，《北京晚报》2000年6月29日。

附录 6

新生代文学与中国传统

(2007年7月18日在德国特利尔大学汉学系演讲)

大家好！我今天为大家讲的题目是"新生代文学与中国传统"。为什么讲这个题目？一方面，是希望对于大家了解中国的新生代文学有所帮助；另一方面，当我们谈到新生代文学时，常常会想到"反传统"这个词。其实，年轻人既有"反传统"的一面，也有与传统存在着紧密联系的一面。问题是，年轻人与传统的联系能给我们带来哪些新的启示？我想通过今天的讲座回答这个问题。

说到新生代，在当代中国，一般指的是"文化大革命"以后成长起来的一代人。他们出生在20世纪60—80年代。他们成长的年代正好是中国改革开放的年代。所以比起他们的前辈来，他们对于西方文化（尤其是西方的"现代派"文化）更加熟悉。他们受到尼采、弗洛伊德、萨特的影响，常常以"反传统"作为自己的旗帜，想通过写出不同于传统文学的作品显示他们的存在价值。事实上，他们也做到了这一点。他们已经写出了与他们的前辈很不一样的作品。但是，就像德国思想家雅斯贝斯（K. Jaspers）曾经指出的那样："不同的道路全被试探过。"① 后来的人们绞尽脑汁的种种创新之论，其实常常只不过是传统在新的历史时期产生的回声。中国的文化传统中，"反传统"的思潮其实也源远流长。汉代思想家王充就在他的《论衡》一书中发现了孔夫子和孟子思想中自相矛盾之处，他的《问孔》《刺孟》两篇文章因此非常有名。魏晋时期，"狂狷"

---

① 《人的历史》，引自田汝康、金重远《现代西方史学流派文选》，上海人民出版社1982年版，第39页。

的风度在文化人中也非常流行（所谓"狂"，指的是蔑视世俗、目中无人；所谓"狷"，指的是超凡脱俗、有所不为），他们隐居起来，酗酒，写诗，以逃避现实，对后来的许多文人影响很大。还有禅宗，一种中国化了的佛教信仰，一种非常神秘的思维方式，认为"我心即佛"，就是以自我为核心嘛！还有，宋代有一位非常有名的诗人，也是政治家，叫王安石，为了推动改革，也说出了"祖宗不足法，人言不足恤"的名言（所谓"祖宗不足法"，说的是前人制定的法规制度如果不适应当前的需要，就必须修改甚至废除，而不能盲目继承、效法；所谓"人言不足恤"，意思是改革就不能顾及流言蜚语，而应该勇往直前）。还有明代学者李贽，一直反对虚伪的礼教，反对以"孔子之是非为是非"，他痛斥"儒者之学全无头脑"，思想相当开放。到了清代，思想家戴震也直斥过"后儒以理杀人"，也就是指后来的儒家以"理学"禁锢人性，等于杀人。另一位思想家、革命家章太炎也非常欣赏佛教，因为"佛教最恨君权"、"佛教最重平等"，体现了他对于君权的反对、对于平等的追求。到了"五四"，鲁迅他们那一代人"反传统"的主张更是影响深远。连毛泽东也深受他的影响。所以，在中国的文化传统中，一直就有"反传统"的声音。从这个角度看，当代青年"反传统"的呼声其实也是历史上那些"异端"思想的延续。有了这样的"异端"，文化才显得有活力。

这是问题的一个方面。

还有一个方面，就是中国文化传统中非常有趣的一个现象，那就是虽然为了科举，青年学子必须熟悉那些"经书"（所谓"四书五经"），可是大家真正喜欢的，还是那些有趣的小说，例如《三国演义》《水浒传》《西游记》《红楼梦》等等。这些小说或者写乱世中的打打杀杀，或者写男女爱情，常常和"经书"中提倡的正统观念不一样。但是，大家知道，它们却是中国小说的"经典"。这是非常有趣的现象：这些与"经书"很不一样的小说"经典"在中国也家喻户晓，而且受欢迎的程度远远超过了那些"经书"。这说明了什么？至少可以说明中国人其实对于人生是有特别的认识的，说明人们对于与正统不一致的"异端"是非常感兴趣的。中国文化其实有非常具有人情味、非常具有叛逆色彩的一面。

所以，许多青年作家是非常喜欢那些"异端"的"经典"的。例如出生于1963年的苏童。大家看过根据他的小说改编的电影《大红灯笼高高挂》吧。他一方面非常喜欢美国作家塞林格（J. D. Salinger）、海明威

(E. Hemingway)、菲茨杰拉德（F. S. Fitzgerald）、福克纳（W. Faulkner）的小说，也谈到过中国古典小说《红楼梦》以及"三言两拍"（明代写世俗生活的三部短篇小说集：《喻世明言》《警世通言》《醒世恒言》，简称"三言"；"两拍"指的是《初刻拍案惊奇》《二刻拍案惊奇》，也是两部描写明代社会生活的小说集）对他的启发。他说："它们虽然有些模式化，但人物描写上那种语言的简洁细致，当你把它拿过来作一些转换的时候，你会体会到一种乐趣，你知道了如何用最少最简洁的语言挑出人物性格中深藏的东西。"[①] 在当代，苏童是"新生代"的代表人物之一。他的"枫杨树故乡"系列小说中弥漫着怀旧的情绪，使人联想到福克纳的"约克纳帕塔法"系列小说。他的"香椿树街"系列小说对少年时代的凭吊也很容易使人联想到美国小说《麦田里的守望者》和《了不起的盖茨比》。但是，他特别善于写旧时代的氛围、讲述旧家庭的悲剧，特别是那些女性的悲剧，这就显示了他与《红楼梦》的精神联系。《大红灯笼高高挂》是根据他的小说《妻妾成群》改编的。小说写几个妻妾之间的生死斗争，写得很阴森可怕。但是小说中关于紫藤、深井、秋雨的描写又浮现出具有古典意味的奇特诗意。在他的另一部小说《红粉》中，对于妓女复杂心绪的刻画也和《妻妾成群》中对女性心理的刻画一样，都使人能够感受到《红楼梦》中某些女子的影子。苏童因此成为当代最擅长刻画女性心理的作家之一。

在新生代作家中，喜欢《红楼梦》的，当然不止苏童一人。出生于1964年的女作家迟子建很善于讲述乡土故事。她擅长表现东北大兴安岭山区浪漫的童心、神奇的感觉，还有迷离的梦境。她的小说《北极村童话》《原始风景》《逆行精灵》都因此富有如梦如烟的文学魅力。她也说过："我喜欢《红楼梦》中的'太虚幻境'，喜欢《三国演义》中诸葛亮临终时口中衔米致使七星不坠、敌方不敢贸然出兵的描写，喜欢《西游记》中那个能够上天入地的孙悟空。"[②] 由此可见，她喜欢的是古典小说中具有浪漫气息和神秘意境的场景。在这一点上，她和苏童有些不一样。苏童注重的，是《红楼梦》的语言特色和女性形象。迟子建喜欢的，则

[①] 林舟：《永远的寻找——苏童访谈录》，《花城》1996年第1期。
[②] 《小说的气味》，林建法、徐连源主编：《中国当代作家面面观·寻找文学的魂灵》，春风文艺出版社2003年版，第160页。

是《红楼梦》中的神秘感。她的这一审美旨趣与她的东北文化背景显然有密切的关联。东北是一块神奇的土地。那里的林海雪原为文学的想象力提供了广阔的空间，也为那里的作家的神奇感觉、浪漫想象提供了丰富的灵感。

还有出生于1970年的女作家魏微。在她的记忆中，《红楼梦》《水浒传》是与钱钟书的小说《围城》以及萧红（20世纪30年代的一位很有才华的女作家。她的小说《呼兰河传》写得非常富有诗情画意和童趣），还有张爱玲的小说一样能使她"翻来覆去地读"的"文学的教科书"。[①] 魏微的长篇小说《流年》（又名《一个人的微湖闸》）是一部怀旧之作。她以淡淡的诗意生动描绘了"文化大革命"中一处远离了喧嚣的"世外桃源"，展现了那里的平凡日常生活，同时也就显示了她从《红楼梦》那里学来的功夫——在日常琐事的描写中显示出人性的复杂与世事的沧桑。而且，小说对于童年生活的感伤回忆也很容易使人联想到萧红的《呼兰河传》。

《红楼梦》，是一部给予了许多中国作家以灵感与智慧的文学经典。一代又一代作家从《红楼梦》中汲取了丰富的创作灵感。

这样，我们就看到了新生代作家与传统的又一种联系。显然，他们对传统的"经书"没什么兴趣，而对传统的小说经典非常喜欢。而且，他们读那些小说经典，也显示了他们对于那些小说的新认识：他们显然不太在意那些小说的"思想意义"、"教育意义"，而更注重那些小说的语言、氛围。他们的阅读因此显得很有个性。

现在，让我们来看看新生代作家对于历史故事的改写。大家知道，中国有悠久的历史。中国的许多小说、诗歌、戏剧，还有典故，还有当代的许多电影、电视剧，都与历史故事密切相关。《三国演义》《水浒传》就都是根据真实的历史写成的文学名著。《西游记》中的唐僧在历史上也真有其人。中国人喜欢历史，也善于从历史故事中获得人生的启迪。这一传统，在新生代作家这儿，也得到了延续。有趣的是，有的青年作家在写历史故事时，有意在其中融进了"反传统"的主题。出生于1968年的李冯就是这方面的一个代表。他是张艺谋的电影《英雄》和《十面埋伏》的

[①] 《写作十年》，林建法、徐连源主编：《中国当代作家面面观·寻找文学的魂灵》，春风文艺出版社2003年版，第438—439页。

编剧。《英雄》和《十面埋伏》那样的武侠电影大家都很熟悉了吧！在中国，许多青少年都非常喜欢武侠小说和武侠电视剧。这就可以说明当代青年与传统的联系吧！因为中国的武侠小说源远流长，其中体现了中国传统文化的"侠义"思想。李冯还写过一部长篇小说《孔子》。大家知道，孔夫子是中国的圣人。他提倡"仁爱"，和西方的"博爱"思想差不多。他其实是很有人情味的一个思想家、教育家。中国历史上许多帝王也非常尊敬他，因为他提倡对于帝王要忠诚。所以，他也是一个非常复杂的人物。在李冯看来，"孔子当然是伟大的，可他当时确实只是想当一名一流政客，他自感怀才不遇，但又因不能怨天尤人不好发作起来，哪里想到那些笔记虫后来给他弄出了一本《论语》。他改变我们的文化有点歪打正着……他的某些真正的气质被后来的人们忽略或者抹杀了"。当年，孔子曾经周游列国，向那些帝王们推销自己的政治思想。这说明他有治理天下的抱负。只是当时的帝王们对他的政治学说不感兴趣，所以，他到处推销，却到处碰壁。李冯因此想写出孔子周游列国中"非常荒唐，又非常执着"的一面，并努力将这种精神状态写出某种哲理的意味来："每一种对梦想的追逐，给人的感觉未尝不是这样？"[①] 这样就体现出新生代作家不再相信圣人的神话、努力解构神话的叛逆激情，另一方面也写出了历史的复杂、人生的难以预料。小说写孔子的"疯"劲儿，"他声称他不想做官，可一年内却连升了三级"；"每到富有诱惑力的时刻，他常常就免不了昏了头"。还写孔子在四处碰壁后的困惑："命里注定了我的理想将一无所成。"更深刻的是，写了孔子的弟子对老师及其学说的怀疑："难道，仁爱之中就必须剔除掉任何私人的欲望吗？""我们都需要爱，但不是老师所谈的博大的仁爱，而是个人的、目的明确的狭小的爱。""越走，我越感到不理解我的老师。以他的才能，他本应该成为一位诗人、音乐大师或纯粹的学者，但他奔走多年的目的却不过是想从政。""我们想介入世俗，反而抛离了世俗，沦为了旅行家或流浪汉。""我们的老师……虽然具备了多种人生的美德，却仍然是一位不折不扣的失败之神……在他身上蕴藏着的巨大的反差与不幸使我的同伴们感到害怕，他们都情不自禁地想要逃离。"这样，李冯就通过孔子及其弟子的内心活动写出了孔子为人的

[①] 《迷失中的追寻——李冯访谈录》，张钧：《小说的立场——新生代作家访谈录》，广西师范大学出版社 2002 年版，第 226—227 页。

世俗性与矛盾性。这样的刻画既有历史事实为依据，又体现了新生代重新审视传统的批判意识和从真实的历史中发现荒唐悖论的现代感。这样的重新审视使我们很容易想到王充的"问孔"冲动。

　　历史是值得怀疑的。历史是可以改写的。重要的是，怎样从怀疑与改写中体现出新的人生发现？在这方面，李冯的《孔子》是一个成功的例子。从历史的事实中发掘出对于历史与人生的新思考，这也可以证明历史是可以常写常新的。

　　最后，让我们来看看新生代作家对"国民性"的重新认识。所谓"国民性"，指的是一个民族的文化品格。英国人讲究"绅士风度"，"绅士风度"就是英国的民族特色。法国人喜欢"骑士风度"，"骑士风度"就体现了法国人的浪漫追求。日本人崇尚"武士道"，"武士道"就是日本民族的精神标记。德国呢？德国人因为严谨而闻名于世，所以德国的科学和哲学都非常发达，但是德国人其实也有浪漫的一面。德国出过许多伟大的音乐家，就可以表明这一点。所以，"国民性"是个非常复杂的问题。一个人，常常有复杂的性格。一个民族的品格就更是如此了。

　　说到中国的"国民性"，什么是中国的"国民性"？中国人喜欢世俗生活，喜欢享受人生。所以，我觉得中国的"国民性"标记是"名士风度"。但是，由于中国在一百多年以前政治腐败，导致了外国势力的入侵、社会动荡，也引起了许多中国知识分子的忧虑。所以，他们提出了"改造国民性"的主张。鲁迅就是其中的一个代表。他的小说《阿Q正传》写中国百姓的愚昧、麻木、自欺欺人，已经成为中国现代小说的经典。但是，中国百姓显然不只有愚昧、麻木、自欺欺人的品格。中国现代革命有那么多百姓的参与，就表明中国的"国民性"其实非常复杂。中国历史上爆发过许多声势浩大的农民起义就可以表明：中国人一直就有反抗压迫的传统。还有，中国人善于经商，也表明中国人很有头脑，很灵活、很精明。

　　到了新生代作家这里，如何认识"国民性"的复杂也考验着他们的眼光。出生于20世纪60年的余华就比较好地回答了这个问题。他的小说《活着》通过一个人的坎坷一生，表达了对于生命、苦难、底层意义的豁达理解：福贵年轻时非常放荡，因为赌博败光了家财，气死了亲爹，才决心重新做人。后来，他又经历了被军队抓去当兵的磨难和一系列政治灾难，经历了痛失爱女、爱子、老婆、外孙的灾难，"心里苦得连叹息都没有了"。他的一生，成为底层社会许多饱经苦难的可怜人生的一个缩影。他因为经历了太多的苦难而麻木了。值得注意的是，作家在讲述那些苦难时，没有像鲁迅那样去批评麻木，而是在接连不断的灾难中去揭示生命的韧性。福贵因为赌博败了家，却也因此才在革命中幸免于被打倒的厄运，可以说是"因祸得福"。而那位在赌场上赢了福贵的龙二则"因福得祸"，新中国成立后被划为恶霸地主，被枪毙前喊的那句"福贵，我是替你去死啊"，道出了命运无常、祸福无常的命运玄机！另一方面，福贵败家以后，他的母亲安慰他："人只要活得高兴，穷也不怕。"他的老婆在他逃过了战乱以后也安慰他："只要一家人天天在一起，也就不在乎什么福分了"，都体现了底层人民在饱经灾祸以后的淡定与豁达。在中国，"好死不如赖活着"、"留得青山在，不愁没柴烧"、"听天由命"、"知足常乐"的生命观念广为人知，既是中国人经历了太多苦难的感慨，也何尝不是豁达、坚韧意志的体现！鲁迅当年批判阿Q的愚昧、麻木、自欺欺人，表现了他希望中国百姓觉悟的启蒙思想。但是底层的百姓的"不争"其实常常未必是出于麻木与蒙昧，而是力不从心。虽然，也曾有无数底层人勇敢地投入到了一次次反抗苦难、改变命运的起义中，但起义的胜利并没有从根本上实现"均贫富"的梦想。起义的烈火燃烧过后，一部分人的命运得到了改变。但层出不穷的社会问题（包括贫富差别、等级差别带来的一系列问题）依然存在。底层依然存在。于是，剩下的问题是：底层人如何面对难以回避的苦难？《活着》在写出了底层人逆来顺受的窝囊的同时也写出了对于"国民性"的新认识：在窝囊中，有没有坚忍的意味？在看似麻木的生存状态中，有没有对于苦难的达观理解？也许，"窝囊"与"坚忍"、"麻木"与"达观"之间的差异，褒贬之间的区别，是十分明显的。可是在实际生活中，却常常存在着"说不清、道不明"的混沌状态。《活着》写出了这样的状态，显示了作家对于底层和"国民性"的独到理解，无奈中透出感慨，富于深刻而博大的人道主义情感。余华因此而表达了对于民间传统的理解与感慨。余华在《活着》的韩文版自序中写道："这部作品的题目叫《活着》……它的力量不是来自于喊叫，也不是来自于进攻，而是忍受，去忍受生命赋予我们的责任，去忍受现实给予我们的幸福和苦难、无聊和平庸……《活着》还讲述了人如何去承受巨大的苦难，就像中国的一句成语：千钧一发。让一根头发去承受三万斤的重压，它没有断。我相信，《活着》还讲述了眼泪的广阔和丰富；讲述了绝望的不存在；讲述了人是为了活着本身而活着，而不是为了活着之外的任何事物而活着。当然，《活着》也讲述了我们中国人这几十年是如何熬过来的。"①

他还写过一部长篇小说《许三观卖血记》。小说开始写一个叫许三观的穷人靠卖血为生。一个人沦落到靠卖血为生，他情感的麻木可想而知。后来，靠卖血为生的许三观娶"油条西施"（一个炸油条的女人）许玉兰为妻，并生下了儿子一乐。可因为邻居议论一乐长得像许玉兰的前男友何小勇而暴怒，为自己"白养了一乐九年"而愤怒。他憎恨何小勇，并为此而折磨许玉兰。他甚至也去勾搭了一个女人，以报复许玉兰的曾经失身。然而，当一乐因为惹祸而急需还债时，许三观还是去卖血了。他感动了许玉兰："为了我们这个家，是命都不要了……"为了给儿子治病，他不顾自己的身体虚弱，不顾卖一次血要休息三个月的常识，频频卖血，一直到晕倒在地。他的决心是："就是把命卖掉了，我也要去卖血。"一个为了儿子不惜牺牲自己的父亲，当然是伟大的。于是，许三观这个靠卖血为生的普通百姓，就在小说的最后显示出了伟大的人格。余华就这样表达了自己对"国民性"的深刻理解：麻木与坚韧可以水乳交融，目光短浅可以与良心、责任感难分难解。这样的发现就明显不同于鲁迅的愤世情绪了。然而，余华其实是深受过鲁迅的影响的。他写过一篇文章：《温暖和百感交集的旅程》，其中就表达了他"热爱鲁迅"、受鲁迅影响的体会。他写道："鲁迅……是我们文学世界里思维清晰和思维敏捷的象征……是文学里令人战栗的白昼"，"他的叙述在抵达现实时是如此地迅猛，就像子弹穿越了身体，而不是留在了身体里"②。不过，余华没有停留在鲁迅的身后。他以《活着》和《许三观卖血记》表达了他对底层民众生存状态的深刻理解。这样，他就显示了超越鲁迅的追求：在他的这两部作品中，没有"改造国民性"的意义。取而代之的，是对"国民性"的复杂意蕴的深刻理解。余华是当代中国最有影响的作家之一。这种影响与他对于"国民性"的新认识也许是很有关系的。因为，文学只有表达了对于民族的新认识、新发现，才会富有博大的力量。

通过对上面这些作家作品的介绍，我们可以看出：传统文化具有不可

---

① 余华：《〈活着〉韩文版前言》，《余华》，人民文学出版社 2001 年版，第 446—447 页。
② 《温暖和百感交集的旅程》，《读书》1999 年第 7 期。

思议的强大力量。它使每一代人都绕不过去，使每一代人都力图对它的博大精深作出富有新意的评说。而它本身也在这不断的评说中显示出新的意义，并不断发展、壮大。

  我就讲到这里吧。谢谢大家！

参考书目

1. [美] 玛格丽特·米德:《代沟》,光明日报出版社 1988 年版。
2. 李泽厚:《中国现代思想史论》,东方出版社 1987 年版。
3. 张承杰、程远忠:《第四代人》,东方出版社 1988 年版。
4. 周作人:《中国新文学的源流》,北平人文书店 1932 年版。
5. 赵澧、徐京安编:《唯美主义》,中国人民大学出版社 1988 年版。
6. 林建法、傅任选编:《中国当代作家面面观》,华东师范大学出版社 2002 年版。
7. 林建法、徐连源主编:《中国当代作家面面观·寻找文学的魂灵》,春风文艺出版社 2003 年版。
8. 徐敬亚、孟浪、曹长青、吕贵品主编:《中国现代主义诗群大观(1986—1988)》,同济大学出版社 1988 年版。
9. 邱华栋、洪烛:《一代人的文学偶像》,中国文联出版社 2002 年版。
10. 张钧:《小说的立场——新生代作家访谈录》,广西师范大学出版社 2002 年版。
11. 杨黎:《灿烂》,青海人民出版社 2004 年版。
12. 于坚:《拒绝隐喻》,云南人民出版社 2004 年版。
13. 杨义:《中国古代小说史论》,人民出版社 1998 年版。
14. 钱穆:《现代中国学术论衡》,岳麓书社 1986 年版。
15. [捷克] 普实克:《普实克中国现代文学论文集》,湖南文艺出版社 1987 年版。
16. 陈伯海:《论中国文学的民族性格》,《传统文化与当代意识》,上海三联书店 1991 年版。
17. 乌丙安:《神秘的萨满世界》,上海三联书店 1989 年版。
18. 钱钟书:《谈艺录》(补订本),中华书局 1984 年版。

19. 钱钟书：《管锥编》，中华书局 1979 年版。
20. 傅道彬：《晚唐钟声》（修订本），北京大学出版社 2007 年版。
21. 刘长林：《中国系统思维》，中国社会科学出版社 1990 年版。
22. 张英：《网上寻欢》，时代文艺出版社 2002 年版。
23. 费孝通：《乡土中国》，生活·读书·新知三联书店 1985 年版。
24. 冯天瑜、何晓明、周积明：《中华文化史》，上海人民出版社 1990 年版。
25. 陈平原：《20 世纪中国小说史》第 1 卷，北京大学出版社 1989 年版。
26. 彭卫：《另一个世界》，陕西人民教育出版社 1993 年版。
27. 余英时：《历史与思想》，台湾联经出版事业公司 1976 年版。
28. ［美］丹尼尔·贝尔：《资本主义文化矛盾》，生活·读书·新知三联书店 1989 年版。
29. 丁帆、许志英主编：《中国新时期小说主潮》（下卷），人民文学出版社 2002 年版。
30. 洪子诚、刘登翰：《中国当代新诗史》（修订版），北京大学出版社 2005 年版。
31. 陈晓明：《表意的焦虑》，中央编译出版社 2002 年版。
32. 阎真：《百年文学与后现代主义》，湖南教育出版社 2003 年版。
33. 张志忠：《1993：世纪末的喧哗》，山东教育出版社 1998 年版。

后　记

　　本书是笔者 2003—2007 年间完成的国家社会科学基金项目《新生代作家与中国传统文化》的最终成果（项目批准号：03BZW053。结项证书号：20080804。鉴定等级：良好）。其中的多篇系列论文已经在有关学术期刊上发表。其中，《新生代作家的狂放心态》一文发表于权威期刊《文学评论》（2005 年第 3 期），并被全文收入南京大学中国现代文学研究中心编选的《2005 文学评论》一书（人民文学出版社 2006 年版）；《新生代作家与传统神秘文化》《新生代作家的"家园"情结》和《世俗情欲的浪漫升华》（收入本书时改题为《新生代女作家的另类"诗化"小说》）三篇分别发表于核心期刊《华中师范大学学报》（2005 年第 1 期）、《天津社会科学》（2006 年第 3 期）、《湖北大学学报》（2006 年第 5 期）。此外，《新生代文学与传统文化》发表于《上海文化》（2005 年第 1 期），《新生代作家与古典诗词》发表于《南京师范大学文学院学报》（2005 年第 1 期），《改写经典的不同境界》发表于《理论与创作》（2006 年第 1 期）。作为本书引论的《新生代的崛起》一文则早在 1995 年就发表于《文艺评论》第 1 期上了。为此，感谢那些刊物的编辑朋友们。

　　几篇附录中，应该特别提到的，是《新生代文学与中国传统》的讲演稿。那是 2007 年夏天，我应德国特利尔大学汉学系卜松山教授之约，去该系讲学的内容。那个下午，德国朋友和留德的同胞都来热烈捧场，使我至今记忆犹新。原来，学术除了是自己的兴趣所系，也是友谊的桥梁。

　　这里，有必要对"新生代"这个概念作些说明。事实上，这个概念的模糊性一如当代文学上的许多类似概念（例如"晚生代"、"第三代诗人"、"六十年代出生的作家群"①、"60后"、"70年代人"②)一样。一方面,对于"新生代"的界定一般是按照他们出生的年代划分。在20世纪80年代,"新生代"特指的是"20世纪60年代出生的人"。到了20世纪90年代以后,随着"70后"和"80后"接踵而至,相继登上文化的舞台,这个概念有了延伸。虽然有评论家力图以新的命名(例如"晚生代")去描述这种延伸,但事实上,无论是从他们出生的年代背景的相近(在"60年代出生的作家群"和"70年代人"之间,不过二十年的时光,而那二十年的社会变化远远不能与20世纪80年代的十年巨变相比),还是从他们的人生观、文学观的大同小异(从"反传统"到"私人化写作"、"欲望叙事"、"身体学者"),他们之间的差别其实并不像有的评论家评价的那么大。所以,有评论家认为:"这些概念被一些批评家使用,但并没有得到普遍的公认,一般的文学史也很少采用这样的分法。"③ 也有的评论家在指出了"命名的这种尴尬和捉襟见肘"的同时,不能不"出于一种无奈与迫不得已"而继续使用那命名,仅仅是因为"约定俗成"的方便。④ 由此可见,在文化现象空前错综复杂的今天,命名的殊为不易。本书取"新生代"作为一般性描述"60后"、"70后"的笼统概念,重在那个"新"字。在笔者看来,他们的人生观与文学观明显不同于"20世纪50年代出生的作家",这就足以显示代际划分的明显界限了。这里需要特别说明的是,诗人于坚、小说家王小波、林白在出生年代上都属于"50年代出生的一代",然而,他们的文学观念和文学风格却与大部分"50年代出生的一代"不同,而与"60后"、"70后"相近。他们的出道也是与"60后"一代人的崛起同步(例如于坚就是"他们文学社"的中坚之一;王小波有"文坛外高手"之称;而林白在当代女性文学思潮中,也常常是与"60后"的陈染相提并论的)。这样的现象似乎是"代际"划分的标准难以解释的,其实不然。每一代人中,都有"异数"和"另类"。人的生理年龄与心理年龄呈现出十分有趣的差异,于是有了

---

① 贺桂梅:《批评的增长与危机》,山西教育出版社1999年版,第60页。
② 宗仁发、施战军、李敬泽:《"70年代人"创作的特征》,《南方文坛》1998年第6期。
③ 贺桂梅:《批评的增长与危机》,山西教育出版社1999年版,第60页。
④ 丁帆、许志英主编:《中国新时期小说主潮》(下卷),人民文学出版社2002年版,第614页。

"身老心不老"或者"未老先衰"之类的现象，正体现了人生的复杂、"代际文化"的丰富多彩。因此，本书将于坚、王小波和林白的作品也纳入"新生代"文学研究的视野。

本书能够结集出版，要特别感谢武汉大学文学院的同事们，还有我的亲人。

我当自强不息，以报各位的关爱。

樊 星

2014年6月24日晚于武汉大学